U0123095

# 食南之徒

馬伯庸——著

# 目錄

# 第一章

咔嗒！咔嗒！咔嗒！

火鐮砸在燧石上，迸出一連串耀眼的火星，直直撲入乾燥的苔蘚堆中。微弱的火點如雨後蘑菇一般紛紛冒頭，令周圍的枯葉驚恐地蜷起身子。與此同時，一股悠長的氣息從側面吹過，火勢陡然變旺，幾乎要從青銅質地的烤槽裡溢出來。

此時天色將晚，槽內的火光映著一張男子的胖圓臉。長相三十出頭，白皙的雙頰高高鼓起，雙眼在熱力的刺激下瞇成一條線，整個人好似一隻打瞌睡的肥狸貓。

眼看火旺起來，這胖子從地上爬起來，顧不得鼻頭沾的點點苔蘚，回頭扯開嗓子：「開殺！」

在他身後的軍營門口，「漢」字旌旗下一字擺放著十幾隻野兔和山雉。士兵們聽到指示，立刻掏出刀子，開始宰殺獵物，褪毛剝皮。

「肉塊的大小要切均勻！穿的時候要肥瘦相間！」

胖子大聲叮囑了幾聲，然後小心翼翼地從身旁的竹筐裡取出幾個灰白色炭塊，一一餵給槽火，溫度很快變得更加炙熱。

胖子滿意地拍拍手，轉頭高喊：「趙尉史，先把我那兩串腰子拿來！」一個老吏模樣的中年人幾步趕過來，手裡遞過兩根細竹籤，竹籤上各穿著兩枚血淋淋的新鮮兔腰子。

「唐縣丞，這是剛割下來……」

趙尉史話沒說完，胖子一把搶過竹籤橫置在烤槽之上，然後一屁股坐在地上，就這麼托著下巴，一臉虔敬地守在烤槽旁。

趙尉史無奈地搖搖頭，他的這個上司叫唐蒙，乃是豫章郡番陽縣的縣丞。堂堂朝廷命官，居然親自上手烤肉，未免太不成體統。可唐蒙對大漢官員的尊嚴似乎毫不在意，他更在意的是火候，不時撥動槽內精炭，或者轉動竹籤，偶爾還費力地彎下大肚腩，用嘴去吹一吹火，比批閱文書還上心。

過不多時，縣兵們聚攏過來，每個人手裡都捏著十來根竹籤，上面穿著大小不一的兔肉和雉肉塊，都是最新鮮的肉，顏色粉嫩，甚至還滴著血。

唐蒙仔細地一一查驗，諄諄教導：「兔肉質柴，要先抹點脂膏，放在兩側小火烤；雉肉質嫩，擱在中間旺火烤。燒烤上應天時，下合物性。若是錯亂了，可是要遭天譴的。」他架叨完了，還是不放心，索性霸道地搶過所有的肉籤，親自一串串往烤槽上擺。

趙尉史心虛地看看周圍，忍不住勸道：「唐縣丞，咱們畢竟是來打仗的，這麼吃……合適嗎？」

要知道，他們這支縣兵隊伍此時正參與一次邊境軍事行動。這才剛剛抵達一天，唐縣丞就公然在軍營前燒烤，未免太高調了。趙尉史雖說剛剛履職，也忍不住勸上一句。

唐蒙滿不在乎：「王主帥剛才不是傳令諸營埋釜造飯嗎？我們是遵令行事。」趙尉史皺了皺眉頭，別的營都是醬菜湯加摻麩子的硬麥餅，誰會在營門口這麼精細地烤肉？如果敵人突然襲擊，豈不危險？

唐蒙一邊翻弄著肉串，一邊哈哈大笑：「老趙你真是瞎操心，這仗啊，根本打不起來。」

趙尉史一怔，他們千辛萬苦來到大漢南境，不是為了打仗嗎？別說他，就連周圍的縣兵們都露出疑惑的表情。唐蒙見肉串還要烤上一陣，索性伸直手臂，指向南方：「你們看見那道山嶺了嗎？」

眾人順著他的手臂看去，只見遠處是一道巍峨蒼翠的山嶺，山勢連綿不斷，宛若巨大的長城橫亙在視野之中。

「那道山嶺叫作大庾嶺，地勢險要，只有一個陽山關可以通行，是南越國和咱們大漢的分界線——南越國你們知道吧？」

有人點頭，有人搖頭。

唐蒙索性拿起一根竹籤，在槽邊的土地上一邊劃拉一邊說起來：

「這個南越國啊，是南邊的一個小國。它跟咱們大漢之間，被五道莽莽山嶺所分隔。這五嶺分別叫作大庾嶺、騎田嶺、越城嶺、萌渚嶺和都龐嶺，從豫章郡一直綿延到長沙國，幾乎擋住了大半個大漢南境。」

隨著解說，竹籤在泥地上畫起線條來。這些線條簡潔明瞭，寥寥幾筆，便勾勒出五座山嶺的大體走勢。這些山嶺彼此相連，如同一條張牙舞爪的猙獰長龍。緊接著，竹籤又在龍身下方勾了一個「漢」字，上方勾出「南越」二字。於是泥地上顯現出一幅下北上南的地理圖，如同撥雲見霧，讓整個南邊格局一目了然。

唐蒙把竹籤往南越國境內狠狠一戳，那籤子竟立在了土地之上。

「本來呢，南越國是大漢藩屬。可最近南越王蠢蠢欲動，居然打算稱帝，跟咱們大漢天子平起平坐。」

「他們也配?!」有人憤憤不平。

「是啊，天無二日。朝廷哪裡受得了這個？就派了大行令王恢來興師問罪……」

他正說著，那四枚兔腰子突然嗞嗞冒出油來，幾滴濁脂落入槽中，在火中發出悅耳的「嗞啦」一聲。唐蒙從腰間小布袋裡抓出一撮黃褐色粉末，這是用粗鹽與花椒磨碎的混合物。他倒轉握拳，細細搓動，只見粉末從指縫之間緩緩漏下，均勻地撒在半熟的腰子上，換了文火，這才繼續道：

「……大行令是幹麼的？那是負責藩屬邦交的朝廷大官。皇上為啥不派個將軍過來？說明大漢根本不打算真打，只是嚇唬一下南越國而已。」

眾人紛紛點頭，唐蒙雙手一攤：「所以嘛，大行令一個長安精兵也沒帶，只從會稽、豫章兩郡徵召了一批縣兵。你說就咱們這樣的烏合之眾，打得過誰？」周圍的人聽罷，俱是鬆了一口氣。這些縣兵其實都是普通百姓，一提打仗就哆嗦。如今聽自家縣丞一番自嘲，才算如釋重負。

唐蒙熟練地把腰子翻了一面，對趙尉史笑道：「老趙啊，別杞人憂天了。天塌下來，有兩千石的大官們頂著。咱們既然出來了，只管安心享受就好。」這時腰子開始散發出濃郁的焦香，他毫不遲疑趴到槽邊，狠狠地吹起氣來。

趙尉史摸了摸額頭，不知該說什麼才好。他環顧四周，忽然發現一樁古怪事：此時陽山關外的山頭，每一處高地都飄起了炊煙，那應該是其他漢軍營地在埋釜造飯。大庾嶺氣候太過潮濕，木頭和樹葉裡的水分特別重，一燒火就濃煙滾滾，格外醒目——唯獨唐縣丞起的這個火頭，雖說熾熱無比，煙氣卻幾近於無。

「唐縣丞，咱們營的這個火頭，怎麼不太生煙呢？」他好奇問。

唐蒙大為得意，一指槽底：「老趙你不知道，我帶來的這幾塊炭，叫作桑炭，是用桑樹燒出來的精炭。無煙無焰，火力旺盛，乃是烤炙上品。」他炫耀似的拿起那兩串兔腰子，只見表皮焦黃，上綴一層細粉，隱隱有花椒的香氣傳來。

他輕輕銜竹籤吹了一口氣：「而且這桑炭還有一個妙處，用它烤出來的肉會帶有一股桑木香氣，滋味美妙——來，你先嘗一口？」

趙尉史遲疑地接過一根竹籤，張嘴一咬，口腔內頓時汁水四濺。這腰子烤得外焦裡嫩，腥鮮交錯，一股極致的脂香從口腔直衝頭頂，有飄然升仙之妙。待到油味稍散，趙尉史細細再一咂嘴，舌頭上還殘留著一層辛香與椒香，回味無窮。

但快感過後，襲上心頭的是一種沉重的罪惡感。烤個腰子而已，又是配桑炭又是撒椒鹽，未免奢侈太甚！趙尉史忍不住內疚起來。

唐蒙坦然拍了拍肚腩，發出厚重的砰砰聲：「奢侈過甚？你想想，天下至真者，莫過於食物。好吃就是好吃，難吃就是難吃，從來不會騙你。咱們要不精心侍弄，怎麼對得起人家？」

趙尉史覺得這是歪理，可又不好反駁，只好低頭默默把另一個兔腰子也吞下去，香得他又是一陣哆嗦。一抬頭，唐蒙已經迅速吃掉了另外一串，帶著嘴角來不及擦去的油漬，重新坐回烤槽之前。

此時槽上那一大把肉串陸陸續續都熟了。在唐蒙的細心「呵護」下，每一串都烤得外焦裡嫩，油香豐足。縣兵們排起長隊，每人分得兩串，一串兔肉一串雉肉，再配一塊在槽底烘軟的麥麩餅。

「老趙啊，這裡的山雉肥得很，脂膏豐腴，我告訴你怎麼吃才不浪費。」

唐蒙熱心地拿起一個麥麩餅，從中間掰開，舉起一串雉肉倒轉，讓還未凝固的肉油滴下來，浸入麥麩餅的芯中。滾燙的油脂迅速滲透下去，粗白色的麥芯很快被染成深褐色。

趙尉史看看左右，發現那些縣兵都這麼吃。唐縣丞在番陽做了五年縣丞，估計這些人早被這位老饕調教明白了。他索性把心一橫，如法炮製，閉著眼睛享受起這令人負疚的快感。

別說，被肉油這麼一浸，麥麩餅的粗糙口感變得綿軟，嚼起來毫不扎嘴。趙尉史又咬下一口兔肉，感覺有一股隱藏的香味，忍不住發出一聲滿足的呻吟，再也顧不上去追究唐蒙的不務正業了。

唐蒙分發完烤串，坐回烤槽之前。這樣肉串可以隨手放在槽上，保持溫度——這是縣丞的小小特權。他獨自一人靠在山坡上，吃一口麥麩餅，就一口雉肉，待吞嚥下去之後，再拿起兔肉串咬一口，慢慢咀嚼，雙眼百無聊賴地望向遠處那道翠綠山嶺。

此時天色幾乎完全暗下來，夜幕遮蔽了大庾嶺的大部分細節，只保留了它高聳險絕的輪廓，黑暗中，帶著一種拒人於千里之外的冷峻氣質。泥土裡那幅隨便劃拉的地圖，在昏暗中隱隱浮現成一片模糊的圖景，彷彿在提醒唐蒙，在山嶺的另外一側，還存在著另外一個中原人所不熟悉的陌生世界。

聽說嶺南的風土別具一格，有很多中原難得一見的食材，不知吃起來是什麼滋味啊……唐蒙忍不住在腦海中浮想聯翩。這時一個幼小的身影，在腦海中不期然浮現，令他握著烤串的手微微顫抖了一下，下意識伸向前方，彷彿要把美食遞給那身影似的……

就在這時，營地的北坡下方傳來一陣腳步聲，有幾處灌木叢猛烈地搖曳起來。唐蒙心生警惕，趕緊把最後一口雉肉吞下，定睛去看。下一個瞬間，十幾個人影從樹林裡猛然躥出來，這些人身披褐衫、下著短絝，右肩綴著幾根羽毛。

「南越兵？」

唐蒙立刻判斷出對方的身分，冷汗不由得「唰」地冒出來。他剛跟手下誇完海口說不會開戰，敵人就來襲營……不對啊，漢軍在北，陽山關在南，怎麼南越兵從北邊摸過來了？

唐蒙正要回頭示警，不料一個南越將軍幾步衝上坡頂，拔出銅劍就要刺他肚子。

唐蒙身子肥胖不及閃避，情急之下飛起一腳，狠狠踢向烤槽邊緣。腳尖恰好踢到把手，把整個烤架凌空掀翻。那些還未燃盡的桑炭碎渣，一下子飛散開來。其中一塊火炭高高彈起，正好砸在那逼近的軍官臉上，「嗞」的一聲與皮肉緊貼，令他發出撕心裂肺的慘叫。

唐蒙知道此時若是退了，肯定跑不過對方，索性飛身撲了上去，利用體重優勢一下子把那軍官撲倒在地。後者臉上痛極，陡然又被這一座肉山壓住，登時動彈不得，連銅劍都丟去了一邊。

更多的桑炭，滾落在草坡之上。這一帶野草豐茂，枯枝遍地，經這些熾熱的碎片一滾，山坡上登時冒出七八條赤蛇。牠們遊走於草木之間，所到之處無不火光四起。一會兒工夫，兩人便被濃密的煙霧所籠罩。

那軍官兀自掙扎，唐蒙不懂搏擊，只得死死把他壓住。隨著煙霧越發濃密嗆人，兩人漸漸都沒了力氣。唐蒙的右手無意中觸到對方的腰，如深陷綿軟泥中。他急忙抽回手，手上濕濕的，似乎沾了一手軟泥，同時鼻子嗅到一種令人心生愉悅的氣味。

「好甜！」唐蒙迷迷糊糊的，冒出了一個古怪念頭……

一根青筋，在王恢的額頭輕輕綻起。

身為大行令，王恢的日常職責是處理朝廷與藩屬之間的關係，什麼麻煩都見過了。可此刻望著帳下的兩個人，他一時竟不知該如何是好。

跪在左邊那個，是南越國的一個左將，他的右臉頰上有一大塊觸目驚心的新鮮燙傷，身子不時因疼痛抽搐著；站在右邊那位，是這次跟隨自己南下的番陽縣丞，胖乎乎的臉上黑一道白一道，活像一隻蜀中貔貅。

在他們身後，是一大片燒得光禿禿的山丘，至今仍有餘煙裊裊。一座軍營孤零零地立於其上，活像黑狗身上的一塊斑癬。

一個時辰之前，王恢正在中軍大帳研究輿圖，突然接到消息，說漢軍一處營地突燃大火。他急忙率中軍精銳趕來救援，沒費多大力氣便生擒了這一小批南越兵，順手救下死死壓在南越軍官身上的唐蒙。

這場小小的勝利，卻讓王恢很煩躁。

他這一次率軍到大庾嶺，只是擺出姿態施壓而已，沒打算真開戰。但如今南越公然襲擊大漢軍營，如果不追究，有損大漢顏面；如果追究，那可就真打起來了……左右為難，可真是個燙手芋栗！

思忖再三，王恢決定先對付左邊的麻煩。他用馬鞭一指那個南越軍官，居高臨下喝問道：「你叫什麼名字？」

「在下黃同，在南越軍中擔任左將一職。」軍官老老實實回答。這是個五十多歲的老兵，闊鼻厚唇，中原音講得很流利。

「你一個藩國裨將，居然敢公然襲擊天軍營寨，到底是受何人指使？」王恢厲聲質問。黃同嚇得連連叩首：「在下冤枉，冤枉……」

「冤枉？這軍營難道不是你燒的？」

黃同哀聲道：「真不是啊，明明是這位……」他看了眼身旁的唐蒙，唐蒙立刻跳起來大叫：「我那是不畏犧牲，阻止你們去襲擊中軍大營！」

他胸口一挺，顯出大義凜然的模樣。黃同慌忙解釋道：「下官原本是在大庾嶺以北巡哨，沒想到天軍乍臨，把陽山關前圍得水洩不通。我們急切想尋個空隙，撤回關內，無意中撞進了這位將軍的防地。下官只有歸家之意，實無挑釁之心啊！」

王恢冷笑：「無意撞進來？我軍連營數十里，你為何偏覺得那裡是空隙？」

黃同也是一臉茫然：「下官在傍晚時分仔細觀察過。大庾嶺北側的山丘之上，皆有漢軍炊煙飄過，唯有此處沒有。下官以為這裡並無天軍駐守，遂帶隊趁夜鑽行，哪知道……」他嘆了口氣，把腦袋垂下去。

王恢把視線挪到唐蒙身上：「唐縣丞，我記得那時諸營都在就地造飯，為何唯獨你的營中不見炊煙？」唐蒙立刻來了精神，眉飛色舞道：「因為下官帶了幾斛桑炭。這種炭用桑木悶燒而成，無煙無焰，熱力健旺，烤起肉來那真是……」

「等一下！」王恢打斷他的話，感覺第二根青筋也綻起來，「你在軍營裡烤肉？」

「沒有，沒有，是在軍營門外烤的，我們自己打的野味。」唐蒙怯怯解釋了一句。

「你哪來的烤槽？」

「呃，自己帶的……」

王恢大怒：「臨陣交戰，軍中飲食以速為要，你居然還優哉游哉地燒烤！萬一貽誤了軍機怎麼辦？」唐蒙慌忙伏地請罪：「反正您打算不戰而屈人之兵，所以我……對，我想讓士兵吃得飽些，好有力氣長期對峙。」

「誰跟你說我要不戰而屈人之兵的?!」

「如果朝廷有心開戰，應該派一位將軍來。大行令您是負責邦交事務的，帶著一群縣兵，能打得過誰呀……」

第三根青筋終於在王恢的腦門成功綻起。

他確實沒指望這些臨時徵調的縣兵打仗，但……這種事不必公開講出來吧？

王恢正要出言呵斥，唐蒙卻忽然轉過頭去，看向黃同，抬起右手。黃同以為他要扇耳光，嚇得頭一縮，隨後才看到，這隻肥厚的手上面沾著一塊黑乎乎的汙泥。

唐蒙對黃同道：「其實你不是在陽山關的北部巡哨，而是剛剛從東邊趕回來的吧？」黃同臉色登時一僵：「胡說！」唐蒙把手指湊到自己面前，先用鼻子嗅了嗅，然後伸出舌頭，小心翼翼地舔了一下。

這個舉動，讓在場所有人臉色大變。就在王恢爆發之前，唐蒙趕緊恭敬道：「王令明鑒，這不是汙泥，而是仙草膏啊。」

王恢臉色鐵青：「你在說什麼？」唐蒙道：「閩越國有一種仙人草，也叫草粿草。此草曬乾之後，煎取汁液，與米粉同煮，放涼便會凝成玄色軟膏，叫作仙草膏。其性甘涼，可解熱毒，是閩越人穿行山林的必備食物——即是我手中此物了。」他說得口水幾乎都要流出來。

「然後呢？」王恢感覺自己的耐心即將耗完。

「我適才與黃左將纏鬥之時，無意間沾了滿滿一手。想必是黃左將也嗜好此物，隨身攜帶。」

唐蒙伸手一扯黃同的布腰帶，上面果然還沾著幾塊黑漬。

「這仙草膏風味絕美，只是難以久存，不出三日必會發酸。所以閩越國之外，幾乎沒什麼機會吃到。」說到這裡，唐蒙再次把那根指頭豎起來，嘖嘖道：「好在黃左將身上帶的仙草膏只是微酸，尚可入口。」

王恢聽到最後一句，陡然怔住了。

閩越國在南越國的東邊，也是個不安分的小藩屬。仙草膏是閩地獨有，三日即會酸壞。

黃同既然隨身攜帶此物，且還未發酸，豈不說明此人剛剛從閩越國返回？

身為大行令，他敏銳地嗅到了一絲陰謀的氣息。

唐蒙見王恢反應過來了，索性蹲下身子。他拿起樹枝，迅速畫出「大漢南境」與「南越」的格局圖，然後在兩者的左側又添加了「閩越國」的邊境輪廓。那根樹枝從閩越國邊境畫了一條線，直接連到大庾嶺的位置。這一下子，黃同的行動路線就變得十分清晰了。

這裡是三國交界，北有大漢，南有南越，東邊還有一個閩越國。在南北對峙的敏感時刻，一支南越國的精銳小隊從閩越國返回大庾嶺。王恢意識到，這個黃同只怕身上肩負著什麼重要的外交使命。

不過剛才衛兵搜查過他全身，並無任何簡片絲帛。王恢沉思片刻，突然對黃同道：「閩越王捎給南越王的口信，可是約定互尊為帝，聯手抗漢？」

黃同猝然被問，不由得「啊」了一聲，旋即醒悟，趕緊把嘴巴閉上。可惜為時已晚，他那一瞬間的失神，已然暴露出足夠多的資訊。

王恢冷哼一聲，沒有再多問什麼，吩咐手下把黃同拖走。接下來的審訊干係重大，得回中軍大營才能繼續展開。他望向下首的唐蒙，眼神一時間變得複雜。

這傢伙私設烤架，違背軍紀，論律本該重罰。但他陰錯陽差抓到了黃同，而且還從仙草膏這個細節，牽扯出兩國勾結的陰謀。真不知道這胖子到底是福緣至厚，還是大智若愚。

王恢一甩袖子，語氣和緩了些：「唐縣丞，你肆意妄為，本該軍法處置。不過念在你擒獲敵將，姑且功過相抵。接下來，你可要更加用心才行。」

「謹遵王令吩咐。」唐蒙樂呵呵地深深作揖，然後抬起頭，討好似的問道，「……那我，能不能搜一下？」

「搜什麼？」

唐蒙一指那支垂頭喪氣的南越小隊：「除了黃同，其他人身上說不定也攜有仙草膏。能不能容下官搜檢一下，獻與王令品嘗？」

第四根青筋在王恢額頭猛然綻起，他狠狠瞪了一眼唐蒙，沒好氣地一擺手：「我不要那鬼東西！你自己留著吧！」

一個水刻之後，王恢押解著南越國的俘虜離開，而唐蒙則心滿意足地提著一個布袋回軍營，笑得眼睛瞇成一條縫。他運氣很好，有四個南越斥候腰間的竹筒沒有損毀，裡面的仙草膏保存完好，被他統統倒進袋子裡。

番陽縣兵們關切地圍攏過來。他們不太理解唐縣丞的古怪性格。但如果一個人總是能帶來美味的食物，他自然會贏得其他人的敬愛，這一點人類和其他動物並無區別。

唐蒙把手裡的袋子晃了晃：「今天你們有口福。我記得西邊那個山頭，好像有個野蜂窩，你們去幾個人，設法刮些蜂蜜回來，澆在這仙草膏上味道絕美。」

他讓一個縣兵轉過身，拿起一塊殘炭，在其背襟上畫了幾筆，把方向指示得很清楚。這縣兵帶著幾個同伴，喜孜孜地離開了。唐蒙小心翼翼地打開布袋，把仙草露倒入一個陶盆。

這東西顫巍巍地抖動，很容易碎掉，必須仔細侍弄。

趙尉史湊過去，小心地問王令到底怎麼說，唐蒙笑呵呵道：「王令說我功過相抵，真是最好不過。」趙尉史大為不解：「您擒賊的功勞都給抵沒了，這也算好事？」

唐蒙「嘖」了一聲：「老趙，這你就不懂了。過大於功，要受罰挨打，不合算；功大於過，下回上司有什麼髒活累活，第一時間會想到你，也是麻煩多多。只有功過相抵，上司既挑不出你的錯，又不敢大用，才能落得個清靜。」

趙尉史更糊塗了：「別人天天盼望建功升官，怎麼唯獨唐縣丞你避之不及？」

唐蒙不屑道：「升官有什麼好？前朝有個宰相叫李斯，一人之下，萬人之上，厲不厲害？到頭來被推出去殺頭，臨死前對兒子說，很想念父子倆一起牽著黃犬出東門的悠閒日子。我幹麼不一步到位，直接去東門遛狗？」

「那您就打算……一直做個縣丞啊？」

唐蒙一拍胸口，更加理直氣壯：「夫唯不爭，則天下莫能與之爭。孝文、孝景二帝提倡黃老，講究無為而治。我這麼做，是為了緬懷先皇，遵其遺志啊。」

趙尉史沒想到，這個縣丞能把胸無大志說得如此雅致，一時無語。

很快縣兵們抱回一大塊野蜂巢。唐蒙從裡面摳出蜂蜜，直接澆在陶盆裡面，給眾人分食。唐蒙收繳的仙草膏不算多，每人只能分上小半勺。但對這些縣兵來說，已是極難得的奢侈，個個吃得心馳目眩，神意揚揚。

趙尉史猶猶豫豫地嘗了半勺，仙草膏那爽滑的口感，配合著蜂蜜的甘甜，一瞬間滲入四肢百骸，將暑氣一點點擠出身體，別提多愜意了。

他對唐蒙的話，忽然有了一絲理解。如果每日都能這麼吃，確實要比做官開心多了。趙尉史花了好久，才從回味中清醒過來，耳畔忽然聽見一片參差不齊的酣暢歌聲。唐蒙帶頭領唱，聲音醇厚響亮，語氣裡滿是幸福：

「人生不滿百，莫懷千歲憂，黃老獨清靜，脂膏復何求。」

# 第二章

蟬鳴陣陣，如沸如羹。

王恢捏住毛筆，在竹簡上寫下一行指示。不防一滴汗水從額頭滾落，恰好落在墨字之上，將其洇成一個小黑團。他懊惱地用小臂擦了擦腦門，從口中吐出一口熱氣。

漢軍在陽山關前與南越國已對峙一個多月了，眼見到了六月底，天氣日漸炎熱起來。對一個燕地出身的人來說，南方這種濕熱實在難熬。一貫注意儀表的王恢，也不得不改換成一件無袖短褂。

他拿起刀來刮掉墨字，正要重新提筆凝神，忽然一個親隨從外面走進來，在他耳邊說了幾句。王恢臉色微變，匆匆來到軍營門前，見到一個白袍公子正站在轅門之下，饒有興趣地觀察門上的一隻黑色鳴蟬。

這公子不過二十多歲，眉目鋒銳，尤其是頸項挺拔細長，有如一隻優雅的長鶴立於淺灘。

「古語有云：五月鳴蜩，六月精陽。久聞嶺南物種長大，沒想到連蟬也比中原大了一圈，真是開了眼界。」白袍公子緩緩感慨了一句，這才把視線移到王恢身上，微微一笑，「在下莊助，自長安奉陛下欽命而來。」

王恢聞言一驚。「莊助」這個名字來頭可不小，他是辭賦大家莊忌的兒子，年紀輕輕就被皇帝拔擢為中大夫，隨侍左右，乃是朝中冉冉升起的一顆新星。王恢不敢怠慢，連忙施禮，可莊助站在原地不動，嘴角含笑。

王恢開始還覺得詫異，等到目光對視片刻，才意識到自己如今正披著一件短褂，雙臂裸露在外面，有如蠻夷。反觀人家，大熱天的依舊把深衣裹得一絲不苟，白皙的面頰不見一滴汗水。

衣冠不正，不可施禮。莊助這是在隱晦地批評他，身為朝廷命官，豈可如此袒露肉身。王恢頓覺尷尬，趕緊回到臥榻旁換回官袍。

換得袍子，兩人這才進了大帳，各自跪坐。王恢吩咐隨從端來一杯解暑的蔗漿。莊助正色推辭：「五色令人目盲，五音令人耳聾，五味令人口爽。我身負皇命，要時刻保持清醒，只喝清水就夠了。」

這一會兒工夫，王恢就碰了個兩個不軟不硬的釘子，他只好換了杯溫水給莊助——這水不是燒溫的，從河水裡打出來就這樣。莊助這次舉杯一飲而盡，可見他其實也渴極了，只是要極力維持風度。

王恢暗暗有些好笑，面上卻依舊肅然：「莊大夫此來，可是為了之前那條奏報之事？」

一個月之前，王恢擒獲了南越密使黃同，從他嘴裡問出一條驚人的消息：「閩越國暗結南越國，欲支持其稱帝。」他立刻遣使飛報長安，原以為皇帝會回信指示方略，沒想到陛下居然乾脆派一位心腹之臣前來宣旨。

莊助緩緩把杯子放下：「之前王令送去的奏報，陛下十分重視。他有口諭在此，內不穩則外不靖，您在大庾嶺的應對甚為妥當。」

「陛下年方不過二十一歲，卻毫不操切，深諳韜光養晦之道啊。」王恢真心誠意讚嘆道。

當今天子是六年之前登基的，可秉政的一直是竇太后。今年五月太后去世之後，各方勢力皆在蠢蠢欲動。對剛剛親政的年輕皇帝來說，首要任務是維持長安朝堂的穩定，至於邊境藩屬，姑且鎮之以靜，這是最穩妥的應對方法。

「閩越國也罷，南越國也罷，不過是兩隻夏日飛蝗，趁熱鼓噪罷了。一俟秋風吹至，遲早滅之。」莊助冷笑一聲，習慣性地把手按在劍柄之上。

若換了別人說這話，王恢只當是吹牛，但莊助這話未必。幾年之前，閩越國進攻東甌國，東甌國向大漢求援。正是莊助力排眾議，隻身一人趕至會稽，手刃了一個不服命令的司馬，逼迫會稽太守出兵，一舉嚇退了閩越國，大得朝野讚賞。

這年輕人看著文弱，骨子裡的狠勁可不容小覷。皇帝這次派他來，想必也是有用意的。

王恢心想。

「那麼……陛下可還有其他指示？」

莊助喝乾了第二杯水，淡淡道：「我來之前，已經說服閩越國具表請罪，國主答應送世子到長安去做質子。」

王恢一驚，差點直起身子來。他竟是先解決了閩越國才來的？這效率也太快了吧？莊助淡淡一笑，彷彿這只是一件微不足道的小事：「接下來，我會前往南越國宣諭，讓他們也知難而退。」

王恢點點頭。閩越國只是小國，真正難對付的，是這個雄踞嶺南的南越國。如果通過外交手段，讓南越王主動打消稱帝的念頭，最好不過。不過他看看莊助身後，並無隨從僕役，亦無旗杖鼓吹，不太像是一個使團：「就你一個人去？」

「沒錯，就我一個。」莊助傲然道，「南越王竊居帝號，這一次我代表陛下去面斥其僭越，一人一旄節足矣。」

王恢在心裡「呵呵」了一聲，大概猜出莊助的心思了。

近年來，長安的一些年輕郎官熱衷於出使各種外邦藩屬，要麼說幾句硬話狠話，要麼動劍動刀乃至殺人，動靜越大越好。只要他們能活著回朝，便可以博得一個強項剛直的美名。但對朝廷來說，這可不是什麼好事，惹出一堆麻煩，卻只成就了他們個人的名聲。

當然，王恢不會蠢到直接講出來，苦口婆心提醒道：「南越國可不比閩越國那種小地方，那可是坐擁三郡的大國，民風彪悍，朝堂形勢複雜，最近十幾年來對大漢的敵意越發深重。莊大夫這趟差事，恐怕會相當凶險啊。」莊助笑起來：「說來正好有一事相求。在下從長安走得急，沒帶什麼得力的手下在身邊。這次想從王令這裡借兩個人隨行。」

王恢心想你剛剛還趾高氣揚地說一人足矣，這就來找我借人了？嘴裡卻忙問是哪兩個人。

「一個是那個被俘的南越左將黃同，我正好缺一個熟悉南越情形的嚮導。」

王恢表示沒問題。該審的都審完了，這個人留下來也沒什麼價值，這次正好讓莊助帶回南越，也算是釋放善意。

「莊大夫確定，他會為大漢所用？」

莊助嘴唇微微一翹：「他既交代了閩越和南越結盟的機密，便再沒有回頭路了。」王恢哈哈一笑，這位莊大夫的手段果然夠狠辣，又問：「還有一人呢？」

莊助道：「王令在奏報裡提到，黃同的身分之所以被識破，是因為他隨身攜帶唯有閩越才產的仙草膏。不知是您麾下哪位幕僚目光如炬？我這次出使，正需要這麼一位伶俐人隨行臂助。」

王恢的表情一瞬間變得尷尬：「這個……不是我的幕僚，看破此事的，乃是番陽縣的一個縣丞。」

說完他把唐蒙的事講了一遍。莊助聽完，微微瞇起眼睛：「這個人有點意思嘛，竟然現場能畫出一幅五嶺形勢圖？那圖還在嗎？」

「哦，他用樹枝在地上隨便劃拉出來的，早磨沒了。」

莊助正色道：「輿圖之術，講究分率准望、高下迂直，非胸中有丘壑者不能為之。此人能隨手繪出，還借此判斷出敵人的行進路線，可見於這一道十分精通，正是我急需的人才，王令可否把這位賢才讓給我？」

王恢嘆道：「此人確實有點小聰明，但口腹之欲太盛，行事不分輕重，恐怕會耽誤莊大夫的事啊。」莊助輕笑一聲，壓根不信：「吃食無非是用來解饑果腹，怎麼會有人沉迷於此？莫非是王令不忍割愛，故意貶損？」

王恢一聽這話，不好再勸了：「不如我叫他來一趟，莊大夫可以自行判斷。若覺此人可用，我絕不阻攔。」莊助擺了擺手，從席子上站起來：「既然要考察真性情，便不要有所準備。我們直接去番陽縣的營地一趟便是。」

他說走就走，王恢只好起身跟隨。

番陽縣的營地這裡之前遭過一場火災，如今地面上又冒出星星點點的軟茵，南國植被的恢復程度，著實驚人。兩人抵達營地之後，發現只有趙尉史留守，唐蒙不在。

王恢的臉色登時陰沉下來，身為主官，居然不坐鎮在營中，簡直胡鬧！他問人去哪裡了，趙尉史一臉惶恐地指向營地右側下方的密林：「唐縣丞去那邊……呃，勘察敵情了。」

王恢冷哼一聲，這種鬼話他一個字都不會信。他看了眼莊助，後者面無表情。兩人讓趙尉史帶路，朝著那片密林走去。

這片密林是典型的嶺南物候，圓柏相挨群立，上有藤蘿連綴，下有灌木拱衛，濃密的綠意幾乎把日頭遮得照不進來。暑氣和瘴氣在林間結成無數肉眼看不到的蜘蛛網，讓一切穿行的生靈都困在其中。

趙尉史一邊朝前走，一邊喊著「唐縣丞，唐縣丞」。身後兩人注意到，他的視線不是看向前方，而是往上瞟，心中無不生出濃濃的疑惑。他們在密林裡走了一陣，趙尉史的呼喚總算得到了回應。

「在這兒呢。」

聲音是從頭頂的樹上傳來的。兩人剛剛抬起頭，突然聽到「咔吧」一聲樹枝斷裂，一團白乎乎的東西撲通掉在兩人面前。莊助下意識地從腰間拔出佩劍欲砍，卻被王恢攔住：「等會兒……好像是個人？」他再一看，不由得青筋綻起。

眼前躺在地上的是一個仰面朝天的胖子，身上幾乎全裸，只在腰間纏著一件犢鼻褌，肉乎乎的四肢攤開，白皙的肚皮朝天凸起，活像一隻青蛙——不是唐蒙是誰。

王恢氣得差點搶過莊助的劍去扎那大肚腩：「唐縣丞，你不留守在營地，在這裡做什麼？」唐蒙一骨碌爬起身，一揚右手：「我……我是去抓這個了。」只見一條灰黑色的蛇被他牢牢抓住後頸位置，正無力地擺動著尾巴。

兩位主官同時往後退了一步，王恢叱道：「你為什麼要上樹去抓蛇？」

「這蛇叫過樹龍，習性向高，不爬到樹上很難抓到啊。」唐蒙的回答似乎永遠抓不住上司的重點。王恢眼皮一跳，幾乎是咬著牙：「我是問你，為什麼抓牠?!」

唐蒙興致勃勃一手把蛇提起來，一手順著蛇身往下一捋，蛇瞬間不掙扎了：「我聽說把這玩意兒拿來燉湯，可以避瘴去濕，祛風止痛，所以想抓一條嘗嘗味道。」

拿蛇來燉湯？這一下子別說王恢，就連莊助都有點繃不住了。中原從無食蛇的習慣，光是看那惡形惡相，就噁心不止，這傢伙居然連這種鬼東西都吃？

莊助勉強壓住胃部的不適，皺眉道：「你為何要吃蛇肉？」唐蒙回答：「嶺南那邊把蛇稱為茅鱔，遇蛇必捕，不問長短，一律燉作肉羹。我想他們既然能吃，咱們也可以試試。」

王恢趕緊喝道：「別廢話！你快過來。這位是中大夫莊助，剛從長安趕到，要找你問話。」唐蒙連忙施禮，然後抬頭喜道：「據說蛇肉可以舒筋活血，最適合長途跋涉之後食用，莊大夫有口福。」

說完他雙手捏住蛇，往前一遞。陡然見一個猙獰蛇頭頂到面前，莊助臉色霎時變得煞白，整個人後退數步，一個趔趄差點被樹根絆倒。

唐蒙這才意識到唐突，趕緊把蛇收回來，賠笑著解釋道：「大夫莫驚，莫驚，這蛇沒有毒。」莊助略帶狼狽地伸出雙手，正了正頭上的進賢冠。王恢尷尬得想挖個坑把自己埋了，他冷著臉朝地上狠狠一指，唐蒙不情願地把那條蛇放進草叢，算是讓牠逃過了一場鼎鑊之災。

見蛇被放下，莊助這才如釋重負：「唐縣……」可他只說了兩個字，突然止住了。眼前這胖子只纏著一件犢鼻褌，雙手抱臂，這麼談事委實不成體統。他皺皺眉頭，一揮袍袖：「回營再說！」

於是三人從密林中離開，返回番陽縣的營地。唐蒙先換回一身深衣官袍，這才出來重新見兩位中朝官員。莊助不想再客套，直接開口道：「我聽說你只靠仙草膏，就看破了黃同的身分？」

唐蒙謙遜道：「欲知大釜裡的肉是否燉透，不必品嘗，只消掀開蓋子聞聞味道就夠了。食物至真，從不騙人，下官僥倖揣測對了而已。不過……」

「不過什麼？」

「不過當晚我們就把仙草膏吃光了。您若是問這個，現在可沒有啦。」

莊助總算理解了，王恢額頭上的青筋為何那麼多。他臉色一沉：「唐縣丞，你好歹也是朝廷官員，總是圍著吃食打轉，成何體統？」

唐蒙正色道：「下官可不是為了口腹之欲，而是為了大局才這麼做的。」莊助一怔：「什麼？」唐蒙道：「久聞百越之地，食材甚廣。只要設法搞清楚南越人都吃什麼，就能估算出他們的糧草虛實。」

「那不至於親自去吃……吃那個吧？」莊助努力不去想像一條蛇在湯裡翻騰的景象。唐蒙一臉嚴肅：「孫子有云：食敵一鐘，當吾二十鐘。萬一我軍深入南越國，需要就食於當地，多抓點能吃的食材，也是為王令運籌帷幄提供幫助。」

王恢忍不住冷哼一聲，這傢伙真敢胡說八道，為偷吃點東西把《孫子兵法》都搬了出來。

莊助伸手遞給他一根樹枝：「這大庾嶺前的山勢布局，你畫一張出來我看看。」

唐蒙有些莫名其妙，看王恢面無表情，只好蹲下身子開始畫。他的畫工很拙劣，地面上滿是凌亂線條，全無美感可言。可在莊助和王恢眼中，這圖再清楚不過了，曲者為峰，平者為谷，遠近高低各有差異，一會兒工夫，地上便顯現出了大庾嶺北麓的山勢，簡潔清楚。

莊助蹲下身子，用指頭隨便量了兩座山頭的距離，折算下來與實際遠近差不多。這一點，連王恢中軍大營裡的那幅輿圖都做不到。他一臉不可思議地抬起頭：「你之前專門測量過附近地勢？」

唐蒙摸了摸腦袋，有些靦腆：「也沒有，就是跑得多了，多少路程自然就諳熟於心。」

「你為何要跑那麼多路？」

「這不是為了多找點食材……呃，是為了摸清南越軍的糧草虛實嘛。」

莊助一陣無語，合著這傢伙為了一口吃的，居然把前線山頭跑了個遍。他若有所思地盯著這個胖子，心情有些複雜。

輿圖這種技藝，易學難精。唐蒙只是走過幾趟，就能把形勢還原到圖上，可見在這方面有著驚人的天賦，這樣的人可不多見。至於貪吃的缺點，倒也不是什麼大罪過。

莊助沉思片刻，開口道：「我這一次奉天子欽命，要出使南越，如今身邊還缺一個副手。你有沒有興趣？」唐蒙詫異地望向莊助，不是畫輿圖嗎？怎麼又跳到出使南越去了？

莊助耐著性子又重複了一遍要求。唐蒙大袖一擺，乾脆地回答：「承蒙大夫錯愛，恕在下無能，難堪重任。」莊助以為他嫌官位太低，忍不住嗤笑了一聲。中大夫可是有機會隨侍皇帝，做自己的副手，乃是升官的不二途徑，這小縣丞眼界忒低了。

「唐縣丞，你可要想清楚。出使敵國，這本身就是莫大的榮耀。若僥倖有所建樹，陛下更是會不吝封賞。這樣的機會，千載難逢。」莊助強調了一句。

唐蒙正要開口，忽然面色一變，捂住肚子，「哎喲」一聲整個人佝僂著腰。莊助正要上前攙扶，卻見這胖子勉強抬起頭，痛苦道：「哎呀呀，又犯病了……」莊助眼皮一跳：「什麼病？」唐蒙一邊揉一邊說：「估計是吸多了瘴氣，好幾天了，沒事就會犯一下。」說完又躺倒在地，連連喘息，大肚腩有規律地抖動。

嶺南多瘴氣，罹患瘴癘再正常不過。而瘴氣之病，症狀萬千，唐蒙這病想什麼時候犯，想什麼時候好，全由他自訴，誰也無從驗證真偽。

面對在地上徐徐滾動的唐蒙，莊助一時間有些手足無措。他家學淵源，辯才無礙，面對什麼人都可以詞鋒滔滔。可偏偏遇到這種不要臉面的無賴，卻不知該如何應對。

他實在無法理解，都把立功機會送到嘴邊了，怎麼會有人拒絕？

在一旁的王恢注視著莊助臉色陰晴不定，心中有些緊張。幾年之前，那個會稽的司馬也是如唐蒙一般拒絕配合，結果被他一劍斬殺。這次莊公子會不會故技重施？那傢伙雖說憊懶，一劍殺了也有點可惜……

還好，莊助的左手雖按在劍鞘上，右手到底沒有動作。他盯了唐蒙半天，末了長長吐出一口氣，淡淡對王恢道：「看來人各有志，不必強求。王令，我們回中軍大營吧。」王恢看了唐蒙一眼，搖搖頭，也轉身離開。

待兩人走遠了，唐蒙這才從地上一骨碌爬起來，催促旁邊的一個縣兵：「趕緊！剛才那條蛇被我捋了一下脊梁骨，一時半會兒醒不過來，趕緊去草叢裡抓回來！」

縣兵匆匆離開，唐蒙回到帳篷裡，迫不及待地把官袍脫下來。這鬼天氣穿深衣，又在地上滾了那麼久，簡直要捂出白毛汗來。旁邊趙尉史實在憋不住：「這麼好的機會，您為什麼要放棄？」

「屁！什麼好機會！」

唐蒙拿起一塊濕布，拚命擦拭脖頸的一塊厚肉：「那個莊大夫，一上來就先讓我畫圖，還拿指頭去丈量，可見是個特別挑剔的傢伙。這種人做上司最麻煩了，年輕氣盛，野心勃勃，為了立功會不停地折騰。跟著他出使南越，不被累死也要被煩死。」

「可是……那畢竟是一個京官的前程，多辛苦都值了！」

「哎，老趙你還沒明白嗎？官秩越高，風險越高。長安城裡每年被砍頭的大官，加起來得有幾萬石。同樣是躺在地上，咱們活著躺下來不好嗎？」

趙尉史知道自己這位上司歪理最多，默默閉嘴。唐蒙發完這一通議論，縣兵已經把大蛇拿了回來。唐蒙一擼袖子，先把蛇身去了鱗皮和內臟，切成幾段丟進大釜裡頭，又陸續放入薑片、野蔥、夏菊、鮮蘑菇和一條浸滿了醋汁的布條，開始燉起來。

趙尉史搖搖頭，轉身幹別的去了。唐蒙自己燉了一陣，掀開釜蓋，只見濃褐色的湯汁咕嘟咕嘟冒著密集小泡，肉段不時浮起翻滾，一股奇異的香味彌漫在整個營地中。番陽縣兵們本來對蛇肉有點怵，但聞到這種異香，都頗有些動心。唐縣丞別的不好說，對食物的品鑒沒出過錯。

唐蒙見熬得差不多了，用木勺盛出一勺黏稠的羹，湊到嘴邊剛嘗了一口。趙尉史忽然匆匆跑過來：「唐縣丞，中軍來令，請您簽收。」

唐蒙點點頭，湯裡還有一縷腥氣未散，得加點柑橘皮殺一殺。他蓋好釜蓋，從趙尉史手裡接過文書。中軍每天都發軍令過來，無非是提醒夜間警惕、整飭軍械云云，簽個字交還就行了。

唐蒙漫不經心地拿起一支毛筆，剛要在竹簡尾部簽名，卻忽然「嗯？」了一聲，嘴唇開始哆嗦起來。趙尉史發覺上司表情不對，湊過去一看，也倒吸一口涼氣。

這赫然是一條敘功令，說番陽縣丞唐蒙勇擒敵將，頗見銳意，特拔擢為大行丞，參謀軍機。

唐蒙可沒被這些冠冕堂皇的話唬住。他在長久的「摸魚」生涯裡，早練出了敏銳的嗅覺。這與其說是敘功令，毋寧說是一封綁架信。

他本是地方官員，如今多了這麼一個「大行丞」的頭銜，便要受王恢節制。如果唐蒙拒絕跟隨莊助南下，王恢可以用軍法斬了他；如果他挑唆番陽縣兵們鼓噪鬧事，藉故不去，王恢可以用軍法斬了他；如果他稱病，王恢可以指控他託詞不前，用軍法斬了他……

一力降十會，人家擺明了強行耍橫，唐蒙縱有萬般小手段也施展不出來。沒想到那個文質彬彬的莊公子，出手居然會如此簡單粗暴，甚至不屑於掩飾。

他沮喪地捏著竹筩，一時間心亂如麻。趙尉史好心舀了一碗蛇羹過來，唐蒙木然拿起勺子嘗了一口，卻根本品不出味道。他的全部心思，都放在一個疑惑上。

「莊大夫到底看中我什麼？」

「你到底看中他什麼？」

在中軍大營內，王恢問了同樣一個問題。他不明白，莊助為何不惜用威脅的方式，也要把這麼一個憊懶的傢伙徵調過來。

莊助正負手站在一張輿圖之前。這是繪在絹帛上的中軍大圖，精美雅致，只是地理關係不夠精準，連山川走勢都很含糊，只能觀其大略。他聽到王恢的問題，緩緩轉過身來：「王令你是不是覺得，我這一次去南越，是去沽名釣譽、賺取名聲？」

他問得這麼直接，反而讓王恢有些狼狽。不待對方回答，莊助轉過身來，雙眼射出鋒銳光芒：「不瞞王令說，這一次在下出使南越，其實還負有一重使命……不，毋寧說，這才是在下此來真正的使命。」

王恢一聽還有密旨，連忙挺直身體。莊助正色道：「自高祖、孝惠、孝文、孝景數帝以來，南越國不服王化六十餘年，所憑恃者，無非是五嶺天險而已。這次我去嶺南的使命，是要窺其虛實、尋其破綻，為大漢鑿空五嶺，開創一條用兵坦途！」

他伸出拳頭，重重砸在了案幾之上，引帶著王恢「嘶」地倒吸一口涼氣。

好大的口氣！好大的雄心！那南越國自秦末立國，一直抗拒大漢王化。五道山嶺高逾百丈，橫亙千里，如一道巨牆攔住了漢軍南下的步伐，歷代諸帝無不望之興嘆。只要能破開這條鎖鏈，那漢軍便可以輕而易舉地衝入嶺南腹地，滅掉南越國，建立不世功業。

王恢驚訝地望向這個年輕人，從後者的灼灼眼神裡看到一種急切的渴望。那是一種凶猛、昂揚的欲望，比點燃了脂膏的火堆更熾熱，比百煉的長劍更鋒利。

這種眼神王恢很熟悉，如今長安的每一個年輕人，無論坊間游俠還是當朝郎官，無論府中小吏還是軍中校尉，甚至包括天子，都是這樣的眼神。他們帶著勃勃生機，像乳虎入林一般睥睨著每一隻獵物，不懼犯錯，不守陳規，不憚去抓住任何一個建功立業的機會。這是彌漫整個長安的熱切風氣，而且與日俱濃。

王恢突然心生羨慕。自己曾幾何時也是如此雄心勃勃。只可惜歲月不饒人，如今的他，只是在大庾嶺前維持對峙，就已精疲力盡了。

「既如此，預祝莊大夫此行順利。」他半是懇切半是悵然地祝賀道。

「承王令吉言。」莊助微微調整身姿，收斂鋒芒，「我既然要鑿空五嶺，地理乃是關鍵所在。正缺一個可以記錄山川形勢之人，把沿途地理默記於心，再繪製成圖，進呈天子御覽——王令該知道，行軍打仗，有一份輿圖有多重要。」

王恢微微點頭，可他又皺眉道：「此人確實有些小聰明，只是舉止輕浮，這麼重要的任務，別被他耽誤了。」

莊助呵呵一笑，將一卷竹簡扔給王恢：「王令對於手下之人，還是要多瞭解一些才好啊。」

王恢接住一看，原來這一份是唐蒙的行狀履歷，是從中軍帳內調取的，此前他從沒認真看過。在莊助的提示下，他仔細讀了一遍：唐蒙是沛縣唐氏一族的子弟，文法吏出身，積功拔擢為縣丞，至今在番陽縣丞的位子上已有五年。

莊助指頭一點，王恢立刻看出這份履歷裡的不尋常之處。

朝廷對縣丞的任免之策，向來奉行「非升即遷」。以三年為期，一個縣丞要麼治績出色，升遷上調；要麼表現欠佳，降職轉任，唐蒙若想在番陽縣丞這個職位上待五年，必須保證自己連續兩年既不會出色到被拔擢，也不至於差到被降職，這難度可不低。

「這傢伙是故意的？為什麼？」王恢有點難以置信。

莊助頓了頓，神情耐人尋味：「原因我不知道，但一個人願意花這麼多精力在偷懶上，至少不會是個蠢材。」

# 第三章

一艘狹長戰船鼓足風帆，正逐浪於大河之上。

這條大河有五十餘丈之闊，水面在豔陽下泛起半透的翠綠色澤。放眼望去，整條河道好似一條無頭無尾的粗壯綠蟒，浪花此起彼伏，有如一層層鱗片相互擁擠，驅動著蛇軀朝東南方向蜿蜒游去。

此船五日之前從陽山關出發，上面除了船工，一共有三人：一個是南越軍的左將黃同，另外兩個則是漢使莊助和副使唐蒙。此時三人皆站在船頭，向著東南方向眺望。

「兩位天使，我們即將進入珠水。」

黃同站在船頭，恭敬地回頭報告。他的臉頰上有一大塊觸目驚心的新鮮燒傷，一講話，總會牽動新疤，讓恭敬的表情裂開幾道縫隙，露出些許怨毒。

唐蒙正躲在船帆的陰影之下，擦拭著臉上層出不窮的汗，聽到黃同說話，忍不住開口問道：「我們不是一直在鬱水裡航行嗎？為何突然變成珠水了？」

黃同走到船舷邊緣，抬手朝大船前方一指：「您且看。」順著他手指的方向，莊助和唐蒙看到前方數里開外的江心位置，嵌著一塊淺灰色礁石。這礁石體量有十圍不止，因為長期被江水沖刷，形狀渾圓，如同一枚碩大的隋侯珠。

船工們正喊著號子把戰船撐離江心，避免撞上這枚定江石珠。

「此礁名叫海珠石，相傳是西王母所遺陽燧寶珠所化。本地人以此為標誌，只要過了海珠石，江流便可稱為珠水。」

「哦，這麼說來，你們南越的都城番禺就快到了吧？」莊助問。

「正是。一過海珠石，番禺港就很近了，就在珠水江畔。」

莊助點點頭，見唐蒙仍在那裡擦汗，輕咳一聲：「唐副使，該去換官袍了。」唐蒙瞪圓了眼睛：「換官袍？這時候？」

此時天氣悶熱，江風薰蒸，黏膩的暑氣像藤蔓一樣死死纏住人身。唐蒙本已曬得頭昏眼花，若再換上全套官袍，他懷疑自己會變成一塊在爐中燜烤的豖肉——這種烹飪手法很美，但前提是自己並非食材。

莊助見唐蒙不肯動，壓低聲音道：「等下要在眾目睽睽之下入城，你代表的可是大漢的體面！」

體面？這種鬼天氣還計較什麼體面？莊大夫你難道感受不到現在多熱嗎？唐蒙氣呼呼地看向莊助，卻發現對方早早就把官袍換上了，白皙的肌膚上一滴汗也沒有。

這是與生俱來的能力，羨慕不來。唐蒙無可奈何，一跺腳，低聲嘟囔了一句「又不是我要來……」，悻悻走下甲板，回到自己的房間。

一進屋，他先打開一塊絹帛，那上頭用炭筆草草繪著這一路的路線略圖。唐蒙拿起毛筆在上面添了海珠石、番禺城、鬱水、珠水幾個墨點，這才開始換起衣袍來。

這一路上，莊助要求他一直待在甲板上，觀察沿途山水，默記於心，到晚上再繪製成草圖。可憐唐蒙這些天來蜷縮在船帆下的一點點陰涼裡，強忍著江風薰蒸，汗出如雨，苦不堪言。

這才剛出發，就已經辛苦成這樣，再往後日子可怎麼過啊……唐蒙一想到這點，就悲從中來。你莊公子想要建功立業，自去奮鬥便是，何必拖著不相干的人遭罪。

這時僕從送進一碟新鮮橄欖，這是地方官員剛剛進獻上船的，上面還撒著甘草粉。唐蒙心想不吃白不吃，先去抓了一枚放入口中。

別說，這橄欖初入口略有苦澀，嚼開之後，徐徐化開一片生津的清甜。唐蒙閉目細細品味，感覺內心的煩悶似乎消散了一些。南越這地方雖說熱氣難熬，食材倒真是豐富，每天都會有新鮮瓜果進奉上來，在這趟惱人的旅途之中，這算是唯一的慰藉。

隨著橄欖的清香在口中一層層地彌散開來，唐蒙的念頭慢慢變得通達：是了！是了，這苦差事左右逃不掉，何不趁機享受一下？久聞嶺南食材豐富，索性利用陪同漢使之便，狠狠地胡吃海塞一通，最好耽誤了正事，讓莊大夫把自己趕回去。

成事不足，敗事有餘，這還不簡單嗎？唐蒙想到這裡，心情復振，他換好官袍，強忍著酷熱再走回甲板上，另外兩個人還在興致勃勃地聊著。

「黃左將，咱們從大庾嶺登船，五日可抵都城番禺。那麼其他四嶺關隘到番禺，是否也花費同樣多的時日？」莊助身體半靠船舷，似是隨口閒談。黃同不敢怠慢：「正是如此，南越各地重鎮，皆有水路連接，到都城的時間都差不多。」

莊助聽著聽著，白皙的面孔上多了一絲憂慮——

孫子有云：「兵之情主速，乘人之不及。」漢軍面對的是崇山峻嶺，南越軍卻可以利用嶺南水路來去自如，從容調度。這邊一天累死累活，輾轉五十里，那邊躺在船上舒舒服服一天走一百五十里，這仗怎麼打？

歷代皇帝為何都對南越國無可奈何：一曰山險，二曰水利，這實在不是人力所能克服的。

黃同見莊助神情有異，以為自己說錯話了，頗有些惴惴不安。這時唐蒙忽然開口問道：「珠水流域如此廣大，可有什麼特別的水產？」

黃同「呃」了一聲，臉上的疤痕微微扭曲。這人是自己毀容的元凶，現在卻成了大漢副使，實在尷尬。他耐著性子回道：「若說特別之處，鬱水珠水之間，有一種嘉魚，腹部多膏，肉質肥嫩，可稱極品佳餚。」

唐蒙兩眼放光，不顧儀態一把抓住他的肩膀：「那麼等會兒我們進了城，是否可以吃到？」黃同愣了愣，搖頭道：「如今嘉魚還在積蓄腹膏，一般要到十月之後，才是最好的時令。」

唐蒙一陣失望，忽然轉念一想：「這船上可有釣竿？我先釣幾尾上來，嘗嘗味道也好。」黃同苦笑著解釋：「嘉魚一般棲息在深水河床的小石之下，水流湍急，下釣極難。要等到冬季枯水，派人下水翻開石頭，拿網子去撈。」

「這樣啊，那你給我講講，本地人都是如何烹製法？」唐蒙心想過過乾癮也成。

他毫不見外，黃同也只好如實回答：「我們南越的烹飪之法，一般是把嘉魚直接放在乾釜之上加熱。很快這些腹膏便會融解成汁，自去煎熬魚肉。因為膏與肉本出同源，天然相合，所以煎出來的魚肉格外鮮嫩。」

開始黃同的語氣還很僵硬，可一談起本地吃食，他就漸漸放鬆下來。他當初就是因為貪吃仙草膏，才被唐蒙識破，本性也是個饕餮之徒。唐蒙聽得垂涎欲滴，又追問起細節。兩個人你一言、我一語，反倒把莊助晾在了一旁。

莊助對吃食毫無興趣，實在不明白這兩人為了一條魚的做法，居然可以摒棄仇恨、忘記酷暑，簡直不可理喻。眼見他倆聊得沒完沒了，莊助實在忍不住咳了一聲。黃同這才意識到不妥，連忙斂起聲息，說「下官去準備入港事宜」，匆匆走下甲板。

他一走，甲板上陷入沉默。

唐蒙和莊助的出身、經歷、喜好皆大相徑庭，前者又是被後者脅迫而來，實在沒什麼可聊的。莊助咳了一聲，問了一句：「適才黃同講的地理，你都記下沒有？」唐蒙說都已記下。然後兩人就沒話講了。

為了避免尷尬，他倆不約而同走到甲板旁邊，手扶船舷，向緩緩後退的河岸望去。南越國的景致，帶著一股旺盛到凶狠的勃勃生機。只見珠水兩岸密密麻麻立著各色樹木。冠蓋般雄壯的榕樹、扇鞘般挺立的棕櫚，還有肥葉低垂的魚尾葵，它們交錯相挨。而這些大木之間有限的空隙，則被木槿、刺桐以及更多叫不上名字的奇花異草所填塞。幾十種蕪雜濃郁的香氣彌漫在半空，被熱風薰蒸熬煉，融成一體，形成一種嶺南獨有的氣味。

莊助目視前方，忽然揚聲吟誦起來：「伯夷死於首陽兮，卒夭隱而不榮。太公不遇文王兮，身至死而不得逞。」

這是他父親莊忌最著名的篇章《哀時命》，這兩句的意思是：伯夷叔齊餓死於首陽山，終究默默無聞，全無榮耀；如果姜太公呂望沒遇到周文王，也是生不逢時。

莊助來南越一心欲求大功業，有感而發，隨口吟出。不料唐蒙在旁邊，居然接著吟了下去：「生天地之若過兮，忽爛漫而無成。」莊助眉頭一揚，頗為意外：「你也讀過《哀時命》？」唐蒙點點頭：「讀過幾次，尤其喜歡這兩句——我生於天地之間，一生匆匆而過，卻一事無成。」

莊助哼了一聲，這樣的句子有什麼好喜歡的？他隨口品評道：「《哀時命》的作法，其實還是《離騷》傷春悲秋那一套，氣質衰朽哀傷，美則美矣，卻不合時宜。」

唐蒙一臉意外，你做兒子的，當著外人的面批評自己父親的作品，合適嗎？莊助卻毫不在意：「唐縣丞，我知道你唸這兩句詩，心有怨氣。但你得看清楚，如今時勢已變，大風起兮雲飛揚。看到漫天雲卷之時，就該乘勢而起。男兒想要建功立業，可不能學伯夷、叔齊，而是該效仿呂望，今豈不正當其時嗎？」

唐蒙難得也嚴肅地回答道：「莊公子誤會了，我唸那兩句詩不是哀傷，是真心喜歡。莊公子你欲在長安揚名，我卻只想終老番陽而已。莊子有教誨，先是一事無成，方有無用之用啊。」

莊助冷哼一聲，他本想借此勉勵幾句，沒想到唐蒙為了偷懶，連莊子都扯出來了。他搖搖頭，把視線重新放到船頭。此時在遠方已隱約可見高大的灰褐色城垣，那應該就是南越的都城番禺了。

大船很快進入一條分岔的航道，偏向岸邊駛去，很快番禺城的外城高牆清晰可見。這城垣乃是夯土構造，高逾六丈，幾與長安城的高度相仿。莊助仰頭望了一陣，忽然問道：「唐副使，你觀此城如何？」唐蒙觀察了一陣：「跟咱們那兒的城池長得差不多，就是少了點東西。」

這番禺城四角有敵台，城頭設有馬面和女牆，主體風格與中原城池無異。唯一的區別是，面向珠水這一面的城門，直接正對碼頭，並沒在周邊修一圈甕城。

莊助冷笑起來：「南越人大概不相信有軍隊能打到番禺城下，沒必要多修一道甕城禦敵，真是何等自信！記得畫下來，以後呈給陛下。」

說話間，大船緩緩駛入臨城港口前。這番禺港的規模頗大，水面上少說也有二三十條大船進出，小船更多，如水蚊子一樣鑽來鑽去，桅杆林立。十幾道灰色棧橋像蜈蚣足一樣，從岸邊一直延伸到江中，棧橋上各色人等川流不息，喧鬧不已，忙碌中透著井然秩序，可見日常貿易體量頗大。

一條大船恰巧從他們的船旁開過，唐蒙深吸一口氣，捕捉到一絲奇妙的香氣。他嗅覺很好，能分辨出來這船上裝的應該是運赴海外的香料。

在船上的這段時間，唐蒙仔細鑽研過南越的貿易。它北鄰大漢，東接閩越、東甌等國，南邊與都元、邑盧沒、諶離等海外諸國通過水路聯繫，是四方行商的重要樞紐。

然而南越國有一條叫作「轉運策」的法令：中原商隊走到五嶺關隘即停，不得踏足國境，接下來的路只能委託南越本地商隊代為南運。而海外諸國的商船，抵達番禺之後也不得繼續前進，只能委託南越本地商隊北送。靠這一條法令，南越便把南北貨運牢牢壟斷在手裡，收入之豐，簡直是堆金積玉。

很快船已在棧橋前停穩下錨。兩名漢使走下船去，港口外早有一個南越官員上前迎接。此人皮膚黝黑，顴骨高高凸起，托著一對細眼向兩側分開，始終保持著一個瞪人的姿態。

官員自稱叫作橙水，是番禺城的中尉，主管城中治安，這次是特來迎候漢使的。他講的雖是中原話，但發音生硬呆板，不知道是不擅長還是故意的。

唐蒙觀察了幾眼，發覺這傢伙還挺有意思：頭束中原式的短髻，卻有兩縷頭髮垂在耳側；穿的衣服也非深衣，更像是改良過的窄身短衫；腳上還踩著一對夾趾竹屐——每個細節，似乎都有意與中原強調區別。

唐蒙好奇，去問黃同：「他怎麼姓橙，是橙子的橙嗎？」黃同道：「橙水是揭陽橙氏的子弟，因為當地盛產橙子，所以當地大族都姓橙。」他說出這名字時，臉上的燒傷微微變化，似乎有些尷尬。唐蒙更有興趣了：「揭陽的橙子很好吃嗎……」黃同道：「揭陽最有名的，其實是燕窩。」唐蒙更好奇了：「燕窩？那是什麼，難道鳥巢也可以……」

話沒問完，莊助在旁邊用劍柄狠狠磕了一下他的腰，唐蒙疼得悻悻閉嘴。

橙水先請漢使出示文書，慢條斯理地查驗起來，好像生怕是冒牌貨。唐蒙和莊助站在烈日下耐心等了好一會兒，橙水這才把文書還回去。

驗完文書之後，碼頭旁的一個樂班開始奏起樂來，竽笙瑟鼓一應俱全，只是旋律荒腔走板，根本分辨不出是哪一段雅樂。在這滑稽的樂曲聲中，橙水引著他們來到城門前，準備開門入城。

莊助正要邁步入內，突然眉頭一皺，右手一按劍鞘，厲聲對橙水道：「為何入城不走中門？」這時唐蒙才注意到，番禺城的正門依舊緊閉，橙水打開的，是旁邊一道狹窄的偏門。

面對質問，橙水的臉好似一片扁平的木牘，沒有任何表情：「好教大使知。都城中門，干係重大，非大禮、大祭或大酋出行，向來不能開的。」莊助劍眉一揚：「本使親持旄節，行如大漢天子親臨，難道還不配南越開城迎候嗎？」

「北人入城，例走側門。」

這個「北人」，是南越民間對大漢、閩越、東甌等國之人的統稱，多少帶著點貶義。橙水如此說，其實是嘲諷這兩人不夠資格，不配讓南越以最高禮節迎接。

莊助聞言大怒，「鏘」一聲拔出長劍：「區區一個藩國中尉，也敢阻撓上朝天使！」劍尖如迅雷一般伸出，在橙水咽喉半寸前停住。

面對突如其來的鋒銳，橙水面無表情，甚至還往前挪了挪，讓劍尖微微刺入喉結。他身後的衛士嚇得紛紛拔出刀劍，把兩個使者團團圍住。現場登時劍拔弩張，只有那個樂班在一旁兀自鼓吹著樂曲。

唐蒙看著一片明晃晃的刃光，有些緊張地嚥了嚥唾沫。他不明白，為何莊助堅持要走正門，側門不是一樣能進嘛。橙水頂著劍尖，慢條斯理道：「南越雖是小國，自有規矩。若給你們開了正門，下官也只好自刎謝罪。貴使不如一劍殺了我，成全我一個不畏跋扈、守忠殉職的名聲。」

他這話說得陰陽怪氣，莊助反而不知該不該刺下去，但這麼撤下去又嫌丟臉。眼看兩人僵在了原地，黃同慌忙過來，先把莊助的長劍按下，然後轉頭對橙水沉聲道：「橙中尉，你注意點分寸！」

橙水瞥了他一眼，拖起長音：「喲，黃左將，心疼了？到底是秦人出身，已經開始替老鄉講話啦。」黃同聞言臉頰一陣抽搐：「你這說的什麼話？這是為了兩國邦交，和我是不是秦人有什麼關係？」橙水道：「風聞你之前被漢軍俘虜，如今生還不說，還帶回兩位漢使。若非有鄉梓之情，豈能如此幸運？」

黃同氣得大喊：「橙水你到底什麼意思！我帶漢使過來，是兩位丞相都批准過的！又不是我自作主張！」橙水冷下臉：「上頭只讓你帶漢使過來，可沒說一定要從中門入城。你們秦人體貼故國，我們土人可不理解。」

黃同嘴角一陣抽搐：「我是邊將，你是城尉，都是奉命行事。說什麼秦人、土人，有意思嗎？」橙水絲毫不為所動：「我們土人心思簡單，只知道守著南越的規矩，別的一概不管。」

唐蒙對這一番對話莫名其妙，尤其是稱呼，更是一頭霧水。莊助事先做過功課，便悄聲解釋了幾句。

當年秦皇統一六國之後，派遣一支秦軍跨過五嶺，開闢了南海、象與桂林三郡。那支秦朝大軍就地轉為三郡民戶，在當地繁衍生息。秦末大亂之時，一個叫趙佗的秦將趁機封閉嶺南關隘，合三郡而獨立，關起門來自稱「南越武王」，這才有了南越國。

所以南越開國之初，人口即分為兩類：一種是中原秦軍及其後裔，自稱「秦人」；一種是嶺南數百個大小部落的土著，統稱為「土人」。在開國初期，大部分土人還是茹毛飲血、斷髮文身的蠻夷，秦人占據絕對優勢。隨著時光推移，初代秦人慢慢老去，土人也逐漸開化。

此消彼長，如今十幾年來，秦、土已呈分庭抗禮之勢。

那個橙水既然出身揭陽橙氏，應該是當地土人，而黃同屬於秦人子弟，難怪兩個人的態度針鋒相對。

「你注意到沒有？黃同管南越王叫國主，橙水卻稱南越王為大酋，連稱呼都有細微不同。」

「這是為啥？」

「這是因為趙佗為了整合南越，身兼數職。『南越國主』是在秦人中的身分，他還有個『百越大酋』的頭銜，是給嶺南部落土著一個統屬的名分。」

唐蒙忍不住咋舌，好傢伙，這南越國內部真夠複雜的。莊助轉頭望著兀自吵架的兩人，眼神有些異樣：「南越武王趙佗的家鄉，是在恒山郡真定縣，他乃是最純正的秦人。他在位時，秦人處處壓著土人一頭。如今趙佗才去世三年，土人就已經囂張到可以公開頂撞秦人了？有意思，很有意思……」

那邊黃同吵不贏橙水，轉回身來，一臉苦澀：「莊大使，唐副使，咱們要不暫時先停一宿再說？」莊助眼睛一瞪：「不成！今天我一定要從正門進入，此乃大節！」

黃同正在為難，唐蒙忽然笑嘻嘻地扯住他的胳膊：「黃左將，你適才說，珠水嘉魚最好的季節，是十月之後對吧？」黃同不解，怎麼這又扯到吃食了？

「但七月也可以撈到，對吧？」

「對是對，就是口感……」

唐蒙道：「吃到嘴裡的遺憾，總比吃不到嘴裡的完美要好。要不我們在港口這裡姑且等等，勞煩黃左將弄幾條嘉魚來嘗嘗鮮，再進城不遲。」黃同還沒說話，莊助先勃然大怒：「什麼時候了，你還惦記這……」

話沒說完，唐蒙按住他的肩膀，暗暗使了個眼色，壓低聲音：「莊大夫，那個橙水明顯是受人指使，我們先找個理由拖延一下，免得落入算計。」

莊助登時回過味來。橙水剛才的舉動，確實有點蓄意挑釁的意思，似乎等著他們鬧大。唐蒙這個吃嘉魚的提議，恰到好處。漢使拿這個做理由，便可以名正言順地留在船上，不失面子地回避掉城門之爭。

莊助仍心有不甘：「這只能拖延一下罷了。難道橙水不開中門，我們就一直在碼頭吃魚嗎？」唐蒙先是露出一個「這樣也不錯」的表情，見莊助又要瞪眼，趕緊笑咪咪轉向黃同：「黃左將，你說嘉魚乃名貴之物，是不是只有番禺城裡的貴人們才吃得到？」

「正是。這種魚一打上來，就被官府收走了，尋常人家可沒資格吃。」

「那你能不能聯繫一下相善的貴人，通融幾條給我們？」

唐蒙擠擠眉毛，黃同立刻會意：「明白了，明白了，這件事交給我。」然後他走到橙水那邊，說副使突然想吃新鮮的珠水嘉魚，會在港口停駐一日，暫時不進城了。

吃嘉魚？橙水看向唐蒙一眼，面露鄙夷。那個大使年輕氣盛，多少還有點使臣樣子，這個副使肥頭大耳，居然為了一口吃的，連正事都不顧了。中原居然派來這等庸碌貪吃之徒，當真可笑。

不過既然漢使慫了，橙水也不為已甚，冷著臉又強調了幾句規矩，帶著護衛大搖大擺離開。黃同隨後安頓好船隻，也拜別兩人，匆匆進了番禺城。

返回坐船的半路，莊助問唐蒙：「你現在可以說了，到底打的什麼主意？」唐蒙笑咪咪道：「秦人、土人既然矛盾極深，橙水不開門，城裡總有願意開門的。黃同能從哪一家貴人府上借來嘉魚，說明哪家府上會幫咱們。先搞清楚哪些人願意做朋友，再去做事，您看是不是這個道理？」

莊助有些吃驚地望向唐蒙，看不出這傢伙吃嘉魚的背後，居然還有這麼多考量。唐蒙得意地搓了搓手：「無論成敗，咱們至少還能弄幾條嘉魚吃吃，怎麼算都不虧。」

莊助腳下一個趔趄，他一瞬間覺得，自己可能被騙了。這胖子苦心孤詣搞出這種布局，大概真的只是為了那幾條魚。他凝神沉思片刻，正要對唐蒙開口說些事情，誰知唐蒙發出一聲歡快的叫聲，三步併作兩步衝到前頭。

只見棧橋旁一個商販剛剛放下挑子，挑子兩邊分別裝著七八個圓如人頭大小的青果，外殼看起來頗為厚實，堅如木盾。唐蒙跟那商販交涉了幾句，捧回兩個青果，對莊助喜孜孜道：「天氣太熱了，咱們弄兩個胥餘果解解渴。這玩意兒我風聞已久，還沒吃過呢。」

莊助眉頭一抬，他聽過這名字，也見過用其果殼製成的水瓢，但真正的胥餘果，還是第一次見。他記得典籍說過，這種大果的木皮極厚，但內裡厚蓄甘汁，至為清涼，最適合解暑不過。

南越的天氣濕熱難忍，莊助適才又跟橙水爭辯了一通，正覺得口乾。唐蒙高高興興借來庖廚的刀，狠狠削去兩個果子的頂蓋，抱回船艙裡，在每人的案幾前擺上一個。

唐蒙跪定之後，迫不及待地雙手捧起，像倒酒罈一樣把汁水倒進嘴裡，喝得極為暢快。莊助看著半濁的汁水順著他的嘴角流到袍子口，一臉嫌惡地收回視線，為難地盯著眼前的青果。

這東西也太像沒了天靈蓋的人頭，難道要像禽獸吸食腦漿一樣？萬一灑在袖口、衣襟等處，未免髒汙，就不能先倒在漆碗裡再喝嗎？

唐蒙喝過一輪，看見莊助還沒動。他哈哈一笑，說「你等會兒啊」，閃身離開船艙，不一會兒拿回兩根米黃色的細管，分別插進青果的缺口裡。

南越這邊多用蘆葦做燃料，唐蒙在庖廚的灶台下挑選了兩根粗細合宜的葦桿，掐頭去尾，變成兩根中空小管。他給莊助比畫了一下，莊助覺得這個喝法還算雅致，小心翼翼銜住一端，輕輕一吸，一股清涼黏糯的汁水便湧入口中，清涼直抵靈台，整個人忍不住打了個激靈，體內暑氣為之一散。

船艙裡一時間變得很安靜，只有吸吮胥餘果汁的聲音。兩個人各自銜住葦杆，微瞇著雙眼，任憑那甘甜沁入魂魄，撫平心火，讓人恍惚忘卻外界的暑熱與煩愁。

「唐縣丞，你從哪裡學來這麼多奇技淫巧？」莊助鬆開蘆葦管，忍不住問道。

唐蒙咧開嘴笑：「這也不算什麼新鮮學問。番陽湖邊的漁民，若遇到尿撒不出來的情形，就拿葦杆插進陽物前端，一吹氣就能匯出尿來。」

「咯咯，咯咯！」莊助突然發出一陣劇烈的咳嗽聲。唐蒙慌忙起身要去捶背，莊助卻不許他靠近，雙手扶住案幾咳了許久方停，只是再也不肯去碰那葦杆了。唐蒙尷尬道：「我去給莊大夫取個木碗……吧？」莊助一邊狼狽地用絹帕擦嘴角，一邊「唰」地拔出長劍來。

唐蒙嚇得往後一跳，不至於為這點事就動手吧？誰知莊助把長劍一旋，橫在膝前，肅然道：「唐縣丞，你坐下。在入番禺城之前，也該有一樁事要與你講清楚了。」

「啊？」唐蒙有些莫名其妙。

「你可知道，為何我堅持要從中門入城？」

# 第四章

「你可知道，為何我堅持要從中門入城？」

莊助嚴肅地盯著唐蒙，上半身挺得筆直。唐蒙只好乖乖跪坐回毯子上：「願……願聞其詳。」

莊助之前喝飽了一輪胥餘果汁，聲音變得洪亮：「眼前這個南越國從何而來、因何而起，想必你是知道的。」

唐蒙點點頭。莊助伸出修長的手指，緩慢地撫著長劍的劍身，語氣凝重：「大漢周邊，外邦不少。但夜郎也罷，匈奴也罷，都是自給自足之國，與中原沒有多少干係。唯獨南越不同，它本是大秦的嶺南三郡，國主趙佗本是秦吏，國民本是秦兵。舉國無論官制、律法、服飾、語言乃至建築樣式，皆依秦制而來，與我大漢可以說是系出同源。」

講到這裡，莊助手指一彈劍身，艙室之內登時迴盪起錚錚之聲，有如龍吟。

「高祖定鼎中原之後，南越國作為前朝殘餘，合該內附歸漢，恢復三郡建制才是。只因那趙佗閉關自守，加上五嶺險峻，朝廷一時不能攻取，才讓嶺南暫時孤懸在外而已。」

正巧一艘滿帆的大商船從舷窗外飛馳而過，莊助向窗外瞥了一眼，繼續道：「這番禺港的貿易何等興旺，那是因為大漢每年出口大量銅器鐵器、絲絹布匹、漆物瓦當到南越，又從南越買回珠璣、犀角、香料等物。可因為轉運策，中原商人連南越國境都不能進入，只能委託南越商賈來行銷，好處都讓他們賺了——你說朝廷為何要做這賠錢買賣？」

唐蒙搖頭。

「那是為了示之以善意，籠絡南越人心。自高祖迄今，本朝歷經四帝六十餘年，與南越時而對抗，時而敦睦，無非五個字：讓實而守虛。何為讓實？貨殖之實利，可以談，可以讓；何為守虛？唯有一處虛名，絕不可退後半寸。」

說到這裡，莊助身子前傾，盯住唐蒙一字一頓道：「南越不是外邦，而是大漢暫未收回的嶺南三郡。這是朝廷大節之所在。這個名分，每一位出使南越的使臣，都得時刻銘記於心。」

憊懶如唐蒙，此時也老老實實俯首稱是。名分看似虛無縹緲，卻是萬事之本。名不正則言不順，言不順則事不諧。強勢如趙佗，也不得不掛一個「百越大酋」的虛名，才能贏得諸多部落的服膺，就是這個道理。

莊助的聲調微微放低：「這些南越國人，最喜歡沐猴而冠，在名分上搞各種小動作。這次橙水故意不開中門，就是一種試探——若南越國是大漢藩屬，漢使前來，須以國主之禮開中門迎接；若兩國是對等關係，我等漢使自然只能走偏門。」

唐蒙這才恍然大悟，原來這開門之爭看似簡單，還有這等微妙用心在裡頭。莊助道：「我等如果不經心走了偏門，等於在虛名上退了一步。南越人必然會趁勢鼓噪，長此以往，這名分可就守不住了。」

莊助把長劍重新收入鞘中，語氣舒緩了一些：「唐副使久在地方，不知邦交往來，素無小事。一語不慎、一禮不妥，都可能會被對方順杆往上爬。這一次雖說你只負責輿圖地理，但也需謹言慎行，日常交往一定要留個心眼。」

唐蒙心想那正好，我什麼都不做，不就正合適了？誰知身子一動，肚子突然不爭氣地叫了一聲。原來兩人適才聊得太久，外面已經日落，到了用夕食的時辰。

唐蒙正要起身去安排吃食，門外傳來一陣敲門聲，黃同的聲音隔著門板傳來：「兩位大使，下官尋得嘉魚了。」唐蒙眼睛一亮，連忙起身去開門。莊助見他那一副興高采烈的樣子，搖搖頭，不知剛才那一番苦心，這傢伙能領略幾分。

門外站著兩個人，站在前面的是一個身披蓑衣、頭戴漁笠的老者，手裡用草繩拎著三條魚，他身後站著黃同。

那老者把魚繩遞過來，唐蒙接過去端詳，這些魚都有一尺之長，黑背白腹，長吻圓鱗，頭部還散布著一片白色珠星。魚尾兀自一扭一扭，可見是剛剛撈上來的。

唐蒙大喜，抓著魚左看看右看看，催促黃同快趁新鮮送去庖廚。黃同看了莊助一眼，對唐蒙說：「下官知道一個烹製嘉魚的獨門祕法，不如來獻個醜？」唐蒙連聲說什麼祕法，倒要見識一下。

「若大使有興趣，可以在旁觀摩，我絕不藏私。」

黃同說完便拎著魚朝庖廚走去，唐蒙二話不說，緊隨其後。莊助打算也回自己的艙室休息，一抬頭，卻發現那老漁翁還站在原地。他陡然覺得不對，一握劍柄，整個人殺氣畢現，厲聲喝道：「你是何人？」

那老漁翁摘下斗笠，露出一張中年人的忠厚面孔。此人臉龐方正，眉疏目朗，唇髭左右分撇有如魚尾，下頷烏亮的長鬚垂至胸口，乃是最為經典的中原理鬚之法。他深施一揖：「在下呂嘉，特來為尊使送嘉魚。」

莊助瞳孔一縮：「呂嘉？那個南越右丞相呂嘉？」老人一捋下頷長髯，算是認可了他的猜測。

莊助把長劍緩緩放下，神色卻更加凝重。南越襲用秦制，國中分置左、右丞相，執掌政務。這位呂嘉擔任右丞相，可以說是南越王之外最有權柄的秦人。莊助委實沒想到，黃同去借魚，卻借來這麼一位大人物。

不過此事倒也不突兀，黃同出身是秦人，攀附上秦人丞相這條線，也是順理成章。

莊助這麼一愣神，呂嘉已經抬步邁進艙門，雙手一抬解下蓑衣，顯現出長期身居上位者的雍容氣度。莊助眉頭微皺：「本使還沒覲見南越王，呂丞相先跑出來私見，只怕不合規矩吧？」

呂嘉呵呵一笑，也不回答，直接一撩短袍，盤腿坐在了適才唐蒙的位子上。他注意到桌上喝剩下的兩個胥餘果，拿指頭在上面一點：「其實這胥餘果在木皮內側，還附有一層白肉，狀如凝膏，口感綿軟香甜，那才是真正的精華所在。如果喝完汁液就扔掉，未免買櫝還珠了。」

「本就是果腹之用，在我看來並無什麼分別。」莊助淡淡回了一句。他已從最初的震驚中恢復過來，呂嘉再位高權重，身分也不過相當於中原一個王國的國相，區區兩千石而已，不必誠惶誠恐。

呂嘉注意到了對方態度上的微妙變化，他身子輕輕前傾，主動開口道：「這一次老夫來訪，是為了向尊使澄清一件事。」

「什麼？」

「這一次的變故，絕非國主本意。」

「哦？」莊助略帶譏諷，「呂丞相說的變故，是稱帝之事，還是開門之事？」

呂嘉微微露出苦笑：「兩者皆是。」

「非國主本意，說的又是哪一位國主？」莊助毫不客氣地追問。

「兩位國主皆非此意。」

莊助哈哈大笑起來，笑聲中有毫不掩飾的嘲諷之意。

南越國一共有兩位國主。第一位是開國之主、南越武王趙佗。趙佗壽數驚人，足足活了一百零七歲，從高祖、呂后、文帝、景帝一直活到當今皇帝登基，在南越國簡直就是神仙一般的存在。這位梟雄已於三年前去世，因為他活得比兒子還長，所以直接由孫子登基，即如今的南越王趙眛。

趙佗曾自稱「南越武帝」，後來在漢朝施壓下自去帝號；趙眛最近蠢蠢欲動又想稱帝，還偷偷與閩越國串聯。呂嘉說這兩位國主皆無此意，是在說笑嗎？

莊助笑完之後把面孔一板，等著呂嘉解釋。

呂嘉捋了捋鬍髯：「我們南越偏居一隅，國力不及大漢十一。腐草之螢不敢與皓月爭輝，所以武王生前，早就為國家規劃好了方略：韜光養晦，恭順稱藩。這八個字，就是我南越國運的壓艙之石，只要遵照恭行，則國家無憂。」

莊助暗暗點頭。那趙佗活了一百多歲，早成了人精。這八字對漢國策，總結得極為精闢。呂嘉見他面露贊同，又長嘆一聲道：「可惜總有些目光短淺的宵小，為了一己之私，竟要把這壓艙石拋下水去，攛掇國主做出愚行！」

莊助眼神微動：「哦，讓我猜猜，這些宵小莫非都是土人？」

呂嘉擊節讚嘆：「跟聰明人講話，就是省事！我們南越一共兩位丞相，在下忝為右丞相，左丞相叫橙宇。鼓動國主重新稱帝的，正是以橙氏為首的土人一派。」

莊助兩條眉毛不期然動了一下，這可有意思了。土人丞相慫恿國主稱帝，秦人丞相連夜跑來跟漢使訴苦。他沒有急於表露態度，呂嘉繼續道：

「陛下天性謙沖，本無挑釁上國之心，奈何如今宮中幾位得寵的嬪妃都是橙氏之女。外有奸臣遊說，內有枕邊吹風，日說夜說，殿下耳根子軟，一時被他們蒙蔽，讓漢使見笑了。」

呂嘉說到這裡，氣憤地伸出巴掌用力拍了拍案几，震得兩個胥餘果差點滾下去。

「那些蠢材實在是目光短淺，格局狹陋！也不想想，當初先王明明稱帝，為何又自去帝號？是他老人家怯弱嗎？錯了，先王知道南越國無法與大漢抗衡，與其爭以虛名，不若務之實利，這才有了八字國策，保了兩國幾十年和平。」

莊助微微頷首。拋開一些小摩擦不談，大漢與南越之間確實不動兵戈多年。究其原因，是兩邊奉行的國策互有默契：北邊讓實而守虛，南邊避虛而務實，相安無事。

「老國主在位之時，這些土人從來不敢聒噪。等到他一去世，他們橙氏便萌生了野心，為了自家的一點點好處，竟打算哄騙國主稱帝。殊不知，一旦稱帝，中原貿易必然斷絕，那可是每年幾十萬石的貨殖！關乎國家命脈！先王於我有知遇之恩，我絕不能坐視這些人挖南越的根子！」

聽到這種激憤之言，莊助輕笑，心裡如明鏡一般。別看呂嘉說得大義凜然，最後幾句還是露了餡。

要知道，南越國的對外貿易是由呂氏一系把持，真要商路斷絕，最疼的就是他們家。呂嘉連夜跑過來這麼著急地向漢使解釋，到底是為了自家利益。如此看來，橙宇推動國主稱帝這件事，也不是純粹只為一個虛名，也是為了打擊秦人的命脈。

趙佗才死了三年，兩派矛盾就激化到這個程度，可見新君的御下之術大有問題啊。莊助在心中暗想，開口問道：「憑您這位老臣的資歷，都無法說服國主嗎？」

呂嘉的聲音裡，透著深深的疲憊與無奈：「唉，別提了，我每次一提出意見，橙宇等土人大臣就跳出來，陰陽怪氣地說什麼秦人是外來戶，骨子裡心向中原。他們土生土長在嶺南，才是真正為南越著想。我只要一反對稱帝，橙宇就質疑我，是不是覺得國主不配做嶺南人的皇帝——你說這話讓我怎麼答？」

莊助聽著有點耳熟。黃同、橙水剛才爭吵也是這種風格，上來就死咬住對方的身分，無論對方說什麼，都說對方用心險惡，沒想到南越朝堂也是這種水準。

「其實秦人已在南越繁衍三代，與土人除相貌之外，實無區別。唉，又何必結黨互伐，硬要搞出個分別呢？」

聽到呂嘉這貌似坦誠的抱怨，莊助忍不住撇了撇嘴。秦人在南越國仍舊占有優勢地位，這時跟土人說不要搞族屬分別，只是為了保住自家地位，撿便宜賣乖罷了。

但他到南越來，不是為了公正執法的，於是他又問道：「所以這次橙水不肯大開中門，也是左丞相橙宇的授意嘍？」

「正是如此。他們存心挑釁，就是想誘騙漢使動手。只要把事情鬧大了，土人便會趁機鼓噪，說漢使驕橫無禮，讓民眾心存反感，為將來稱帝做鋪墊。幸虧大使識破了奸計，否則麻煩可大了。」

莊助表情微微一尬，這事若非唐蒙阻止，只怕已經打起來了。呂嘉懇切道：「老夫這次喬裝登船，入夜私訪，就是想親自向尊使陳說一下利害，希望莊大夫你能明白我南越的苦衷，避免誤判。」

「誤判？不管是誰慫恿，你家南越王打算稱帝，總是事實吧？這哪裡是誤判？」

莊助看得如明鏡一般。土人一派久居人下，如果想要攫取更大的權力，就一定要先把局勢攪渾，才有機會──稱帝，就是最大的一潭渾水。

呂嘉急忙解釋：「主上是否稱帝，目前秦、土兩派還在拉鋸，尚無定論。漢使這個節骨眼上來到南越，如鳳凰落於輕舟之端。小舟正自左右搖晃，鳳凰要如何駐足，才不致讓小舟失衡傾覆，總要細細商議才好。」

莊助聞言大笑：「呂丞相這比喻有意思，真可以寫成一篇辭賦了。但我有一個疑問。連呂丞相這樣的老臣，都勸不住國主，我們兩個外來的使臣能做什麼？」呂嘉雙手撐住案几，直視著莊助：「老夫此番來訪，不是求大使做什麼，而是希望大使不做什麼。」

「嗯？」

「若老夫猜得不錯，莊大使此來，是要當面質問我家國主是否稱帝，對吧？」

「那是自然。」

「若大使如此，南越人必生同仇敵愾之心，只會讓國主更快稱帝。屆時你們大漢將別無選擇，只能開戰。」

「開戰便開戰！」莊助毫不猶豫地表態。

呂嘉露出一絲笑意：「但五嶺天險，漢軍打算如何突破？」莊助嘴角微微一顫，這可問到痛處了。呂嘉道：「打，漢軍打不過來；不打，上朝的權威喪盡。對貴朝來說，一旦開戰就是兩難局面，所以最好還是防患於未然，方為上策。漢使此來南越，不就是出於這個目的嗎？」

他把大漢的困境分析得一清二楚。莊助一時尋不出破綻，便問道：「那你們要我如何？忍氣吞聲嗎？」

「國主稱帝，土人必然坐大，絕非你我所樂見。在這件事上，尊使與老夫目標相同，只要你我裡應外合，必可說服國主，挫敗稱帝之議。」

呂嘉把雙方立場擺得清清楚楚，莊助摸了摸下巴，只可惜自家鬍髯還未留成形，捋起來總少了幾分灑脫。

呂嘉見他不吭聲，生怕這傢伙年輕氣盛，不願妥協，又多恭維了一句：「昔日陸賈陸大夫出使南越，只憑一番言辭便說動先王，自去帝號，奠定了兩國幾十年修好之基。莊大夫年少有為，決斷明睿，未來成就不會輸於陸大夫。」

莊助笑起來：「我可比不了陸大夫，如今連番禺城都沒辦法進去，縱然想幫呂丞相，也是有心無力。」

呂嘉見莊助開始談起條件，知道有希望，頓時如釋重負。他看了一眼外面：「再過數日，恰好就是武王三年忌辰。南越王將會率領文武百官出城，前往白雲山的先王墓祠設祭奉牌，祈禱一夜再返回番禺，大使不妨同行觀禮。」

莊助眼神一亮，這確實是個絕妙的安排。白雲山就在番禺城外，他身為漢使，拜祭趙佗乃是應有之禮。祭祀次日，順理成章地同南越王一起返回番禺，屆時走中門也就名正言順了。

呂嘉不失時機道：「如果大使沒意見，我就去安排。等大使順利進了城門，見到了老夫的誠意，再議不遲。」莊助滿意地點點頭，呂嘉考慮得面面俱到，他實在沒什麼可添加的。呂嘉見漢使同意，也很高興：「你們先在這船上安歇，至於居中聯絡之事，就交給黃同好了。他做事情，兩邊都會放心。」

說到這裡，呂嘉的眼神一閃。莊助知道，這個老傢伙早猜出黃同被自己要脅，索性放手任用。果然能身居高位者，都不是尋常人。

莊助思忖片刻，沉聲道：「我需要最後確認一下，你們秦人對於大漢與南越的關係，到底持什麼態度？」呂嘉一拍胸脯，語氣慷慨激昂：「秦人一向秉承先王八字方略，只想一切維持如舊，別無他求。」

聽到這明確無誤的承諾，莊助伸出修長的手指，輕輕敲起案面來。

呂嘉的話，不必全盤相信。但秦、土兩派圍繞「稱帝」而大起矛盾，應是確鑿無疑。他這一次來南越，背負著鑿空五嶺的任務，「鑿空」未必真要鑿穿山嶺，擊破人心也是一樣的效果。如今兩派鬧得不可開交，倒是個絕好的分化之機。

「好，就依呂丞相所言。」

兩人相視一笑，互施一禮，一樁大事就此議定。呂嘉明顯放鬆下來：「等一下大使好好品嘗一下嘉魚的味道，靜候佳音便是。」他一邊說著，一邊看向船艙外面，卻遲遲不見菜端上來，臉上略帶困惑。嘉魚無論烹還是煎，應該不至於耗費這麼久才對。

兩人渾然不知，此刻在庖廚裡，大漢與南越國正進行著另外一個層面的對抗。

船灶呼呼地冒著火光，灶上擱著一尊盛滿水的三足銅鬲，蒸氣向上翻湧著，把鬲上架著的一具陶甑籠罩在雲霧之中。唐蒙和黃同並肩蹲下，死死盯著不斷被蒸氣掀動的蓋子。陶甑裡面，並排躺著兩條嘉魚。兩條長短幾乎一樣，但若仔細觀察，會發現有微妙的不同：右邊那條的魚鱗似乎沒刮掉，左邊那條下面多了幾根白色的東西。

守在灶前的兩人偶爾會對視一眼，眼神裡盡是惱怒。怒意之深，簡直比他們在大庾嶺前那次生死相搏還強烈一些。

之前他們倆剛一進庖廚時，氣氛還算和諧。黃同建議說七月嘉魚不夠肥，煎之不美，不如清蒸，唐蒙從善如流。可一到殺魚的環節，兩人卻發生了嚴重的分歧。

因為唐蒙發現，黃同殺第一條魚時，居然沒有刮鱗。他大為憤怒，說殺魚怎麼可以不刮鱗？黃同堅持說嶺南從來都是這種做法，還語出譏諷：「今天在番禺城門前受辱，都沒見大使你這麼激動……」

唐蒙實在無法容忍，搶過另外一條嘉魚，說別糟踐東西了，親自擼起袖子處理。一刮之下他才發現，這嘉魚的鱗片居然是在魚皮下面，看來是嶺南人手笨不會處理，只好帶鱗吃下。他在番陽縣做縣丞好多年，那裡背靠彭蠡大澤，魚類甚多，殺魚經驗很是豐富。只見唐蒙手裡小刀上下翻飛，把魚鱗一片片挑出來，然後開膛、挖腮，去淨肚內黑衣，動作一氣呵成。然後他還削了幾小根甘蔗，擱在魚身下方。

黃同忍不住：「好好的嘉魚，怎麼要用甘蔗鋪底？」唐蒙眼皮一翻：「我們番陽從來都是如此。」黃同沒吭聲，但呼吸明顯變得急促，顯然無法接受。

「在大庾嶺前被俘時，都沒見黃左將你這麼委屈。」唐蒙不失時機地嘲諷了一句。

好在兩個人的其他廚序都差不多，無非是放些蔥白、薑絲，再淋入一點稻米酒。一俟銅鬲裡的水開，便把兩條嘉魚放入陶甑開蒸。

隨著水聲咕嘟，庖廚裡陷入一種微妙的安靜，只聽得到滾水的聲音。黃同不動聲色地將左手大拇指按在右腕上，而唐蒙則偷偷瞄著窗外的光線角度。兩個人用不同的方式，計量著時辰，因為這對蒸魚來說至關重要。

水面上一隻白鳥振翅飛過，迅速掠過船邊。兩個人幾乎同時身形一動，齊聲說差不多了。黃同快了一步，顧不得蒸氣燙，迫不及待地掀開蓋子。

只見甑內兩條嘉魚並排躺在陶盤裡，俱是通體白嫩，軟玉橫陳。一股蒸魚特有的清香，繚繞在四周，令人食指大動。

唐蒙拿起一雙竹筷，先伸向黃同那一條。他本以為魚身沒有刮鱗，口感必然欠佳，可誰知一入口，那鱗質變得微脆，與魚肉相得益彰，味道意外地奇妙且帶層次。唐蒙細琢磨了一下，大概是因為嘉魚腹部自帶膏脂，一蒸之下，油花層層滲出，等於先在甑裡把魚鱗煎熬一遍，自帶風味。

那邊黃同的驚訝，也不輸於唐蒙。他的筷子一觸到魚身，魚肉竟自潰散開來，只見肉色如白璧無瑕，看不到半點血絲或雜質，只在表面浮動著一層淺淺的油光。他夾起一塊送入嘴裡，幾乎是迎齒而潰，立時散為濃濃鮮氣，充盈於唇齒之內。他之前憤怒，是擔心甘蔗的甜膩會破壞魚鮮，沒想到蔗漿蒸開之後，甜味幾乎消失，反而有了提鮮的妙用。

兩人把兩條魚都品嘗了之後，不約而同地陷入沉默。良久唐蒙方開口道：「看來閣下不去魚鱗，是『因魚制宜』，頗有道理啊……」

「我們南越盛產甘蔗，居然沒人想到，這東西也可以烹魚。」黃同也感慨道。

適才那點「血海深仇」，就此煙消雲散。唐蒙看看盤中兩條殘缺的嘉魚：「都動過筷子了，這樣的菜端給兩位貴人不太合適，還剩一條，另外烹過吧。」黃同立刻點頭：「對，對，咱們再烹一條便是，不去鱗，鋪上甘蔗……啊？你怎麼知道？」

對方既然說「兩位貴人」，自然是識破了呂嘉的身分。

唐蒙起身從水缸裡撈出最後一條嘉魚，笑嘻嘻道：「那老漁民的手背白白嫩嫩的，哪裡是常年在江上風吹日曬的模樣，身分必然不凡。你適才跟在他後頭，嗓門都不敢放開，還不說明問題嗎?」

「就這些?」

「原來我還不確定,現在一看你的反應,便確定了。」

黃同懊惱地抓了抓頭,北人就喜歡用這種詐術,真是防不勝防。唐蒙笑嘻嘻道:「其實我不用詐,只看你烹飪便知。只有地位尊崇的大戶人家,才會把魚吃得這般精細。喂,你侍奉的這位,到底是哪家貴人?這麼會吃。」

「呂嘉呂丞相。」黃同認輸似的低聲回答。

唐蒙「哦」了一聲,對這個人名沒什麼印象,反正都是莊公子去應對。他把嘉魚「啪」地甩在案板上:「時辰不早,儘快上灶吧。」

他正要侍弄,黃同伸手攔住,正色道:「適才大使烹魚,是不是還澆了點稻米酒?」唐蒙一點頭:「不錯,這是用來驅腥的。」黃同道:「我們南越日常烹魚,也用酒來驅腥。不過我家貴人別有一種驅腥之法,待我喚來,給大使品鑒一下。」

他對唐蒙的態度,有了一絲微妙的變化。先前還只是公事陪同,如今卻更像是迫不及待與同好分享心得。

唐蒙對此自然是樂於聽從。黃同示意稍候,走出庖廚對隨從道:「去把那個小醬仔喊來。」隨從應聲而出,過不多時,船外傳來一個清脆的女子叫賣聲:「賣醬咧,上好的肉醬魚醬米醬芥末醬咧,吃完回家找阿姆咧。」

那聲音清澈乾脆，字字咬得清楚，一口氣報出一長串名字連氣都不喘，如一粒粒蚌珠落在銅鼎之上。

聲音由遠及近，過不多時，一個黃毛丫頭來到了甲板上。這小姑娘看面相十六七歲，四肢瘦得似竹竿一樣，皮膚黝黑，頭上卻插著一朵素白色的梔子花，兩隻大眼睛忽閃忽閃。她背著一個半人高的大竹簍，整個人晃晃悠悠，感覺隨時會掉下水似的。

小姑娘熟練地跳上甲板，把大竹簍卸下來打開。只見竹簍裡面分成十幾個小草袋，每個草袋裡都塞著一個人頭大小的陶罐。

黃同告訴唐蒙，在番禺碼頭，徜徉著很多賣東西的小商販。賣胥餘果的就叫果仔，賣魚的叫魚仔。這個小丫頭專門賣各種葷素醬料，是番禺港最活躍的一個小醬仔。

「貴人想要什麼醬？」小姑娘問。黃同朝簍子瞥了一眼：「你這裡可還有枸醬？」小姑娘遲疑了一下：「還有一點，三文錢一貝。」黃同道：「我們不是吃，是烹魚要用。」

「那也要三文錢一貝。」

黃同「嘖」了一聲，這醬仔真是認死理，也不看看跟她講話的是誰。他懶得計較，說那就三文吧。

小姑娘轉身從最下面的草袋裡掏出一個小罐子，罐體偏白。看得出，她對這個小罐頗為珍惜，外面還裹了一圈用麻草編的套子，怕它無意中摔碎。

黃同探頭過去聞了聞味道，點點頭，說「你取出來吧。」小姑娘從腰間取下一片貝殼，先在袖子上抹了抹，探入罐子一刮，遞給唐蒙：「喏，試吃不要錢，但只能嘗一口。」

只見這一片大白扇貝殼裡面，多了一團黑乎乎的糊糊，像稀粥一樣水津津的，質感黏稠。黃同說：「大使你先嘗嘗？」唐蒙伸出舌頭在貝殼邊緣舔了一口，眼神霎時一凝。

這……這是什麼東西？

尋常的醬料，多是佐鹽醃漬，口味都很重。但這個枸醬不鹹不酸，入口微有清香。唐蒙咂了咂嘴，舌頭敏銳地捕捉到回味中的一絲辣意。那辣意醇厚，衝勁十足，卻如同一隻白鹿躍過密林間隙，稍現即逝。

等到唐蒙回過神來，口腔裡已滿溢津液。他還想再嘗一口，小姑娘卻把貝殼收回去了，一臉警惕：「再嘗，可要額外付錢。」唐蒙把唾液嚥下去，開口問道：「這醬叫枸醬？怎麼寫？」小姑娘搖頭：「我不識字。」

「可是用狗肉熬的醬？」

「不是不是。」

唐蒙也知道不是，那醬裡一點肉腥味都沒有，又問：「那麼可是用枸杞熬出來的？」小姑娘搖頭：「也不是，不是。」卻不肯往下說了。

唐蒙想了半天，也想不出第三種「茍」字發音的食材。黃同在旁邊咳了一聲：「怕主家等得心急，先把魚烹上吧。」唐蒙道：「黃左將，這枸醬味道雖說相對清淡，但放到魚裡，多少還是會喧賓奪主吧？」

「我不是用這醬本身，而是用它的汁水。」黃同解釋了一句，從懷裡掏出三枚秦半兩，扔給小姑娘。小姑娘認真把銅錢收入囊中，然後用貝殼盛出滿滿一殼枸醬，再用另一片貝殼蓋住，遞給黃同。

黃同捧著貝殼來到陶甑旁，用力一擠，便有黏稠的汁水沿著縫隙滴下來，淋在魚身上。唐蒙伸出指頭接過幾滴，放在唇角品嘗了一番，頓時恍然大悟。

剛才那股難以捉摸的辣味，在汁水裡更加明顯。唐蒙仔細分辨了一下，這其實就是酒味，但口感比稷酒和稻酒更清爽，用來給魚去腥，可謂極為得適宜。

黃同得意道：「這番禺城裡除了呂府，也只有她家才有這種醬。可巧就在近前，讓大使見識一下南越烹魚的妙處。」

說完黃同把醬汁淋到魚身上，把貝殼還給小姑娘，直接上甑開蒸。小姑娘細緻地把貝殼上的枸醬刮回罐子裡，收拾東西正要走，卻被唐蒙攔住。

「這位姑娘，你這竹簍裡還有些什麼醬？」唐蒙問。

「哦，那可多了。這裡有兔醢、雁醢、魚露、卵醬、芥醬……便宜的也有麩醬和舂粉做的米醬，這要看你吃什麼東西了。吃燉雞，得配肉醬；吃肉脯的話得配蟻醬；如果是魚膾的話，生食自然是芥醬最好。」

別看小姑娘耿直不太會講話，一說起醬料來卻如數家珍，一聽就是慣熟的生意。唐蒙聽得有這麼多種醬，真是百爪撓心，復問道：「那……這種枸醬可還有嗎？」小姑娘搖頭說：

「如今只剩一點點罐底，一貝殼都刮不滿。你還想要多的，只能等下個月再說。」

黃同在一旁沉下臉：「這是北邊來的漢使，吃點醬是看得起你，一個小醬仔莫耍狐狸心思。」然後轉頭對唐蒙道：「這些土人不知禮數，還請大使見諒。」唐蒙這才注意到，小姑娘是個嶺南土著，怪不得黃同的態度不太客氣。

小姑娘一聽問話的胖子居然是個北人，臉色微變。她趕緊移開視線，把竹簍一背，硬邦邦道：「沒貨就是沒貨。」轉身欲走。

黃同面子有些掛不住，大喝一聲：「我們還沒問完話，你去哪裡！」伸手一抓那竹簍，不許她離開。哪知小姑娘是個倔脾氣，像耕田的牛一樣低下頭，硬是朝船邊挪去。

黃同沒想到她這麼倔強，不由多施加了幾成力氣。兩個人互相這麼一拉拽，竹簍上的藤繩登時繃不住，一下子斷裂開來。整個簍子連同小姑娘瘦弱的身軀一起跌倒在甲板邊緣。簍蓋大開，那些盛著醬料的陶罐紛紛滾出來。

小姑娘似乎很怕高，一到船邊就嚇得大叫。唐蒙趕緊想要去攙她，卻不防左腳踩在那個裝枸醬的小白罐上，整個人登時失去平衡，一個倒仰朝舷外翻去，「撲通」一聲掉到珠水之中。

水花高高濺起，恰好灑在剛剛從船艙裡走出來的呂嘉和莊助身上。

# 第五章

「阿嚏！」

唐蒙在馬上打了一個大大的噴嚏，唾沫星子如飛矢濺出好遠。莊助嫌惡地一抖韁繩，催促坐騎超前一個身位，以避其鋒芒。在前面帶路的黃同裝作什麼都沒聽見，繼續朝著白雲山的方向走。

三天之前，唐蒙在珠水意外落水，這件事迅速傳遍整個番禺港，每個人都添油加醋，衍生出了無數版本。比如「漢使看中醬仔美色，用強不成反被推下水」，比如「漢使貪吃肉醬，腹瀉腿虛跌落甲板，屎尿齊汙」，甚至還有更荒唐的，說「漢使乃是江中鼉龍所化，一聞到魚醬味道，便現出原形嗷的一聲跳回水中」。那幾日裡，漢使徹底淪為番禺港的笑談。

莊助一度懷疑，是橙水在背後刻意推動流言。那個人講話陰陽怪氣，最擅長使這種下作手段。

至於唐蒙，他入水受了寒氣，打噴嚏不止，只能臥床安歇。熬到第三天，他強打精神，燉了一釜發汗的麻黃魚頭湯。可一口鮮湯還沒嘗上，呂嘉傳來消息，說南越王即將啟程前往白雲山祭祀先王。唐蒙欲哭無淚，只好揮別魚湯，被莊助拖著早早上路。

白雲山距離番禺城不遠，有一條秦式直道相連。道路兩側除了繁茂的植被，還有一片片散碎的水田，許多戴斗笠的農人在其中彎腰忙碌。扶犁的扶犁、插秧的插秧，除了他們驅趕的耕畜是一種頭生盤角的灰牛，放眼望去，景致與中原地區並無太大差異。

漢使一行沿著這條直道，不過一個時辰便抵達了位於白雲山山麓的武王墓祠。

趙佗去世之後，陵寢坐落在白雲山中，但具體位置祕而不宣。繼任的南越王在白雲山山腳下另外修起一座墓祠，供後人設祭之用。大概是國力所限，這座墓祠比中原太廟要寒酸太多，不過是一座單簷殿宇，殿下無台，殿前無闕，孤零零地坐落在一片蒼勁龍柏之間。墓祠上方掛著一塊牌匾，上書「武王祠」三字。

一個時辰之後，南越王趙眜便會抵達這裡。他們只要在墓祠門口耐心等著「偶遇」就成了。

眼下時辰還早，莊助圍著墓祠轉了一圈，忽然指著祠頂那塊木匾，大發感慨：「你們看看。周秦之世，本無此物，蕭丞相修建未央宮時，才第一次在前殿題額，從此遂有懸匾之法。看來南越不光襲用秦制，漢風對其也影響至深。不愧是中原故郡，事事都要學北邊。」

唐蒙正捧著半個胥餘果，摳裡面的果肉，聞言抬起頭來：「說起漢風，莊大夫，你剛才注意到沿途看到的農田景象沒……阿嚏！」莊助厭惡地站遠了幾步，譏諷道：「唐副使，你怎麼淨惦記著吃食？」唐蒙搖搖頭：「不是，不是。您看他們耕作的方式，有何特別之處？」

「豈不是中原處處都有的景象？」

唐蒙一拍果殼：「沒錯，正是中原的尋常景象，所以在這裡才不尋常。我剛才在路上看到沿途那些農民，不是在水田裡直接撒種，而是把秧苗在別處種好，再移栽到田裡。這在中原叫作別稻移栽之法，推廣不過十幾年光景，南越就已經學會了。」

莊助神色微訝：「他們學得這麼快？」唐蒙掰著手指算了算：「當然快啦。用這種法子種稻，比直接撒種的產量高出四成。如今已是七月底，他們還在搶種秧苗，說明一年至少可以種兩季。好傢伙，這南越每年的水稻畝產，得衝著十二三石去了。」

唐蒙在番陽縣丞任上待了五年，對農稼之事甚是熟稔。不用多做解釋，莊助已醒悟這意味著什麼。

南越的氣候得天獨厚，又得了中原耕作技術，蓄積必然豐饒。國之大事，唯耕與戰。南越國既有五嶺天險憑恃，糧草也足堪支應，怪不得南越王會起異心。

「朝中總有些無知官僚，只為些許蠅頭小利，竟把如此重要的農稼之術外傳！」莊助憤憤道。唐蒙的神情卻很微妙，輕聲喟嘆：「也不好這麼說，農稼畢竟是仁術。糧食多收幾石，就能少餓死幾個人哪。」

「養肥了山中猛虎，對自己有什麼好處？」莊助反唇相譏。

「田地就在外面擺著，就算朝廷禁絕外傳，難道南越就學不到了嗎？」唐蒙對這個話題，意外地固執，「左右禁不住，不如由官府出面主動傳授，大張旗鼓，讓南越百姓都知道吃飽肚子是誰給的恩德，長此以往，人皆歸心——莊大夫說讓實利而守虛名，不就是這麼個道理嗎？」

莊助沒想到唐蒙會冒出這麼一番議論，他想了想，一揮袖子：「你把這件事記下來，待回到長安，我會啟奏天子。」

唐蒙知道，這是上司委婉地表示談話結束。他抬頭看看日光，笑嘻嘻道：「這裡有些悶，南越王還要一個時辰才到，我想去附近透透氣。」莊助看了他一眼，默契地點點頭：「你去吧，我這裡有黃左將照顧，只是不要走太遠。」

本來黃同想跟著唐蒙一起出去，被莊助這麼一說，只好留下來。

唐蒙走出墓祠，隨便選了條山路，朝著白雲山的深處走去。莊助一早就吩咐他，設法勘測一下白雲山的地勢。對唐蒙來說，與其和上司在這裡尷尬對望，還不如出去蹓躂一下，在沒人看到的地方偷懶，於是態度難得積極起來。

這座白雲山不算大，目測寬不過八里，長也只有十幾里。若論氣勢，遠不能與巍峨的五嶺相比。但此山勝在山體跌宕，峰巒眾多。唐蒙簡單目測了一下，這附近至少有三十幾座大小山峰，植被厚密，高低交錯，如同一團揉皺了的綠絨布。

唐蒙一邊順著山勢閒逛，一邊在隨身攜帶的絹帛上勾畫，說不出的愜意。約莫半個時辰，前方出現一條潺潺而下的溪水。他正好走得乏了，大喜過望，飛奔到溪邊，先美美喝了幾大口清冽甘甜的溪水，突然嗅到一股異味。

唐蒙如同一隻警覺的肥野貓，脖子迅捷轉向溪水上游，昂起下巴，鼻翼翕動。他努力分辨了片刻，分辨出這是一種酸臭味，微微有些嗆，但稍稍回味一下，能從這酸臭中品出一絲醇厚。

在幽靜山林裡，怎麼會有這種層次豐富的味道？唐蒙起了好奇心，把地圖絹帛塞回袖子裡，緣溪上溯，很快看到一處山間岩洞。

唐蒙仔細分辨了一下，確認味道是從那洞裡傳出來的，信步走了過去。甫到洞口，他立刻感覺到一股清涼撲面而來，暑氣為之一散，再定睛一看，只見洞裡面擺滿了大大小小三四十個陶罐。不用開蓋，僅憑味道就能分辨出裡面盛放著各種醬物與醃物，少說也有十幾種品類——那股異味的根源即在這裡。

一個老頭從洞深處走出來，略帶警惕。唐蒙遞了一枚銅錢過去，老人家態度立刻變熱情了。此人應該是秦人出身，中原話很流利。兩個人攀談了幾句，唐蒙才知道這裡是個洞窖。山洞比外面相對陰涼，門口又有溪水，很適合存放醃漬之物。

「番禺城的醬園，大多都在白雲山周邊，但只有我家品質最好。」老頭見他穿著不凡，以為是哪個進山納涼的貴人，便有意誇耀了一句，「武王生前，他老人家最喜歡吃我家的東西。」

「哦？你家是御用的……」唐蒙意識到自己用詞有誤，連忙改口，「是王家專用的嗎？」

老頭得意道：「那倒不是，不過武王經常派人來我家採買，不信你嘗嘗。」

他殷勤地拿起一片貝殼，從罐子裡舀出一點豆豉醬遞給唐蒙。唐蒙嘗了一口……好傢伙，這小小一罐豆醬裡裝的鹽，能活活齁死大庾嶺前的全部漢軍。

老頭見唐蒙皺眉頭，連忙解釋道：「我父親和武王是同鄉，所以我們張記醬園的配方，保留了北方的原味。其他家的醬物味道太淡了，吃起來沒勁兒——這話可是武王親自說的！」

唐蒙一想，也有道理。趙佗是恒山郡人，那邊普遍嗜鹹。一個人小時候養成的口味，無論後來走了多少地方，無論長到多大年紀，都很難改掉。

老頭忽然又落寞起來：「可惜啊，現在嗜鹹的人越來越少，如今的南越王不愛吃，我幾個兒女也不愛吃，都愛吃石蜜、飴蜜之類的甜物。這幾十罐醬我堅持要做，可一直賣不出去，只能存在這裡，唉……」

唐蒙寬慰了老人幾句，忽又問道：「對了，你們張記醬園，做不做枸醬？」他那天晚上對枸醬的印象最為深刻，那種稍現即逝的奇妙，至今念念不忘。

老頭一怔：「枸醬？那玩意兒只有甘蔗手裡才有。」唐蒙一頭霧水：「甘蔗是誰？」老頭說是個碼頭賣醬的小姑娘，頭上總戴著一朵梔子花。唐蒙反應過來了：「哦，是她呀。」

唐蒙臉上閃過一絲愧疚。那晚他被水手救上船之後，甘蔗已經不見了。聽說她被狠狠鞭打了一頓，攆下船去，不知後面怎麼樣了。

「為什麼你們不做枸醬？」

「不會做啊。」老張頭講話倒是坦誠，「枸醬那東西怪得很，醬不像醬，酒不似酒，那味兒偏偏卻能勾走人的魂兒，回香無窮。番禺城的大醬工們一起琢磨過，可連這醬到底是用什麼原料熬製的，都沒搞清楚過，只能確認一件事——肯定不是用的枸杞。」

唐蒙更加好奇：「這是甘蔗那個小姑娘的獨家祕方？」老頭搖搖頭：「嗐，這不可能。她一個孤兒，每天跑碼頭做醬仔，就算有祕方，又哪來的精力去熬蒸醃漬？」

「孤兒？」

老張頭道：「這丫頭啊，從小有母沒父。她母親本來是在宮裡做廚子，後來犯了大錯，投水自殺。她一個人每天從白雲山進各種醬貨，扛去碼頭販賣。嘖，真是苦，真是苦。」

唐蒙暗道：怪不得那姑娘面黃肌瘦，原來竟是個孤兒。

「所以她的枸醬，也是從別人手裡弄來的？」

老張頭點頭：「對，我們都這麼猜測，可惜誰也不知她從哪裡進的貨，她也從不肯說。好在那玩意兒走貨量很少，每兩個月也就兩小罐。大家可憐她，由著她賣個糊口錢。」

「那如今在哪裡能找到她？」唐蒙急切道。

老頭捋了捋鬍子，貌似沉吟。唐蒙掏出五枚銅錢，說：「你給我拿一罐魚露吧。」老頭冷哼一聲，唐蒙如夢初醒，硬著頭皮說：「我要那罐豆豉醬好了……」老張頭這才接過錢：

「這款豆豉醬你仔細品品，真不一樣，武王都說好。」唐蒙懶得爭論，說好好。

老張頭喜孜孜拿起一罐給他，然後說：「貴人想要找她，可以去西邊瞧瞧，沿著溪水上去就行。那邊還有個大醬園，甘蔗一般會去那裡進貨。」

唐蒙懷抱著豆豉醬罐，按照老頭的指引一路溯溪而上，很快看到另外一處僻靜岩穴。他剛剛邁步欲上前，遠遠地就聽到一個熟悉的聲音在大喊：

「為什麼今天不能賣給我啊？」

聲音清脆響亮，確實就是那天的小醬仔。唐蒙探頭張望，只見她站在醬園門口的石頭上，蹙眉挺胸，一手叉腰，一手扶著竹簍，委屈得像一根沒發起的小豆芽，頭頂那朵梔子花都發蔫了。

對面的醬園管事不耐煩道：「今天國主來祭祀先王，晚上要在白雲山住下，附近做好的醬都調空了。下一批醬熟得五天以後，到時候你再來好了。」甘蔗急得身子一晃，語氣多了一分哀求：「我前幾日沒出門，今天再不出去賣貨，可挨不到五天以後啦。」

醬園管事奇道：「我記得你剛進完一批，這麼快就賣光啦？」甘蔗左手捏住右胳膊，咬著嘴唇不吭聲。

遠處的唐蒙知道答案。那一晚在船上，甘蔗扛去的一竹簍罈罐盡皆摔碎，對這種小商販來說，幾乎是全部家當的損失。小姑娘胳膊上有鞭打的傷痕，估計被打傷臥床了好幾天，今天實在熬不下去，不得不強拖病體來進貨。

醬園主人見她神情黯淡，換了個語氣：「甘蔗姑娘，其實你何必這麼為難，只要你把枸醬的祕方賣給我，便不必這麼辛苦。」甘蔗面色一變：「這個不行，絕對不行！」她氣鼓鼓地扛起竹簍，毫不猶豫起身，一瘸一拐地離開。醬園主人搖搖頭，回到岩穴裡去。

唐蒙有心跟甘蔗打個招呼，可又怕對方反應激烈。這姑娘性子太要強，而且似乎對北人有敵意，他只好偷偷在後頭跟著，尋思找個機會給她點補償。

甘蔗背著竹簍在林子裡穿行，身影比河邊的蘆葦還纖弱，走起路來晃晃悠悠的。大概是大病初癒，她走一段就要放下竹簍歇歇，就這麼不知不覺走到一汪水塘前。

這是溪水從岩邊分流出來的一個小塘，形狀如掌，水質清澈見底，半邊水面都被各色水生綠葉遮住，甚至可以看到幾條游魚，浮空似的飛著。甘蔗走乏了，跪在池塘邊雙手捧著清水啜了幾口。也許是太餓了，她抬起臉怔了一陣，伸手去扯水面的葉子。

那水生植物從水下伸出一根長柄，柄端分出三枚橢圓形綠葉，樣子頗似茨菇。甘蔗伸手一扯，扯動整株植物離開水面，下面的根莖居然像藕那麼粗。甘蔗餓得沒什麼力氣，費力拽了半天，才把它拽上來，撅成數節，連根帶葉放入簍中。

看甘蔗的舉動，大概是打算弄點野菜果腹。唐蒙心下慚愧，決心露面去幫幫她。他剛一邁步，卻見水塘另外一側走來兩個漢子。這兩個漢子頭裹圓巾，身著短衫，身上帶著一股酸味，大概是附近醬園的醬工。

兩個醬工一見甘蔗，眼睛一亮：「甘蔗，怎麼不去賣醬，反而在這裡撈綽菜呀？」

甘蔗不理他們，一個醬工笑嘻嘻道：「聽說你前一陣惡了一位貴人，挨了頓打，這會兒好點沒？我來幫你看看傷口。」說完就去扯甘蔗的袖子。甘蔗瑟縮著身子躲開，繼續埋頭去拽野菜。

這更激起對方的調戲心理，第二個醬工伸手去摸她的臉：「看你賣醬那麼辛苦，都瘦了，不如來我家算了。只要把枸醬的配方當嫁妝，虧待不了你。咱們白天熬醬，晚上熬人。」

他自以為說得俏皮，不料甘蔗「啪」地打開他的手，冷冷道：「回去熬你家的豬仔吧，只有牠不嫌你髒。」另一個醬工哈哈大笑起來，笑得這漢子臉面掛不住，抬起大巴掌怒道：「你一個小醬仔，敢罵老子？」說完抬手就要打。

甘蔗眼神裡閃過一絲恐懼，但並不躲閃或求饒，而是梗著脖子，死死盯著那醬工，彷彿要用目光支撐自己。

那醬工受不了這樣的注視，大手剛要扇下，這時一個陶罐從側邊飛出來，「咣噹」正中他的腦殼。這倒楣鬼身子一歪，直接撲倒在地，一罐黃褐色的豆醬全落在腦袋上。旁邊同伴嚇得一個趔趄，腳下一滑，也跌倒在地。

這突如其來的變故，把甘蔗嚇了一跳。她一抬眼，看到一個胖子從灌木叢裡走出來，再定睛一瞧，居然是那天在船上的可惡北人，臉色霎時難看了幾分。

唐蒙不太熟練地抽出佩劍，笨拙地揮舞一下，厲聲道：「你們兩個，光天化日之下，做的好勾當！」那兩個醬工一見長劍寒光湛湛，再看來人衣袍華美，當即唬得面如土色，什麼都不敢說，從地上爬起來跑掉了。

待得兩人消失在樹林深處，唐蒙才長舒一口氣。他可沒用過劍，真打起來肯定白給。他試圖把長劍插回鞘裡，卻尷尬地連續失敗了三次，不得不把雙腿併攏夾住劍鞘，才算把劍插回去。

甘蔗見他一副笨手笨腳的樣子，忍不住「噗哧」笑了一聲，旋即又變回警惕的神情。唐蒙看看她，一指地上破碎的罐子：「你如果要買醬，那邊有個張記。」甘蔗一撇嘴：「老張頭家的東西鹹死了，根本賣不出去，我才不要從他那裡進。」

這其實是唐蒙故意拋出的一個破綻，就為引甘蔗開口。只要肯開口，接下來就好辦了。唐蒙附和道：「他家的鹽確實是放得多了點，把本味都給遮住了，實在可惜。」借著講話的機會，他走到池塘邊，順手幫著甘蔗一扯，把一整根植物從水裡拔出來。甘蔗也不說謝謝，自顧自扔進竹簍。

「這叫什麼？」唐蒙問。甘蔗覺得這人沒話找話，頭也不抬，冷冷道：「綽菜。」唐蒙想了想，沒聽過，大概又是什麼嶺南特有的物種：「這能做什麼用？」

「焯熱了直接吃，能哄飽肚子睡覺。睡著了就忘了餓了。」甘蔗冷冰冰地回答。

唐蒙見她揪葉子時手腕都在發抖，大概是虛弱得實在沒力氣了，趕緊道：「啊，對了，甘蔗姑娘……前幾天的事，實在對不住。」甘蔗渾身一僵，冷笑起來：「是我瞎了眼，不該上貴人的船，須怪不得別人。」唐蒙道：「這裡有兩吊錢，你拿去，權且算是賠罪。」

甘蔗沒料到，這傢伙居然真拿出錢來。她狐疑地接過去，在手裡掂量了一下，沉甸甸的，成色十足，不是那種輕薄的榆莢錢，眼神更疑惑了——這個貴人特意追到白雲山裡，難道就為了給一個小醬仔道歉賠錢？

唐蒙又道：「對了，甘蔗姑娘，那天吃到的枸醬，請問你那裡還有存貨嗎？」甘蔗本來稍有放鬆，陡然又被馬蜂螫了一口似的：「果然還是為了這個！你們都是蒼蠅變的嗎？一個個聞著味就湊過來！沒有，沒有！」

她把那吊錢往唐蒙身上狠狠一砸，背起竹簍就要走。唐蒙連忙解釋：「我不是打聽配方，我是想買來吃，買還不行嗎？」甘蔗停住腳步，回頭決絕道：「我是不會賣給北人的，你趁早死了這條心吧！」

她話音剛落，遠處忽然傳來隆隆的鼓聲，由遠及近，頗有節奏。唐蒙一拍腦袋，糟糕！這鼓聲應該是南越王的先導儀仗隊傳來的，他得趕回武王祠，和莊助一起「偶遇」南越王了！

他三步併作兩步衝到池塘邊緣，這裡位於一處小山坡上，可以遠眺番禺城通往白雲山的大道。唐蒙遠遠眺望，看到一支黑壓壓的長隊緩緩走在大道上，朝著山麓而來。

他的方向感甚好，一瞬間便判明了自己和武王祠之間的位置關係。從山腰到山腳的武王祠，直線距離並不遠，但落差甚大。如果原路返回，無論如何也趕不上隊伍抵達，唯一的辦法是以直線衝下這道陡峭的山坡，但摔成什麼鬼模樣就不知道了。

甘蔗本來要走，看到唐蒙站在山坡邊緣，幾次試探要下去，又縮回來，忍不住道：「你是想儘快下山？」唐蒙忙不迭地點頭。甘蔗嘆了口氣，往前湊了湊，看到山坡距離下方甚高，臉色微變。

他想起來，小姑娘好像有點恐高，那晚在番禺港碼頭，她一靠近甲板邊緣就嚇得夠嗆。唐蒙道：「不勉強，不勉強，我自己滾下去吧。」說完作勢閉眼。甘蔗咬住嘴唇：「我不要欠北人的人情。你跟我來吧，我知道有一條近路，不用滾下去，只是要鑽林子吃點苦頭。」

唐蒙看了看山坡高度和密不透風的灌木，又看看甘蔗，知道自己別無選擇。

「我只是想進山偷個閒啊！」胖子在心中欲哭無淚，不得不哆嗦著槲槺身軀，緊隨小姑娘朝那一片綠海投去。

與此同時，站在武王祠前的莊助，也陷入焦慮之中。

剛才黃同來報，說南越王即將抵達，可副使唐蒙遲遲未歸。莊助看了一眼鬱鬱蔥蔥的白雲山，繁茂的植被遮住了山中任何動靜，那個混蛋八成又藏去哪兒偷吃東西了吧！耳聽得鑼鼓聲越來越近，莊助心一橫，索性先不去管他，挺胸邁步，準備迎候南越王的到來。

只見一里開外，負責先導的軺車已經駛來，後頭跟著浩浩蕩蕩的大車、持旗騎士和樂班。人數很多，但大部分車輛皆是牛車。南國馬匹數量很少，畜力主要靠牛，和大漢帝王的儀仗相比寒磣了不少。

眼見車隊將至，莊助忽然聽到墓祠後面一連串窸窸窣窣的聲音，他把視線轉過去，赫然看到墓祠後的密林裡鑽出一個黑瘦的小姑娘，背上還有個竹簍。莊助還沒反應過來，緊接著又見到一個肥碩的身影撥開灌木，滿頭碎葉與藤鬚，活像一隻綠頭肥鸚鵡。

原來唐蒙跟著甘蔗一路披荊斬棘，取直下行，愣是從密不透風的坡林裡鑽下山來。一見唐蒙這副狼狽樣，莊助氣得要用劍鞘去抽他。這時黃同急急跑過來，說國主車駕已經停在祠門口了。莊助悻悻把劍收回鞘內，低聲道：「收拾乾淨！」唐蒙忙不迭地把帶著倒鉤的藤鬚往下摘，疼得連聲叫喚，好不容易收拾乾淨，才對莊助大袖一甩，鄭重道：「幸不辱命！」

「還轉什麼詞！趕緊把那破袖子收起來！」

莊助氣得直翻白眼。只見唐蒙右側衣袖被樹枝劃開一個大口子，露出一條肥嘟嘟的白胳膊。若被南越人看見，還以為漢使是來送祭祀用的豕肉。

那邊甘蔗冷聲道：「咱們兩清了，我走了。」她背起竹簍正要離開，卻被黃同給攔住了：「你不許走！」

唐蒙以為黃同要責罵她，先一步擋在面前：「黃左將，她就是給我帶路而已，不要為難。」黃同一跺腳：「哎呀，現在國主已經到了，周圍全是衛兵，她現在一個閒人亂走，很容易驚擾了王駕！」

唐蒙環顧墓祠四周，這裡空空蕩蕩的，實在無處可躲，只有祭台後面的壁柱旁有條窄縫，立刻說：「甘蔗你去那裡躲躲吧！」黃同臉色大變：「那裡可不能……」他還沒說完，甘蔗已被唐蒙硬推了進去，她實在太瘦了，居然嵌得嚴絲合縫，只有竹簍放不進去，隨手扔在一旁。

她剛鑽進去，就聽墓祠外一陣腳步響動，有唱儀官高聲喊道：「國主駕臨。」這下黃同也沒辦法了，只好悻悻瞪了唐蒙一眼，站回莊助身旁，恭敬肅立。

只見一個五十多歲的男子在護衛的簇擁下邁入武王祠，此人頭戴九旒冕，身著玄衣裳，頭髮垂下兩縷在耳邊，末端用玉環束結，正是趙佗的孫子、當代南越國主趙昧。

莊助悄聲對唐蒙道：「你看，趙昧這番裝束，便是南越國主與百越大酋的合體，以示兩邊兼顧。哼，真是不倫不類。」唐蒙好奇地抬眼看去，這位南越王雙眼高低不一，左右斜錯，給人一種頭歪的錯覺。兩個碩大的黑眼袋如懸鈴垂掛，神情萎靡不振。

在趙昧身後，一左一右站著兩位官員。一個自然是呂嘉，另外一個額前垂髮、面色焦黃的胖老頭，想必就是土人一派的領袖橙宇。他們穿的皆是改造過的窄袖涼袍，足踏繩編木屐，涼快固然涼快，只是太不成體統，怪不得莊助瞧不上。

橙宇一看到莊助，第一時間擋在南越王趙昧面前，瞪圓了眼睛怒喝道：「前方何人，竟敢刺殺大酋！」他的雙眼淡黃，這麼一圓瞪，彷彿一頭擇人而噬的猛虎。

橙宇話一出，周圍的護衛立刻緊張起來，呼啦一下把南越王圍在中間。莊助不動聲色，呂嘉站出來大聲呵斥道：「何事驚慌，毛毛躁躁的，平白驚擾了國主！」說完他對趙昧作揖：「國主，這不是刺客，而是漢使。」

趙昧抬抬眼皮，嘟囔了一句：「哦，是漢使啊？」語氣含混，聽不出什麼情緒。旁邊橙宇大聲道：「我聽說漢朝乃是禮儀之邦，斷不會有這麼不知禮的使者。此人不告而入王祠，刺客無疑！」

他的聲線尖銳且古怪，但發音字正腔圓，擱在長安朝堂上也是一把論辯好手。莊助哪裡還聽不出來，橙宇這是在借題發揮。他立刻上前，徑直對趙眜一拜：「漢使莊助，稟大漢天子之命，前來拜祭武王，不意偶遇殿下，冒昧死罪。」

橙宇叫道：「確實該是死罪！武王祠乃我南越重地，先大酋魂魄所棲。你們像個小賊一樣偷偷摸摸藏在這裡，存的什麼心思？」呂嘉看了他一眼：「橙左相，你一口一個死罪，莫非是想替國主做主嗎？」橙宇回瞪過去：「若他們真是漢使，為何不先去番禺城覲見？哪有不知會主人，先跑來別家墓祠的道理？」

橙宇講起話來咋咋呼呼，頗有幾分心直口快的蠻夷風格。可他每次嚷出來的話，卻句句誅心，不太好接。

莊助早有準備，朗聲道：「南越武王年高德劭，為朝廷藩守南疆近百年。本使臨行前，天子諄諄叮囑，要本使一至嶺南，務必拜祭武王，以表慕賢尊老之心。敢問橙左相，是覺得國主比武王他老人家更尊貴，本使不應該先拜祭？」

莊助這一句話，更是誅心。橙宇眼皮一抖，知道這人不好對付，正琢磨要如何開口，旁邊南越王趙眜卻做出一個出乎意料的舉動。

他伸出手來攙住莊助，神情感動：「唉，漢天子有心了，使者有心了。武王他老人家啊，生前最喜歡北邊來使者，一聊就是一宿。你們能想著先來拜祭他，陪他講講話，很好，很好。老人家泉下有知，想必也歡喜得很。」

他這麼一表態，算是承認了漢使身分，氣氛登時緩和下來。橙宇也不是真的要抓刺客，不過是想趁機殺一殺漢使的威風。他環顧四周，叫來了負責護衛的中車尉：「呂山，你過來！」

這人一聽名字就知道是呂氏族人，橙宇訓斥他道：「明明漢使就在墓祠外等候，你負責巡查，為何不提前通報？」

呂山看了眼旁邊的呂嘉，這事是家主安排「偶遇」，自然不能提前通報，但這理由沒法講出來，只好硬著頭皮半跪下去，垂首請罪。橙宇冷笑道：「莫非你見到漢使，動了鄉梓之情，想要行個方便？」

這話一說出口，呂山臉色登時大變。這指控實在太嚴重了，他急忙分辯道：「左相明鑒，在下只是一時疏失，絕無與漢使私下交通之事。這位使者我今日才是第一次見。」

橙宇陰森森道：「見面也許是第一面，但溝通可未必是第一次了。我聽說漢使幾天前就來了，留在番禺港的船上遲遲不見動靜，也許就是等誰做內應吧？」他似有似無地看了呂嘉一眼，呂嘉冷哼一聲：「呂山如果做事有疏漏，該罰則罰，左相你不要扯別的。」

橙宇雙眼上下的褶皺一同擠壓，幾乎讓眼睛凸出來：「右相處事公正，不因私廢法，實在佩服。」他看向呂山，面色一沉：「今日在祠內等候的若不是漢使，而是個心懷歹意的刺客，你這麼粗率敷衍，豈不是置大酋於危險之中？」

呂山喉結滾動，卻不知如何辯駁。橙宇趁勢道：「這一次是僥倖，下一次呢？如此心不在焉，怎麼放心你來負責宮禁。滾出去，自領三十鞭子，等一會兒把腰牌交給橙水吧，別給右相丟人。」

中車尉這個職位一直由呂家把持。呂嘉沒料到橙宇借題發揮，硬生生要奪掉一個要職：「橙宇，呂山有過當罰，但中車尉這麼重要的職位，你自作主張，當場分給你家子弟，是不是太不把國主放在眼裡了？」

橙宇不慌不忙道：「我這是內舉不避親。橙水身為中尉，本就是中車尉的副手。正選既去，次第補位而已，和他是不是橙氏沒有關係。宮城與大酋身邊，警衛不可有一刻鬆懈，還是你覺得無所謂？」

這句話反問實在犀利，呂嘉只好暫時閉上了嘴。奇怪的是，他們吵成這樣，趙眛卻恍若未聞，只拉著莊助的手一直在絮叨，大概這在南越朝堂屬於日常，早習慣了。

站在莊助旁邊的唐蒙暗自鬆了一口氣，不自覺地偷偷朝壁柱方向看了一眼。甘蔗藏得挺好，現場根本沒人發現。正巧橙宇朝這邊靠近了一步，嚇得唐蒙趕緊挺身站過去，遮蔽對方的視線。就這麼一交錯，他聞到橙宇身上有一股味道，這味道苦中帶香，似乎是某種中原不常見的香料。

他再仔細一聞，發現這裡每一個南越大人物，身上都帶著一點獨特的香味。看來南越人嗜香，有事沒事都喜歡熏點什麼。唐蒙本還想仔細分辨，可很快發現祠堂裡的味道變得駁雜不堪，似有魚露、兔醢、豬脂羹、醃芥子……味道越來越多，越來越雜，唐蒙畢竟不是狗鼻子，實在有點疲於分辨。

好在答案很快就出現了。

一大批僕役從墓祠外魚貫進來，一個個抱罐抬罈，舉案端盤，一會兒工夫就在墓祠內擺開一片祭祀用的饗宴。各色珍饈，琳琅滿目，裡面一半食材唐蒙都認不出來。怪不得甘蔗買不到好醬，光是為了這一頓饗宴的調味，南越王就買空了白雲山的醬園。

待得僕役們布置完成，呂嘉上前提醒說儀式要開始了，趙眜才依依不捨地放過莊助，打了個呵欠，站回自己的位置上。

唐蒙抖擻精神，一盤盤細看過去，近距離觀摩王家盛宴的機會可不多。他忽然發現莊助也在凝神細觀，而且嘴唇還不時嚅動，頓感親切：「莊大夫你也覺得這饗宴不錯？」

莊助沒理睬，仍舊全神貫注。這唐蒙這才注意到，他是在數數。等數完了，莊助低聲感嘆道：「《周禮》有云：王舉，則共醢六十甕，以五齊、七醢、七菹、三臡實之——南越王這是嚴格按照周天子的儀制來做供奉啊，還真把自己當天子了。」

唐蒙數了數器皿，數量確實對應得上。莊助微微冷笑：「到底是蠻荒之地，讀書一知半解。周禮所言，是周王進餐的儀制，不是祭奠先王的禮節。他們拿活人吃飯的規矩來供奉死人，實在可笑。」

僕役們擺完鐔鐔罐罐之後，唱儀官又喊道：「奉神主。」很快就有兩名巫童裝扮的少男少女進來，舉著一塊長方形的大木牌，口中唱著招魂曲。耐人尋味的是，他們的裝束是濃濃的楚巫色彩，唱的調子卻是越風，可見南越的風俗駁雜得很。

在這古怪的旋律中，呂嘉、橙宇和其他南越臣子紛紛跪下，趙昧上前先叩首三次，然後把木牌接了過去，牌上寫著十個大篆，筆跡繁複，如同一堆蠕動的蟲子。

以南越之風俗，君王一年入葬，二年立祠，到第三年才可以在祠裡供奉神主牌。所以南越王這一次致祭的目的，就是要親手把趙佗的神主牌奉入祠內。從此之後，這座墓祠便可以代替陵寢，接受後人供奉和祭祀了。

在唱儀官嘰哩咕嚕的指揮下，趙昧按照禮儀一步步行事，很快就進行到最後一個儀式。他雙手舉著神主牌，恭恭敬敬朝著案前立去，這時一個聲音卻打斷了這個動作。

「等一下！」

現場所有人都嚇了一跳，這麼莊嚴肅穆的時候，誰敢大聲喧譁？眾人視線一掃，發現出聲的居然是那個漢使莊助。

莊助闊步上前，對趙昧作揖：「殿下，這神主之牌的材質，莫非是樟木製成？」趙昧把鼻子湊近木牌嗅了嗅，點頭說有刺鼻味，應該是樟木沒錯。

「神主牌用哪種木料，歷代均有講究。夏后氏以松，殷人以柏，周人以栗，秦人以梓。以樟木為神主牌，怕是不合禮法。」

莊助聲音洪亮，讓所有人都聽得清楚。橙宇第一個跳出來：「我南越國祭奠先王，你身為漢使觀禮即可！憑什麼橫加干涉？」莊助堅持道：「既然是祭奠先王，更該謹慎，稍有錯亂，可是會攪擾死者陰靈不安。」

「往大了說，這是南越國之事；往小了說，這是趙家之事。趙氏祖先開不開心，輪不到你評判！」橙宇怒氣沖沖，刻意用肥碩的身體擋住趙眜，唯恐這位南越王說出贊同漢使的話。

呂嘉在旁邊也是一臉意外。按照計畫，漢使只要隨南越王一同回城就好，觀禮期間不需要有任何動作。怎麼這位漢使卻主動跳出來，在這麼一個小問題上節外生枝？他連忙打圓場道：「如今一時也做不出第二塊神主牌，姑且先供奉上去，容後再補，不要耽誤了吉時。」

莊助見兩位丞相都攔著，南越王又是一副渾渾噩噩的樣子，不由得嘆了口氣：「我本想給你們個台階，你們卻無論如何不肯下，非逼著我說破了！」

他邁步走到神主牌前，伸手指著那一排鎦金大字道：「你們真以為中原無人識得大篆嗎？這上面分明寫的是『南越武帝趙佗之神主位』！不是武王，寫的是武帝，這是十足的僭越！」

最後幾個字喊出來，震得墓祠房梁上的塵土撲簌簌飄下來。

# 第六章

當年秦末之世，趙佗趁著中原大亂之際在嶺南割據，自稱「南越武王」。劉邦定鼎天下之後，漢軍南下，與南越打了幾場惡仗。南越軍憑藉五嶺天險，連連挫敗漢軍的攻勢。趙佗聲威大震，遂公然稱帝，改號為「南越武帝」。

孝文帝即位之後，老臣陸賈出使南越遊說利害。其時南越國連年征戰，也快熬不下去了，趙佗就坡下驢，撤回了「武帝」之號，仍稱「武王」，向北方稱藩。漢廷與南越這才明確了彼此之間的關係。

如今趙佗的神主牌上，公然寫著一個已被廢除的帝號，其用意昭然若揭。若不是莊助眼尖，便被這些南越人給蒙混過去了。

聽到莊助這麼一點破，呂嘉的臉色一變。這次奉神主牌儀式是土人一派負責籌辦，他沒料到，橙宇會在這件事上搞小動作，而且更麻煩的是，那個愣頭青漢使居然當場說破，連個轉圜餘地也沒有。

「殿下，我只問你一句，這牌子的事您是否知道？」莊助目光灼灼，看向趙眜。趙眜很努力地分辨牌上的篆字，這時橙宇辯解道：「這面神主牌是放在墓祠裡的，無傷大雅。」

莊助厲聲道：「武王生前明明已撤銷帝號，你們卻強加僭稱，違禮逾制。難道這是無傷大雅的事嗎？」

他右手按住劍柄，整個墓祠裡的氣氛陡然變得肅殺起來。唐蒙對這突然的變故有些驚慌，但他知道這時候絕不能塌台子，於是也努力挺直身體，站在莊助身旁。

「真以為我們南越怕了你們兩個無禮的小使臣？」橙宇一雙黃眼瞪得要凸出來。莊助毫不示弱：「戕殺漢使的後果，你可以試試看！」然後看向趙眜，朗聲道：「請南越國主更換神主牌！」

趙眜看看莊助，又看看周圍，神情有些遲疑。這時橙宇「撲通」一聲跪倒在地，放聲大哭起來：「大酋啊，武王他老人家的臨終遺願，只要一個帝字陪葬而已。他統御南越幾十年，對我嶺南恩德深重，難道這點心願，都要被北人阻撓嗎？都要讓您背負起不孝之名嗎？」

他說哭就哭，哭得情真意切。趙眜一聽自己可能會被罵不孝，立刻有些驚慌：「先王他確實不容易啊……」

呂嘉見勢不妙，連忙大聲打斷：「橙宇！你不要信口雌黃，武王何曾有過這種遺願？」

橙宇收住淚水，雙手一攤：「他老人家向他信任的人吐露心聲，你沒聽見而已。」

「胡說！武王去世乃是意外猝死，當時你我俱在現場，何曾有過什麼臨終之語？」

「武王是沒說出來過，但只要稍稍用心體會，就該明白他老人家的心思。」

那邊吵著，這邊莊助和唐蒙對視一眼，都從對方的眼裡看出震驚。這南越國也太直率了吧？外人在場，一場吵鬧便把宮廷祕事都掀出來了——三年前的趙佗之死，似乎還是場意外？

莊助微微瞇起眼睛，喃喃道：「他們送往長安的喪報裡，只說是壽終而亡，沒想到竟然是意外猝死啊。」唐蒙撓撓頭：「百歲老人家，發生點意外倒也不奇怪。」

「可到底是什麼意外，這就很值得玩味了。」莊助瞇起雙眼，隱隱把握住了南越局勢的關鍵。

無論趙佗是怎麼死的，總之死得非常突然，來不及留下明確的遺囑。秦人和土人都意識到，誰掌握了武王遺願的解釋權，誰就能控制昏弱孝順的趙眜，從而掌控南越的未來。而稱帝這件事，就是爭奪這個解釋權的主要戰場。

因此無論是呂嘉還是橙宇，在稱帝這件事上必須竭盡全力，你死我活。

想到這裡，莊助不失時機地獻上一次助攻。他闊步走到趙眜面前，鄭重施禮：「三年之前，南越送喪報至長安，報中只略言武王壽終，卻未提及緣由，天子一直深為困惑。今日希望能聆聽武王登仙之情狀，我代為轉奏，也好讓陛下安排巫祝祈禳，告慰泉冥。」

兩位丞相吵到現在，趙眜沒有發表任何明確意見，一副昏昏欲睡的樣子。突然被莊助當面一逼，趙昧立刻有些局促不安，看向橙宇：「左相，要不你給漢使說說看？」

橙宇有心拒絕，但大酋既然表態，他只好無奈道：「這也沒什麼可說的。三年之前，武王召見我與呂丞相議事，一直議到深夜才告辭離開。武王腹餓，便吩咐宮廚煮了一碗壺棗睡菜粥。誰知他食粥有些著急，誤吞下一枚壺棗核，正卡在咽喉處。等我們發覺不對，返回查看，他老人家已經……已經溘然長逝，如此而已。」

他說著說著，趙昧拿起袖子，擦了擦眼角，似乎不忍回想當時的情景。

莊助一時無語。趙佗一代梟雄，最後卻被這麼一枚棗核噎死，未免荒唐。旁邊唐蒙突然「嘖」了一聲，莊助斜眼看去，問他幹麼，唐蒙撓撓頭，說沒事，沒事。

橙宇繼續道：「事後我與呂丞相仔細盤查過，當晚武王身邊只有一個護衛和一個廚娘，並無旁人在側。是那個煮粥的廚娘太過粗心，沒有把棗核去乾淨。事後那廚娘自知犯了大錯，畏罪自殺，這件事也便到此為止。」

他話音剛落，突然一個淒厲的聲音陡然響起：「你們瞎說！根本不是阿姆的錯！」

這一下子，整個墓祠的人都驚了。眾人左顧右盼，卻沒見到什麼人影。不少人心想，莫非是山精作祟？還是仙人下凡？只有唐蒙面色大變，急忙要衝到祠後壁柱那裡阻攔，可惜終究晚了一步，甘蔗從那空隙裡跳了出來，雙拳緊握，向著墓祠裡的所有人激憤吼道：

「我阿姆沒害死大王！沒有！」

眾人這才反應過來，敢情這是……那個廚娘的女兒？她埋伏在墓祠幹嗎？難道是要復仇不成？幾名護衛立刻把趙昧護在身前，黃同猛然上前，一下子把甘蔗按倒在地。

甘蔗被壓得動彈不得，脖子梗著不肯垂下：「不是阿姆！不是阿姆！你們不許這麼說她！」她反反覆覆就這麼一句，言語裡帶著哭腔。

呂嘉和橙宇同時看向對方，異口同聲指責道：「右（左）相你讓一個負罪廚娘之女藏在墓祠，專候大酋（國主），是何居心？」

他們對彼此都很熟悉，指責歸指責，卻能從對方的眼神裡判斷，這應該不是對家預先安排的手段。兩隻老狐狸一邊指控，一邊百思不得其解，這丫頭從哪裡蹦出來的？

莊助狐疑地看向唐蒙，希望得到一個解釋，可唐蒙也百口莫辯。他哪知道，甘蔗的母親居然是噎死趙佗的元凶，更沒想到，這小姑娘不知輕重，居然眾目睽睽之下跳出來，替她母親辯駁，這不是作死嗎？

他擦擦額頭的汗水，正想著如何搭救，呂嘉已搶先一步，走到甘蔗面前溫言道：「你的母親，莫非是甘葉？」甘蔗仰起頭，大聲說是。呂嘉微微一笑：「我記得她。她是第一個做到廚官的土人，廚藝高妙，頗得先王信重，對不對？」甘蔗「哇」的一聲，哭了出來。

但這句話聽在橙宇耳朵裡，卻是另外一番味道。

噎死趙佗的甘葉是土人，藏在墓祠的甘蔗是土人，這盆髒水潑向哪裡再明顯不過了。他立刻厲聲打斷：「不管她是不是甘葉之女，膽敢擅入墓祠，驚擾王駕，就是殺頭的重罪！呂丞相，你同不同意？」

「你不是說這人是我指使的嗎？那我主張殺了她，總能證明清白了吧？你敢不敢做同樣的事？」橙宇一句話，把軟鞠重新踢到呂嘉面前。呂嘉面無表情：「左相此言甚當，墓祠重地，豈容罪臣的子女亂闖！該殺！」

兩人都是一般心思，防止對方拿這件事攻訐自己，最好就是主張將她殺掉。今天墓祠之爭有點失控，不要再平添變數了。

黃同見兩位丞相達成一致，一把揪起甘蔗的頭髮，要往外拖。甘蔗格外倔強，一邊喊著「我阿姆沒害死大王！」，一邊拚命掙扎，踢翻了旁邊的竹簍，裡面裝的綽菜一根根滾落在地上。

唐蒙急忙攔住黃同，大聲道：「你們誤會了，誤會了！是我在山中迷了路，請甘蔗姑娘帶回此間，她怕驚擾王駕才躲起來的，沒有別的心思！」

橙宇翻翻眼皮，一陣冷笑：「一個罪臣之女，居然勾結漢使，潛藏墓祠，果然是居心叵測！」唐蒙一時又是氣惱，又是欽佩。這個橙宇腦子轉得真夠快，無論別人說什麼，他都能瞬間曲解成一樁陰謀，真不愧是天生就吃這碗飯的。

這時一直昏昏欲睡的趙眜睜開眼睛，看向甘蔗：「你的母親原來是甘阿嬤嗎？」甘蔗被黃同壓住，只得點了一下頭。趙眜頓時喜出望外：「她烹的東西，我一向最喜歡吃，又香又甜，味道可真好。」說到這裡，他忽又情緒低落，語氣惆悵：「唉，可惜再也吃不到了。」

趙昧這麼開口一問，呂嘉也好，橙宇也罷，頓時都有些不知所措。南越王如此親切談起甘蔗她媽，那……這人還殺不殺？一直按住甘蔗的黃同，不得不把她的雙臂鬆開，後退了一步。

甘蔗揉了揉被扭痛的脖子，牙齒咬在嘴唇上，幾乎滲出血來。趙昧忽然注意到她腳下散落的綽菜，眼睛忽然一亮：「這……莫非是睡菜嗎？」甘蔗愣了愣，遲疑答道：「這叫綽菜，只有阿姆才會叫它睡菜。你……你是怎麼知道的？」

趙昧眼睛更亮了：「那你吃過她熬的壺棗睡菜粥嗎？」

「自然是吃過的。」甘蔗沒想到全場唯一能正常溝通的，居然是國主。

趙昧微微仰起頭來：「從前本王每次失眠，甘阿嬤都會熬一釜壺棗綽菜粥，她說這叫睡菜，可以平肝息風，再加上壺棗肉，可以養心安神。我喝完之後再躺下，必然一覺睡到天亮。」

講到這裡，趙昧神色一黯：「她臨死前一天，還給我熬過一釜，唉，那是我最後一次睡個好覺了。之後別人再給我煮粥，總不是那個味道，也沒什麼功效……」他絮絮叨叨地搖動著腦袋，兩個黑眼圈格外醒目。

唐蒙反應最快，一扯甘蔗大聲道：「愣著做什麼？你阿姆不是教了你熬壺棗粥的祕訣嗎？還不做給殿下嘗嘗？」他見甘蔗還傻愣在原地，生怕這耿直丫頭說出「不會」二字，急忙又對趙昧一拍胸脯：「這些綽菜剛剛採擷下來，最是新鮮不過。殿下既然要在白雲山休息一宿，我和她現在就去熬煮，保管您晚上可以喝到壺棗睡菜粥，踏踏實實睡一宿。」

他看出來了，趙眜最關心的，根本不是什麼王位帝位，也不是秦土之爭，而是睡個好覺。果不其然，趙眜一聽，大為欣喜，催促說：「那你們快去熬來。」

唐蒙鬆了一口氣，至少在粥端上來之前，甘蔗暫時沒有危險了。他想了想，又向趙眜恭敬作揖：「臣在中原之時，對於睡菜的功效也有耳聞。此物可以治心膈邪熱，但須內外兼攻。殿下得先寧心靜氣，神無濁念，再服用壺棗睡菜粥，方奏全效。」

說完這一段莫名其妙的話，他左手抄起竹簍，右手推搡著甘蔗，一起朝祠堂門口走去。

橙宇眼見兩人要走，眉頭一皺，忙對南越王道：「大酋，武王趙佗正是吃了壺棗睡菜粥才出的事，在他的祭儀上喝這個粥，不太吉……」

他還沒說完，發現趙眜正伸長脖子望向兩人的背影，只好硬生生掐斷了後面的話。南越王長期深受失眠困擾，一直四處搜尋安眠良方。這時他如果站出來阻撓，就算趙眜不遷怒，呂嘉也會伺機煽風點火，何必呢？

這時趙眜揮了揮手：「本王累了，你們儘快去把武王的牌位準備好，把儀式走完吧。」他說完之後，讓僕役抬過來一架竹製滑竿，自己躺上去，閉目揉起了太陽穴。

無論是莊助還是呂、橙兩位丞相，都敏銳地注意到，趙眜用的詞是「武王牌位」，不是「武帝牌位」。這位自從踏入墓祠後就態度曖昧的南越王，終於表露出了一個明確意見。

看來唐蒙臨走前說的那一番話，對趙眜起到了微妙影響。

為什麼無法安眠？因為無法寧心靜氣。為什麼無法寧心靜氣？因為神有濁念。濁念從何而來？還不是底下人吵吵嚷嚷，讓趙眜心煩意亂嗎？

率先反應過來的莊助，對趙眜合袖一拜：「臣不揣冒昧，願為武王神主牌正字。」莊助這麼說，是給對方個臺階下，順便嘲諷一下蠻夷沒文化。

橙宇對趙眜的脾性很熟悉，知道這次神主牌非改不可，只得恨恨道：「不勞莊大使費心，我南越自有文士。」他側過臉喚來隨從，過不多時，便搬來另外一塊神主牌。莊助仔細觀察了一下，這次的牌位寫的是「南越武王趙佗之神主位」沒錯。

這種木牌上的字，都是茜草根混著金粉書寫而成，倉促間不可能製備出來，除非……

「這傢伙……早就準備了兩塊牌位。」莊助暗暗冷笑。

對面的橙宇雖然一臉激憤，眉宇間倒沒什麼沮喪之色。看來土人一派對於「武帝」神主牌這事並不執著，能立起來最好，不立起來也無所謂，至少能讓大酋看到，他們為先王爭帝號的忠心。相比之下，呂嘉一心維護漢使的嘴臉，反而暴露出秦人的屁股歪。以後南越王用人，多少會想起今天的情景。

毋寧說，這才是橙宇的真正目的。

當然，莊助也不吃虧。他據理力爭，挫敗了南越人的僭越之舉。將來回到長安，這就是一筆可以寫入奏報的光彩政績。算來算去，只有呂嘉吃了虧，損失了一個中車尉的職位，但他涵養極佳，面上不露任何痕跡，還是一副雲淡風輕的模樣。

本來眾人吵成一團亂麻，結果甘蔗一跳、唐蒙一言，反而把局面給破開了。諸方各自退開幾步，垂手而立。趙昧見大家都安靜不吵了，這才慵慵地從滑竿上起來，在兩個巫童的吟唱聲中，按照儀程繼續奉牌，墓祠裡一時充滿祥和肅穆之氣。

趙佗的神主牌被奉立的同時，唐蒙和甘蔗進入了南越王的營地。

這個營地選在了兩峰之間的山坳入口處，依山傍水，清涼而無暑氣。南越王每次進山祭祠，都會在這裡多停留一日再返回番禺，以示追思不捨之心。

兩人來到庖廚位置，裡面灶、鬲、甑、釜一應俱全，還有各色醬醢食材，估計都是今天從白雲山徵調來的。唐蒙環顧四周，一捋袖子：「你把綽菜擇一擇，我來生火。」甘蔗瞪著這個胖乎乎的北人，一臉莫名其妙：「你要幹嗎？」

唐蒙道：「熬壺棗睡菜粥啊——哎，對了，我都忘了問了，你會熬吧？我可是把牛都吹出去了。」

甘蔗把臉扭向另外一邊，語帶厭惡：「我不想給他們做，是他們逼死我阿姆的。」唐蒙嘆了口氣：「現在兩個丞相都要殺你，想要活命，非得把南越王哄高興不可。我知道你阿姆是冤枉的，但也得先保命不是？」

甘蔗又一撇嘴：「你一個初來乍到的北人，怎麼可能知道我阿姆冤枉？拿好聽的話哄我罷了。」唐蒙一時無語，這孩子可真會說話。他嘿嘿一笑：「我偏偏知道。我一聽南越王被粥裡的棗核噎死，就知道你阿姆肯定是被陷害的。」

甘蔗愈加不信：「壺棗睡菜粥的熬法是我阿姆的獨門手藝，你哪裡知道去？還說不是大話。」

唐蒙像是屁股被刺了一矛似的，憤慨道：「什麼獨門手藝，你搞清楚，壺棗粥本來就是中原傳過來的膳食好嗎？」甘蔗大為疑惑，似是不信。唐蒙氣得笑起來，無奈解釋道：

「南越王趙佗是真定人，這粥是燕地特產，是他帶來南方的。最正宗的做法，是要用甘草與麥粒來熬粥，才有安眠之功效。只因為嶺南物產不同，所以你母親把甘草換成睡菜，麥粒換成米粒而已。」

甘蔗一臉疑惑，彷彿在聽一個不可思議的故事。

唐蒙一說起食物，就來了精神：「我跟你說說這正宗壺棗粥的做法啊。先取上好的壺棗洗淨，上甑蒸熟，再剝皮去核。單取棗肉出來碾成泥，拌上榛子末，用漿水調成糊糊。麥粒與甘草入鼎煮到八成熟，放棗糊下去調勻，熬半個水刻即好。」

甘蔗點頭：「阿姆確實是這樣子做的。」唐蒙一拍陶盤，肥嘟嘟的臉頰一陣顫動：「你想想看，按照這樣的廚序，熬粥之前，就要把棗肉和棗核分開，然後棗肉還要被搗爛、調糊，怎麼可能摻進一枚硬邦邦的棗核？就算不小心摻進去，怎麼可能不被發現？」

甘蔗瘦小的身軀為之一震：「那……那粥裡的棗核從何而來？」唐蒙搖頭：「我不知道。只是從常理判斷，廚師不可能犯這個錯誤。」

甘蔗先是怔了怔，隨即兩片薄嘴唇開始顫抖，越抖越厲害，最後全身都哆嗦起來。唐蒙以為她得了什麼急病，正要伸手去拍，卻像是破壞了某種平衡，小姑娘陡然放聲大哭起來。

唐蒙頓時手足無措，想伸手進袖子拿絹帛給她擦眼淚，一摸卻摸空了——大概是下山時袖口被劃破，裡面的東西掉在半路了。唐蒙只好放棄這個舉動，尷尬地轉過身去，蹲下開始擇菜。

甘蔗哭得很厲害，也哭得很痛快，淚水如嶺南七月的雨水宣洩而出。她一直堅信阿姆是無辜的，但那只是源自感情的一口倔強之氣，沒有證據，沒有道理，更沒人肯相信。此刻聽唐蒙點破其中關竅，甘蔗才第一次明白地知道，自己的堅持並沒有錯，阿姆真的是被冤枉的。

唐蒙低頭擇著綽菜，背後哭聲漸消，一個悶悶的哭腔傳來：「你這是在幹嗎？」唐蒙頭也沒回：「你先休息一下，我把菜擇好。」

甘蔗用手背擦擦眼邊，一把推開唐蒙：「笨死了，哪有你這麼擇的？綽菜又不是只吃葉子，要連根莖一起煮才行。」唐蒙一愣：「這玩意兒的根莖苦得很，你給南越王吃這個，不是要苦死他？」甘蔗道：「那是別人家熬的睡菜粥，我阿姆的獨家祕方可不一樣。」她抬起下巴，眼皮微微紅腫，眼睛裡滿是自豪。

唐蒙好奇道：「她是加甘蔗汁或者胥餘果肉來沖淡苦味嗎？」甘蔗大為不屑：「阿姆的祕訣，可沒那麼笨！」唐蒙一拍腦袋，是自己想差了。這睡菜粥可不是為了品嘗，而是為了治療失眠而做的，口感是次要的。於是他退開一步，看甘蔗操作。

甘蔗嘴上說是祕訣，手裡倒絲毫不避人。她先把根莖切成碎塊，統統扔進甑裡罩蒸。唐蒙注意到，她在鬲水中撒了一把薑末和鹽，然後又把綽菜葉撕成一條條的，用沸水淋過一遍，搗成糊狀。

當然，唐蒙自己也沒閒著。他從一個大甕裡翻出幾把壺棗，下手搗成棗泥，然後又在食材堆裡翻出一罐稻米，這是供應南越王的上等精米，每一粒都碾去了糠皮，白花花的如碎玉一般。他驀地想到白雲山沿途的水田，嘖嘖感慨了一番。用這樣的精米熬粥，可以想像，口感該有多麼濃稠。

「那是南越王才配吃的東西。我們平時都是吃薯蕷，難得吃到白米。」甘蔗說。唐蒙「哦」了一聲，看來是自己想差了，白雲山下那一片片稻田，看來只是專為貴人們享用的。

兩個人忙碌了半天，把所有食材陸續放入釜中，開始熬煮起來。只見火苗有條不紊地舔著釜底，在熱力托舉之下，釜內發出咕嘟咕嘟的悅耳聲，如楚巫呢喃。兩個人守在旁邊，還沒嘗到粥的味道，就已經快要睡著了……

不知過了多久，甘蔗猛然醒過來，先看了看釜內的火候，然後從旁邊竹簍底部取出一個小白陶罐來。

這個小白陶罐的外面，用一圈草套著，正是甘蔗用來盛放枸醬的器皿。之前在船上那一場騷動，這小東西居然倖存下來了。甘蔗把蓋子打開，倒轉罐口摜了一摜，隔了好久，終於有一小股黏稠的透明液體徐徐流出，落入沸騰的釜內，迅速融入粥海之中。

「這就是你阿姆的祕方？」唐蒙立刻猜出了答案。

甘蔗把罐子用力晃了晃，確保最後一滴流出來：「最後一點了，新的要等到下個月。」

她抱著小白陶罐，眼裡湧起一種淡淡的惆悵，但又混雜著幾絲期待。

唐蒙沒留意甘蔗神情的變化，他緊盯著鼎裡，琢磨著枸醬在其中的功用。那種似酒非酒的醇香實在太神祕了，既可以給嘉魚調味，也可以輔佐壺棗睡菜粥，似乎無所不能。

這到底是用什麼材料熬製出來的？唐蒙只覺百爪撓心，恨不得自己跳進釜裡去感受一下。他想著想著，忽然覺得哪裡不對。

壺棗睡菜粥的祕訣是枸醬汁，那說明甘蔗的母親甘葉至少在三年前，就開始把它用於宮內烹飪了。看來這種枸醬，不是甘蔗做了醬仔之後才得到的，而是繼承自其母。

怪不得別人一問枸醬來源，她反應就極其強烈。不光是生計原因，也因為這是屬於她和阿姆的羈絆吧？不過唐蒙沒有貿然詢問，這應該是甘蔗最忌諱的話題。兩人關係好不容易改善，可不能毀掉信任。於是他換了個問題：「哎，你阿姆，是個什麼樣的人？」

他對這位廚娘本身充滿好奇，一個土人能做到趙佗的廚官，手藝一定有過人之處。

甘蔗沒吭聲。就在唐蒙以為自己被忽視時，她單薄的身板往灶台旁一靠，雙腿蜷起來，細聲講起：

「阿姆是羅浮山下人，本來在番禺港一家食肆做廚娘。她很喜歡做飯，經常會搜羅一些從來沒人吃過的食材，烹煮一些從來沒見過的菜式，很受水手們歡迎。武王有一次出巡，吃到她烹的嘉魚，覺得特別美味，便把她召進王宮裡，專門給整個王族做廚子。」

唐蒙聽得雙眼發亮，恨不得也去認個娘親。甘蔗輕輕嘆了口氣，繼續道：「可先王死了以後，他們都說是我阿姆幹的。她做了那麼多年飯，那麼多人吃過，可到頭來誰也不肯替她說一句話，結果她只能拋下我一人，去跳了珠水……」

甘蔗說著說著，又哽咽起來。唐蒙看著嚶嚶哭泣的小姑娘，心中浮現另外一道身影，令他忍不住心下惻然，出言勸慰道：「別哭了，啊，等南越王喝完這釜壺棗睡菜粥，心情好了，就會赦你無罪啦。」

甘蔗用手背擦了擦淚水，定定地看向唐蒙：「你倒沒其他北人那麼壞。」唐蒙聽這話不太對勁，皺眉道：「什麼話！你之前被北人欺負過嗎？」甘蔗搖搖頭：「你是我認識的第一個北人。但大家都這麼講嘛，說你們北人狡黠貪婪，又自大又小心眼，比珠水邊的蚊蟲還惱人。」

唐蒙沒想到，中原人在南越國的形象居然這麼差，連一個沒離開過番禺的小醬仔都有如此偏見。他苦笑不已，又無從解釋。這時甘蔗上下仔細打量，眼神忽然一凝：「哎，你應該是漢使……吧？」唐蒙糾正說：「是副使。」

甘蔗道：「我聽說來南越的漢使都非常囂張，整天胡作非為，官府從來不敢管，你能不能幫我做件事？」唐蒙眼角一抖，一時竟不知道她是在誇獎還是在諷刺。甘蔗道：「你能不能幫我查查，是誰把棗核放進先王的粥裡，冤枉我阿姆清白的？」

唐蒙圓溜溜的小眼睛裡，陡然綻出兩道銳利光芒。甘蔗的無心之語，提醒了他一種可能：噎死趙佗的棗核，背後可能藏著更深刻的用心……甘蔗見唐蒙不語，咬了咬嘴唇，似是下了一個很大的決心：「你幫我阿姆洗清冤枉，我把枸醬的來源給你。」

她說完之後，忐忑不安地等待著，不確定對方會不會感興趣，但這是她唯一能夠拿來做交易的東西。下一個瞬間，甘蔗感覺到雙肩猛然被一雙肥厚的大手按住。

「一言為……」

三個字剛剛脫口而出，最後一個字卻被嘴唇硬生生卡住。唐蒙的表情古怪至極，溢於言表的興奮還未退去，又有戒備與憂慮湧出來，彷彿體內有兩種力量在互相交戰抗衡。

要知道，宮闈之爭，至為殘酷，無論大漢還是南越，概莫能外。他們倆一個是人微言輕的漢家副使，一個是番禺碼頭小醬仔，輕易涉足其中，極可能會被淹死。

最終他冷靜下來，把大手從甘蔗的肩膀挪開，用不太確定的口氣道：

「粥快好了，咱們趕快送過去。這件事你讓我想想，讓我想想……」

# 第七章

南越王的儀仗隊伍從白雲山徐徐開出，朝著番禺城逶迤而去。

趙昧坐在馬車之上，面色比來時亮了幾分，眼圈也沒之前那麼黑了。他甚至有興致拿起一枚橄欖，剝給鄰座的莊助吃。莊助優雅地捏在手裡，不往口中送，保持著尷尬的微笑。

昨晚那一釜壺棗睡菜粥效果驚人，南越王喝完之後，一夜酣眠，次日起床神采奕奕，一掃之前的頹靡。群臣紛紛祝賀，說先王有靈，庇佑子孫，於是趙昧當場赦免了甘蔗衝撞典儀的罪過，還打算指派她入宮做幫廚。

這一次兩位丞相難得意見相同，異口同聲地勸諫大王不可。

甘葉畢竟是害死趙佗的元凶，把一個罪婢之女留在王宮烹煮膳食，怎麼說都不太吉利。

趙昧只好放棄這個想法，但吩咐甘蔗要定期送壺棗睡菜粥入宮。

安排完這些瑣碎的事之後，趙昧叫來漢使一同上車，結伴返回番禺。不過上車的只有正使莊助，副使唐蒙則被安排在後面一輛牛車上。

唐蒙樂得清淨，他斜靠在牛車上，心思隨著身體一起晃晃蕩蕩。

昨天甘蔗希望他幫母親恢復清白，聽著是一樁小事，可仔細一想，會發現難度極大。甘葉的罪名是噎死趙佗，想還她清白，就得搞明白南越王真正的死因。想搞明白真正的死因，就得去刺探人家三年前的宮廷祕史。你一個漢家使者四處打聽南越宮中之事？談何容易！

唐蒙對於枸醬固然充滿好奇，可分得出輕重。他來南越的策略是盡力偷懶，更別說主動去招惹這麼大的麻煩。只是甘蔗看著實在可憐，唐蒙不忍當面拒絕，說等回到番禺城，再給她答覆。

他當天晚上就找到莊助，一五一十做了彙報。唐蒙本以為上司一定會大罵荒唐，然後他就有理由回絕甘蔗。萬萬沒想到的是，莊助非但沒反對，反而大力贊同。他的理由很簡單：如果真能從武王之死裡挖出什麼隱情，漢使將在南越局勢上占據主動。

「唐副使，這段時間你辛苦一下，除了繪製輿圖，也多花點心思幫幫那個甘蔗啊。」莊助笑咪咪地拍了拍唐蒙的肩膀，勉勵道，「別嫌它是一樁小事。有時候，些許微風便可以改變千石巨船的航向。」

「我沒嫌它是小事，我是嫌它不夠小！」

唐蒙在心中哀號著，臉色僵硬地拱了拱手。他本想躲事，千算萬算，卻給自己招惹來額外的工作。不過這怪不得別人，只怪自己被那個該死的枸醬迷住了。

一想到枸醬，唐蒙的嘴裡不由自主又分泌出津液。有一說一，那東西確實充滿誘惑，令人念念不忘。無論烹嘉魚還是壺棗睡菜粥，只要它加入之後，滋味都會變得富有層次，下次試試去配燉禽鳥或熬脂膏，說不定還能發現更多妙用……

「咕咕。」腹內發出幾聲鳴響，他這才依依不捨地收回思緒，揉揉肚子，把注意力放到前方的大路上。

車隊花了小半天時間，從白雲山趕回番禺城。這一次，把守城門的橙水沒有多做阻撓，乖乖地把中門打開，迎進了南越王和兩位漢使。只是他看向莊助與唐蒙的眼神，令人格外不舒服，這人彷彿一條注視著獵物進入攻擊範圍的毒蛇。

番禺城的布局和中原城市並沒有太大區別——畢竟是出自秦軍之手，同樣是四方外郭，內置若干里坊。但和長安相比，番禺的里坊頗有一些獨特之處。

一是綠植遍地，低矮的坊牆上爬滿了各色藤蘿，好似罩上一層綠帷。坊牆內側有許多株枝葉繁茂的大樹，它們越過牆頭，在半空中舒開樹冠、伸展枝椏，如傘蓋一般。

二是番禺的坊牆並非完全封閉，在牆體之間開出很多小口，被一座座臨時搭建的遮陰小棚所填充。這些小棚裡大多是吃食攤子，有的是生剖胥餘果，有的是燒烤石蜜，還有的把一口大鼎擺在缺口，裡面咕嘟咕嘟翻騰著各種動物雜碎。路過的人直接從鼎裡撈一碗出來，就地蹲在街邊吸溜吸溜。

唐蒙靠在牛車上，左右張望，如同老鼠掉進米缸裡一樣。他早在番禺港內就知道，嶺南人愛吃，可進了城才知道還是低估了當地人的食欲。

他正看得入神，忽然前方路邊出現一個瘦小的垂髮之民，應該是番禺城民。此人赤裸上身，頭纏布巾，正衝這邊興奮地叫喊。唐蒙還以為這是嶺南土著淳樸的歡迎方式，正要微笑回應，不防那人手裡扔出一個黑物，飛過一條弧線正中他腦門。他「哎呀」一聲，頓時被砸得眼冒金星，差點從車上栽倒。再一抬頭，那城民跑得無影無蹤。

唐蒙暗叫晦氣，忽然發現砸中自己的是個古怪東西，大如木瓜，皮色青黃，不是尋常的渾圓或長條形狀，而是五條寬棱合併在一塊。他把它撿起來，大小正好合掌一握，指甲摳進去，便有汁水溢出來。

他一瞬間不知道該先問問這是什麼果子，還是先看看是誰砸過來的。

這一猶豫，很快從四面八方砸過來更多黑影。他一邊狼狽閃避，一邊不忘分辨裡面有橄欖、桃核、胥餘果殼碎片，還有一根不知是什麼動物的骨頭，其他的就顧不上認了，只知道砸起來很疼。

直到黃同從後頭驅馬趕過來大聲呵斥，這次意外的襲擊才宣告結束。唐蒙把歪掉的頭巾重新扶正，抬眼看到兩側坊牆上面有許多人影。隨著視線掃過去，這些城民紛紛低伏，卻有陰陽怪氣的喊聲從兩側的坊牆內拋過來：

「北狗滾回可（滾回去）！」

「五嶺山高，捽死汝屬（你們）！」

「侮辱先王，賊頭立斷！」

有些叱罵聲能分辨出是中原音，有些純粹是當地土話，聽不懂，但語氣肯定不是褒獎。唐蒙不太明白，他們明明是初次進城，何至於引起這麼大的敵意。

黃同在坊牆下來來回回巡了幾圈，這才滿臉尷尬地來到牛車旁，解釋說大概是番禺城民們聽信傳聞，對漢使有所誤會。

「傳聞？什麼傳聞？」唐蒙莫名其妙。黃同咳了一聲，說南越武王在南越民眾心目中聲望甚高，他們想必是風聞奉牌儀式的風波，故而氣憤。

他說得委婉，唐蒙旋即反應過來，看來這又是橙宇搞的鬼。奉牌儀式不是公開活動，知悉內情的就那麼幾個人，肯定是他第一時間把奉牌風波傳回城中，而且添油加醋，變成一個「漢使欺凌先王」的故事。

普通百姓一聽說漢使砸了先王的牌位，自然個個義憤填膺。他們可不懂「武王」「武帝」之間的微妙差異，反正漢使最壞就對了，必須夾道「歡迎」一下。怪不得進城時，橙水的眼神那麼意味深長，敢情是等著看熱鬧呢。

「呂丞相……就任由他們這麼搞？」唐蒙把一塊果皮從頭頂拿下來，抱怨起來。

黃同苦笑道：「他們扔的只是瓜果皮骨，就算逮到，也不過幾板子的事，再計較反而會惹起更大的亂子。大使多見諒。」

這大概是橙氏慣用的手法，不停在小處生事，一次又一次煽動底層民眾情緒，經年累月，潛移默化，慢慢營造出一種反漢反秦的氛圍。只要沉浸在這氛圍裡，漢使甭管做什麼都是錯的。

唐蒙不由得暗暗感嘆。橙氏這一手才是真正的「兩全之法」。不停地挑事，鬧成了，可以小小地占個便宜；鬧不成，便借此煽動民眾情緒，製造對立。對橙氏來說，怎麼都是賺的。立國之前，這些嶺南土著還在茹毛飲血。在趙佗這麼多年的悉心調教之下，他們如今玩起心眼來可絲毫不遜中原人。

接下來的路程，沒再發生大規模襲擊，但零零星星的窺探和敵意無處不在。最讓唐蒙心驚的是，一個七歲左右的小孩跑到牛車旁，衝他吐出一口唾沫然後笑嘻嘻地跑掉。他的同伴們躲在遠處的一處棚子下，轟然發出讚譽聲。

一個黃口小兒尚且如此，遑論其他人，怪不得甘蔗對自己是這樣的態度。中原權威六十多年不至此間，只怕絕大部分南越百姓早忘了曾是大秦三郡子民。

但……這個局面是趙佗所樂見的嗎？唐蒙心想。他看向前方的王駕，可以看到趙眜和莊助兩個挺得筆直的背影，似乎談得頗為投機，不知莊公子是否也注意到這些小民的舉動。

「哎，對了，這個是什麼？」唐蒙舉起手裡那個五棱怪果子。黃同看了一眼道：「本地叫作五斂子。」

「為何叫這個名字？」

「南越這邊稱棱為斂，這果子有五條棱，所以叫作五斂。」

「好吃嗎？」唐蒙最關心這個。

黃同看了唐蒙一眼：「好吃，就是有點酸，得蘸些蔗糖。不過這個都砸爛了……大使你就別吃了吧？」

「誰說要吃這個了?!」唐蒙猶豫了一下，最終把這個爛掉的五斂子扔掉了。

過不多時，車隊抵達城內驛館。早有接待的奴婢分成兩列迎候，手捧美酒豐穗、彩帛簫鼓，把迎賓之禮做了個十足，就連莊助也挑不出什麼毛病。

趙眜本想把莊助送入驛館內繼續聊，橙宇站出來勸諫說，在宮中還有收尾的儀典要舉辦，他才悻悻離開，臨走前拽著莊助，說過幾日請漢使入宮深談。

唐蒙等到趙眜離去，這才湊過去，把百姓投果之事講給莊助聽。莊助正得意，聽他講完之後，促狹道：「投之以木桃，報之以瓊瑤，想不到在南越也能復見《衛風》之禮啊。這些百姓，莫非也知道唐副使的嗜好？」

唐蒙見他還有心思開玩笑，跺跺腳，強調說這可能是橙宇的下馬威。莊助不以為然道：「些許營營青蠅，能成什麼事？我跟你說個好消息。適才我與南越王同車談了一路，你猜如何？他居然也是我父親的讀者。我父親的很多篇章，他都背誦得出來，而且解得甚當。」

「嗯？」唐蒙像是被棗核噎到。

「沒想到啊，這一代南越王久慕漢風，對中原禮樂文字很是熟稔，只恨南越能聊這個的人太少，沒有知音。這次見著我了，可算是伯牙遇子期。」莊助又是自得，又是興奮，「我打算多跟他講講聖賢道理，趁機勸化，假以時日，趙眛莫說放棄稱帝，就是舉國內附，也不是不可能。」

莊助說著說著，忍不住揮動手臂，彷彿看到一樁偌大的功勳飄浮在眼前。

唐蒙總覺得莊助這股自信來得有些輕易，不過轉念一想，豈不是正好？莊助若能說服南越國主，他就不必去做什麼額外的事了。不料莊助一拍他肩膀，樂呵呵道：「唐副使，你儘快著手去辦甘蔗的事。屆時我在宮中感化趙眛，你在外面調查真相，內外齊攻，大事不愁不定！」

「其實吧……讓呂嘉去查，豈不更加方便？他才是地頭蛇啊。」唐蒙還不死心。

「若這件事交給呂氏查了，漢使的價值何在？」

唐蒙頓時無言，莊助肅然道：「甘蔗這件事，切不可讓呂嘉知道，須是漢使獨手掌握。你記住，咱們不是來幫呂氏，而是為朝廷爭取利益的。」

唐蒙甩不掉工作，只得一臉晦氣地拱手拜別。他先回到自己的房間，換了一身露臂短衫，踏上一雙木屐，典型的南越裝束，然後走出館驛大門，守在門口的黃同立刻迎上來。

「唐副使要去哪裡？」

想要查甘蔗的事，可不能讓這傢伙跟著。唐蒙想了想，咧嘴笑起來：「我這不是剛被砸了頭嘛，想上街找幾個五斂子吃。」黃同知道唐蒙是個饕餮性情，適才又看到他被五斂子砸中額頭，不疑有他，說：「我帶您去吧，這番禺城裡我最熟悉。」

過不多時，兩人來到了一處坊牆底下的小攤前。這裡說是攤子，其實就是一輛老牛車。車頂搭起半邊遮陽竹篷。車廂裡一半堆著青黃顏色的五斂子，一半擱著幾個小陶罐，罐口有一堆蒼蠅繞著。

黃同朝攤主喊了一聲，後者從車廂裡挑出一個飽滿的果子遞過去。唐蒙拿在手裡翻來覆去看了幾眼，不知該如何下嘴。黃同掏出一把小刀，把其中一條棱削下去，遞給唐蒙。他合齒橫咬，一股酸澀的味道直入口中，刺激得眉頭一聳。

黃同見他神情有異，解釋道：「這陣子五斂子剛成熟，味道有些澀。如果唐副使嫌酸，這裡有蜜漬的。」旁邊攤主殷勤地揮手趕開蒼蠅，從陶罐裡撈出一個沾滿稠漿的五斂子。

如果是莊助，看到這種情景是絕不肯吃的。唐蒙卻絲毫不介意，接過黃同的小刀，削下一條再吃，不由得大加讚賞。蜜水可以壓住果皮的澀味，讓酸勁柔化成一種回甘，加上汁水豐足，味道頗美。

「嘖嘖，這麼好的東西，可得給莊大使帶幾個嘗嘗。」唐蒙迅速削完另外四邊，伸手要去罐子裡抓。黃同說這點小事，何勞大使動手，讓攤主選不就行了？唐蒙搖頭道：「還是我自己來吧。」

說罷唐蒙俯身去選，先從罐子裡掏出五個蜜漬五斂子，又從車廂裡挑出十個新鮮的，一股腦遞給黃同，還不忘記叮囑：「莊大使素有潔癖，可千萬別掉到地上沾了土塵。」黃同一聽，不得不雙臂併攏，在胸前勉強懷抱住這一大堆果子。

「行了，應該夠吃了，勞煩黃左將你送回驛館啊，我自己再逛一會兒。」

唐蒙拋下這句話，轉身就走。黃同大驚，想要跟上去，卻發現自己雙臂還被這一堆果子占著——偏偏他又不能扔，這是漢副使親手挑給漢使的，隨手丟棄，恐怕對方會借題發揮。

黃同左右為難，只得小心翼翼地蹲下身子，把這些果子一個個放在車廂旁邊，又問攤主討了片芭蕉葉捲好。等到他忙完這一套再抬頭，唐蒙人影早不見了。

甩脫了黃同之後，唐蒙三步併作兩步，趕往甘蔗家中。甘蔗事先講過自家位置，就在南越王宮的東南角，與宮牆只有一街之隔。番禺城不算太大，他方向感又好，很快就找到了那片區域。

唐蒙本以為靠著宮城的地方，就算不夠富麗堂皇，好歹也該秩序井然，沒想到趕到地方一看，結結實實吃了一驚。

映入眼簾的，是一片雜汙的亂象。這一帶是全城地勢最低的地方，宮城裡的汙水順著粗大的陶管排出來，就在這一帶散流漫溢，沖出十幾條粗細不一的淺褐色溝渠。幾十間雜亂的茅草屋，散布在這些汙水溝附近，如同河邊瘋長的野草。在屋頂與水溝之間的上空，還不時升起黑霧——這是水中孳生的蚊蟲騰空而起。

唐蒙轉了好幾圈，才找到甘蔗的住所，那居然不是一棟房子，而是一棵緊貼著宮牆而立的大榕樹。

這樹枝幹粗大，根枝虯結，少說也得有幾百年樹齡。它有一部分粗枝垂至地面，與主幹之間形成一個天然拱頂，拱頂下有一塊木板勉強做門，外面堆放著一大堆白色的小空罐，唐蒙一眼就認出來這是盛放枸醬用的。

屋子外還有一個簡陋的灶頭，灶頭旁晾曬著一串長圓形的榕樹葉子。旁邊一小片花畦，裡面是一叢叢的大葉梔子花樹。除此之外，別無他物。

唐蒙唏噓不已。一個十幾歲的小姑娘，居然如野人一樣蝸居樹洞。別的不說，單是這陰濕惡劣的環境，就夠折磨人的，更不要說還有蚊蟲鼠蛇的滋擾。好在嶺南長熱無冬，否則真不知她怎麼活。

唐蒙站在樹前，大聲喊甘蔗的名字。那塊木板忽被推開，先是幾隻碩大的老鼠竄出來，轉了幾圈消失在樹根之間，再是甘蔗從黑漆漆的樹洞裡走出來。

她見唐蒙如約而至，雙眼忽閃了幾下，既喜且疑，似乎不相信這個北人居然真來了。她原地愣怔片刻，忽然道：「你等一下！」然後回身鑽回拱頂下，再出來時，手裡拿出幾枚鱗皮紅果。

唐蒙走得熱了，也不客氣，接過去咬了一口，頓覺乾澀無比。甘蔗忍不住嘻嘻一笑，說你把皮剝去。唐蒙臉一熱，趕緊用手摳開鱗皮，裡面出現一枚白如凝脂的玉球，放入口中，頓時清香滿口。

「這又是什麼奇果？」唐蒙問。南越怪東西真多，他腦子都要記不過來了。

「這叫離枝。可惜你來得晚了些，上個月成熟的口感還要好。」甘蔗一邊說著，一邊坐到木盆前，撩起頭髮，慢慢擇起綽菜。

看得出，她很是緊張，生怕唐蒙變卦，所以連問都不敢問。唐蒙深吸一口氣，開口道：「新的枸醬，什麼時候能送來？」

甘蔗擇菜的手腕一顫，沒吭聲，可她細長的脖子簌簌抖動著，暴露出了內心的波瀾。北人既然問起枸醬，說明承諾沒變。她甩甩手裡的水珠，走到灶台前，指著那一串榕樹葉子：「我每次拿到枸醬，都會掛一片葉子在這裡，每天掛一片，什麼時候掛滿六十片，新一批枸醬便會送來了。」

唐蒙本以為她晾曬榕樹葉子，是為了治療跌打損傷，沒想到還有個計時的功能。他數了數，這掛葉子已有五十多片，也就是說再過幾天，就會有新枸醬送到了。

唐蒙暗自感慨。甘蔗到底單純，孰不知已洩露了很多資訊。講「送來枸醬」，而不是「做好枸醬」，說明她自己並不掌握其製法，是有一條不為人知的進貨管道。通過榕樹葉子，連供貨日期都大致可以猜出來。

如果是個有心人，此刻已經可以甩開甘蔗，把這條管道搞到手。

好在唐蒙是個懶人，不想額外付出精力去查，他索性盤腿坐在樹根上，吞下幾枚離枝，開始詢問起三年前的宮中細節來。

之前在武王祠內，唐蒙已經約略知道當晚情形：先是呂嘉和橙宇前來拜訪，談完事離開，武王一個人喝粥，意外噎死。但其中很多細節，還不清楚，需要一一核實。他在番陽縣也查過不少案子，深知查案和烹飪很像，都是要從細處入手，一處不對，味道天差地別。

可惜問了一輪下來，唐蒙發現甘蔗完全幫不上忙。她只是個小姑娘，從來沒進過南越王宮，對庖廚的運作茫然無知。唐蒙暗自嘆了口氣，就知道不會這麼容易：「你阿姆在宮中可有什麼熟人朋友？」

甘蔗歪著腦袋想了片刻，說似乎有一個。

「似乎？」

「她是和我阿姆同在宮裡做事的老鄉，叫梅耶。阿姆死後，就是她介紹我來做醬仔的，不過我們好久沒見過了……」

「她現在還在宮裡嗎？」

「不在了，梅姨大概一年前從宮中放歸，現在在番禺城裡開了個酒肆，專賣梅香�租。」

「梅香酎？」

「那是一種用林邑山中所產梅子釀的果酒，番禺城裡的貴人們都愛喝……」甘蔗還沒說完，唐蒙起身拍拍衣衫：「走，走，咱們去品品這梅香酎的味道。」言語間頗有些迫不及待。

只是甘蔗不知道他迫不及待的，到底是線索還是喝酒。

梅耶的酒肆，坐落於番禺城東北偏南的里坊一角。當街是個曲尺形櫃檯，恰好正對兩邊大街。一個四十多歲的女子斜倚在櫃檯前，頭上梳了個簡單的螺髻，無精打采地逗弄著腳邊的一隻黃犬。

「老闆娘，你這裡可還有梅香酎嗎？」一個客人走到酒肆前。梅耶擺正了身子，客人這才看到，她的右手短了一截，像是被齊腕斬斷。梅耶對這種目光早習慣了，淡淡一笑：「有的，有的。客人是第一次來嗎？咱家的梅香酎，用的都是林邑山中所產的上等梅子，口味絕美，無論是自家用還是宴請都是上品。」

「先來二兩嘗嘗，如果真好，大概得訂個十罈。」客人大大咧咧地踏進酒肆，尋了張席子跪坐下來。

梅耶眼睛一亮，這是大主顧，用左手篩了一碗酒，又舉刀把一枚新鮮梅子剖成兩半，泡入其中。她手腳麻利，動作不輸雙手齊全的正常人。

「您看，這就是林邑山中的梅子，大如杯碗，青時極酸，但成熟之後味如石蜜，釀出來的酒是又醇又甜。我給您碗裡放了一枚，這叫原酒化原果，喝完三天都有餘味。」

梅耶對這套說辭熟極而流，一口氣說完，還配上一個微笑。那客人不住頻頻點頭，然後舉起酒碗，先是小口啜飲，然後一飲而盡，忍不住喉嚨裡發出一陣爽快的聲音。梅耶對他的反應見怪不怪，問是否要再篩一碗來，客人連聲說好，又喝了一大碗，咂了咂嘴：「你這酒味道很別致，除了青梅味，似乎還有其他酒料？」

梅耶眼睛一亮：「想不到您還是個行家。沒錯，我家釀酒不用麥曲，只用枸杞葉子醃出酒水，不僅能增加醇香，還可以補肝益腎喲。」說完她曖昧地捂嘴輕笑起來。

客人端起一碗，送到嘴邊，忽又放下：「老闆娘這酒肆幾時開的？之前我怎麼沒見過。」梅耶道：「我先前在宮裡做事，後來得蒙國主放歸，出來做了個小買賣，承蒙街坊關照，這一年多來，生意還不錯。」幾句話下來，她不露痕跡地把身價又抬了抬。

客人哈哈一笑：「原來美酒和美人，都與南越王宮有淵源，怪不得氣度非凡。」這恭維讓梅耶很是受用，捂口謙遜道：「哪裡哪裡，只是在宮裡偷學了點方子而已。」

「你既在宮中，我跟你打聽一個人，她也在南越王宮裡，說不定你們還認識。」梅耶問是誰，客人道：「有個廚娘叫甘葉，不知你聽過沒有。」

原本滿臉殷勤的梅耶聽到這名字，臉色陡變：「你為什麼要打聽她？」客人道：「哦，我是她一個遠房親戚，這次來番禺，給她們母女倆捎了點東西。」

話沒說完，梅耶把酒碗一把搶回來，冷冷道：「一枚秦半兩，麻煩結帳。」客人似乎不太高興：「你還沒回答我的問題，怎麼就要結帳了？」梅耶冷笑起來：「她一個羅浮山的姑娘，哪裡來的北人口音的親戚！你想跟老娘套話還嫩了點！」

她聲音很大，引起了酒肆裡其他酒客的注意。尤其是「北人」兩個字，讓幾道目光變得不那麼有善意。客人的肥臉抖了抖，似乎想要辯解。梅耶猛地一把揪住他的衣襟：「我知道你是為什麼來的！」

「啊？」客人有些驚慌。

「你跟卓長生說，他拋妻棄女，別再派人來假惺惺地關心了！」

唐蒙一臉茫然，他只是想試探一下梅耶對甘家母女的態度，她這是在說什麼？

「還在裝傻！」梅耶的眼神越發不屑，她鬆開衣襟，喊了一嗓子，幾個酒客起身湊過來。梅耶一指唐蒙：「這個北人想要占老娘便宜，幾位幫我逮住！」

一聽是北人搗亂，好幾個熱心酒客挺身而出，罵罵咧咧圍上來。唐蒙見勢不妙，想要拔劍，才發現自己是便服出行，只好倒退著朝酒肆門口撤去，誰知門檻一絆，他一下子仰面跌倒在地上。

酒肆內一陣哄笑，梅耶大笑到一半，卻突然看到一個熟悉的小身影衝過來，把那個北人攙扶起來。

「甘蔗？」

梅耶眉頭一皺，攔住那幾個酒客，走上前道：「甘蔗，你怎麼跑來這裡了？」甘蔗費力地拽起唐蒙，對她氣道：「梅姨，你幹麼打他啊？」梅耶看看一臉狼狽的唐蒙，臉色愕然：「原來你們早見過了。」

此時酒肆內外都有人圍觀，梅耶一揮手，說：「都是誤會，散了吧！」然後把他們兩個人帶到了酒肆後院。

這個後院是一個釀酒的小作坊，彌漫著淡淡的酸味。梅耶把他們帶到製曲的小屋裡，先看看唐蒙，又看看甘蔗，忽有些心疼：「甘蔗，你可又瘦了。」甘蔗看著她，抿緊嘴唇不言語。梅耶下巴一抬，看向唐蒙：「你們這到底是……怎麼一回事？」

唐蒙清了清嗓子，上前鄭重道：「我乃是大漢副使唐蒙，這次找你，其實是為了她母親的事。」梅耶更加迷惑了：「甘葉……你們北人找她做什麼？」

唐蒙當然不會明說原因，只含糊說來尋訪一種叫枸醬的醬料，聽聞與甘葉有關。梅耶將信將疑：「甘葉都死了三年了，你們現在才想起來找她？」唐蒙端起官架子，臉色一沉：「我們也是奉命行事，南越王已經准許。」

今天漢使和南越王同車入城之事，早就傳遍整個番禺城，想必梅耶也注意到了。果然，她不敢再質疑什麼，低聲道：「甘葉為什麼而死的，你們漢使都該知道吧？」

唐蒙點頭，說：「這些情況我們都掌握了，不過嘛——」他刻意拉長腔調，盯著梅耶道：「你剛才說的卓長生是誰？」梅耶看了眼甘蔗，嘆了口氣：「本來我是不該說的，可既然大使問起來……

「我和甘葉是同鄉，都來自羅浮山下。我比較笨，只能在宮裡做個漿洗衣物的婢女。她是個聰明姑娘，擅長烹飪之道，什麼食材到她手裡，都能做出花樣來。她原先在碼頭的食肆，後來機緣巧合，被選去了王宮做宮廚。同鄉都說，五色雀飛上了榕樹頭。」

說到這裡，梅耶語氣忽然變得有些微妙：

「甘葉她人又漂亮，性格也好，又是宮廚。許多小夥子都想娶她為妻，可這個傻姑娘偏偏看上了一個北人。那個北人叫卓長生，是來南越做生意的——哦，那個時候，北邊的商人還能來番禺做生意。這人不知給甘葉吃了什麼毒菌子，把她的魂都攝走了。我們都勸她想清楚，可她死心塌地，一門心思跟定卓長生。哎呀，這姑娘倔起來是真愁人。

「本來呢，若兩人就此成親，從此過日子也好。沒想到官府忽然頒布了一個法令，叫什麼轉運策，一下子，番禺港內所有的北商都被驅逐出境，包括那個卓長生。他臨走時信誓旦旦，說會儘快趕回來娶甘葉。他走了以後，甘葉發現自己竟已懷了孩子。她不顧我們勸阻，堅持把孩子生下來，一心等他回來。誰知這一等，就是十幾年杳無音信。她不肯再嫁，就一個人含辛茹苦拉扯孩子，真是傻到家了。每次我說她，甘葉還替那個沒良心的辯解，說他肯定有苦衷。要我說啊，男人都一個德行，玩夠了就回家，哪管女人的苦，肯定是把甘葉給忘啦。」

梅耶開始還說得很謹慎，講到後來，自己先激動起來。

「後來的事你都知道了，她犯了大錯，投了珠水，唉，到死也沒等到卓長生回來，只剩下一個小甘蔗孤苦伶仃……」梅耶說到這裡，用衣袖擦了擦眼角，「你跑來打聽甘葉的事，我一聽是中原口音，想起那個卓長生，這才誤以為是他派來的。」

唐蒙看了一眼甘蔗，想不到她還是個南北的混血兒。梅耶面露歉疚：「小甘蔗，其實我本想收養你的，可你阿姆害死的是大王，這罪太大了，沒人敢幫忙……」

「大王不是阿姆害死的！」

甘蔗昂起頭來，攥緊雙拳尖叫。梅耶只當她是孩子脾氣，伸出左手想要安撫，卻被一把甩開。梅耶無奈地轉過頭來，對唐蒙道：「這位貴人，如果你們是想尋訪枸醬的來歷，可找錯地方啦。」

「哦？」唐蒙眉毛一揚。

「枸醬是甘葉愛用的調料不假，但這東西不是她熬的，而是那個殺千刀的卓長生送給她的。它也不叫枸醬，而是叫作蜀枸醬。」

# 第八章

唐蒙在聽到「蜀枸醬」這個名字的同時，莊助正在品香。

他輕輕俯首過去，好奇地盯著眼前的這一尊銅製熏爐。這熏爐造型頗為古怪。一根夔足底座之上，四個小銅盒並成一個田字。四盒俱是方口圓底，蓋上帶有鏤空雲紋。即使是在未央宮內，也沒見過這樣的器物。

一縷清涼幽香之氣，正從其中一個盒子的鏤空紋裡徐徐飄出。先在半空幻化成矯矯煙龍，然後繚繞於熏爐旁的兩人周身，久久不散。莊助忍不住深深吸了一口，緊閉雙眼良久，方輕聲吟道：

「扈江離與辟芷兮，紉秋蘭以為佩。」

此兩句出自《離騷》，江離、芷草、秋蘭皆是君子隨身攜帶的香草。對面的呂嘉熟諳中原典籍，不由得笑道：「不知三閭大夫聞到這沉光香，還能寫出什麼樣的佳句來。」

莊助緩緩睜開雙眼，神色醺醺。呂嘉伸出一根香鉤，把另外三個銅盒依次打開：「這尊四方熏爐，一次可以盛放四種不同的香料，除沉光香之外，回頭我讓人送一些果布婆律、蘇合與乳香來。單熏亦可，調和亦妙，各種組合隨君之意。這尊爐子就放在這裡，讓莊大夫逐一試試。」

莊助聞言，歡喜之情溢於言表。他不喜歡珍饈車馬，唯對熏香一道十分癡迷，覺得這才是真正的君子所好之道。他雙手按在熏爐上摩娑片刻，忍不住感嘆：「跟這些海外奇香一比，中原的香料稍嫌清淡。在這方面，南越國真是得天獨厚，羨慕不來。」

呂嘉捋髯輕笑：「我南越南接廣海，東臨深洋，這些東西確實比中原易得。說句僭越的話，未央宮中王侯才有資格享用的熏香料，在番禺城裡，就是小富之戶也用得起。至於大戶人家，都是自己豢養調香師，獨占一味。我們在朝堂議事，不必看人，光是一聞，就知道誰來了。」

「確實如此，呂丞相身上的味道中正平和，不嗆不沖，可見是個穩重之人；那橙宇身上的熏香味道卻苦辣壓過幽香，脾性一定偏激險狹。」

呂嘉擊節讚道：「聞香識人，莊大夫果然是解人。不過我和橙宇雖然敵對，也得替他分辯一句。他那對黃眼你也看到了，乃是濕熱入體，鬱結病邪所致，身上那股苦味，其實是長期服藥所致。」

「你們嶺南無論什麼毛病，最後都歸結為濕氣太重。」莊助小小地嘲諷了一句，兩人相視大笑。

呂嘉又換了一味香，一邊低頭小心侍弄，一邊緩緩道：「香料物以稀為貴，倘若這些奇香每年能多運去中原幾百石，更多如莊大夫這樣的愛香之人，也能得償所願，不失為一樁雅事。」

莊助原本沉醉的眼神，「唰」一下變得銳利。這位丞相此來拜訪，又是熏香，又是送爐子，終於說到正題了。

「呂丞相若有想法，不妨直說。」

呂嘉知道對面是個極聰明的人，也不掩飾：「希望使者能夠說服朝廷，把大限令提高五成。」莊助眉頭一抬，露出不出所料的表情。

大漢朝廷有一道大限令，規定每年與南越的往來貨殖，總值不得超過五百萬金。對南越來說，這個大限令如同一道桎梏，只要能稍稍抬升一點，南越便能賺到更多的錢。

莊助修長的手指撫過熏爐，語氣不疾不徐：「我記得在船上，呂丞相說有一個計畫，可以打消南越王稱帝的念頭——莫非這就是您的計畫？」

呂嘉道：「正是如此。再過幾日，王宮就要例行議事，橙宇勢必會再提稱帝之事。只要貴使拿出些許誠意，老夫在朝堂上便有了斧鉞，可以一舉斬斷橙氏的野心。」

莊助嘴角露出一絲冷笑：「呂丞相好算計，什麼都沒做，就先問本使要起誠意了。您比我年長，應該記得朝廷為何在十六年前設下這個大限令吧？」

此事說來有些荒唐。

原本大漢與南越的貿易沒有限制，兩國商人可以自由來往。十六年前，南越武王趙佗突然頒布了一道「轉運策」，不准中原商人入境，一應貨物只能由當地商隊轉運。趙佗為何做出這個決策，沒人知道，很多人說他年老昏聵，平白去招惹北方大國，只怕要招致強烈報復。

果然，孝景帝聞之勃然大怒，下旨出兵討伐。可有巍巍五嶺擋著，這次討伐終究不了了之。趙佗趁機上表請罪，孝景帝考慮到「讓實守虛」的國策，無奈之下，遂改設一條「大限令」，把兩國貿易規模限制在五百萬金。

接下來幾年的貿易證明，雖說「大限令」讓貨殖量減少，但「轉運策」讓本地商賈獨得利潤，算下來南越得利反而更多。至此所有人才明白趙佗的手段，他每一步都精準地踏在朝廷容忍的極限上，再稍退半步——畢竟是曾與秦皇、漢祖打過交道的梟雄，與之相比，孝景帝還是稚嫩了些。

呂嘉雖不及趙佗狡猾，可同樣是一條成精的狐狸。他們呂氏把持著對外貿易，獨得「轉運」壟斷之利，只要能把大限令稍微放鬆一點，他們就能獲得更多好處。

莊助故意不遮掩自己的怒氣：「禮尚往來，來而不往，非禮也。南越國一味要求大漢出示誠意，那你們的誠意又在哪裡？你要求大漢提高大限令，那貴國的轉運策為何不廢？」

呂嘉道：「眼下最迫切的，便是阻止橙氏，避免國主稱帝，餘者可以慢慢再論。」莊助愈加不滿，身子挺直，幾乎是俯視著呂嘉：「明明是你南越國內部折騰，卻要大漢來讓利安撫，這算什麼道理？是不是以後你們秦人、土人每次起了爭端，都得我們付出代價？」

面對威壓，呂嘉依舊跪坐得十分端正，連一根鬚眉都不顫動：「五嶺險峻，漢軍難逾，我這也是為了大漢著想啊。」

莊助一時為之氣結。呂嘉動輒抬出「五嶺」來拿捏自己，偏偏自己又無法駁斥，因為他說的是事實。只要愚公沒把這幾座礙事的玩意兒移走，漢軍便無法在軍事上採取行動。而軍事上無能為力，政治上施展的空間也會受限。

呂嘉笑盈盈盯著莊助。只有大漢廢掉大限令，秦人才能得勢；只有秦人得勢，才能保證南越王不稱帝，讓大漢不那麼難堪——這是開誠布公的陽謀。

莊助心裡忿恨，面上卻不露任何痕跡，大袖一拂，淡淡笑道：「說起這個。這一代南越王精熟漢典，慕尚文教，此前與本使聊得頗為投機。也許，他能體諒陛下的苦衷吧。」

說白了，我可不一定要跟你們秦人聯手，只要說服了趙眜，一樣可以達成目的。

呂嘉無奈地一攤手：「國主的性子您也知道，對先王極為尊崇。他登基以來，只要是先王生前的規矩，一點都不敢改。」莊助「嘖」了一聲。這些南越人好生狡黠，一說大限令，就是各種對趙佗的不滿；一說轉運策，又說趙佗的規矩一點都不能動。

「繞來繞去，你們還是繞不開趙佗啊。」他忍不住感嘆。

呂嘉見他如此直白地稱呼先王名諱，面上微微浮起一絲怒容，但稍現即逝，隨即起身推開窗戶，看向庭中的那棵蒼虯榕樹，語氣深沉下來：

「我出生時，他是南越的王；我幼年玩耍時，他是南越的王；我讀書習字時，他是南越的王。我從小官一步步爬到丞相的位置，他還是南越的王——絕大多數南越人，和我一樣，整個人生都在先王治下度過。你說我們怎麼繞得開他？武王他老人家，就是庇蔭整個南越的大榕樹啊。」

莊助緩緩走到窗邊，與呂嘉並肩而立。只見那榕樹的樹冠遮天蔽日，幾乎占據了整個視野，只有絲絲縷縷的碎光漏下來。他再一次品了品濃香，吐出一口氣：

「大限令和轉運策，我們可以議一議；但作為交換。你來安排我進宮，為南越王當面講一講孝道。」

「枸醬，原來竟叫作蜀枸醬？」

梅耶透露出的資訊，讓唐蒙霎時陷入震驚。

枸醬不是南越所產，這個唐蒙早就知道。但他沒想到，這東西居然叫蜀枸醬。難道說，這東西竟是蜀地所產嗎？唐蒙從來沒去過蜀地。風聞那裡山河四閉，自成一片天地，有一些獨特食材，倒也屬正常。

倘若甘葉的蜀枸醬是卓長生所送，那麼此人很可能來自臨邛卓氏。這個家族在秦末以冶鐵致富，如今已是蜀地數一數二的商賈大族，商隊遍布各地。

想到這裡，唐蒙瞥向甘蔗，眼神一時變得複雜。如果梅耶所言無差，他只要歸國之後，找個蜀地商人詢問便是，無須從甘蔗這裡討要，更不必蹚南越王宮那渾水，單這一個「蜀」字，便足以廢掉甘蔗手裡唯一有價值的籌碼。

小姑娘大概也意識到了危險，垂下頭揪住粗布衣角，指節彎得發白。唐蒙看到她乾瘦的身板微微抖動，不知為何，自己的心臟也隨之震顫起來。那種律動，似曾相識，許多年前站在雪地裡一個同樣瘦弱無助的身影，與眼前的小姑娘漸漸重疊……

罷了，罷了，莊大夫還指望我查出點東西呢，萬一半途而廢，他又要囉唆。唐蒙在內心找了一個理由來說服自己，雙手用力拍了拍肉乎乎的臉頰，緊盯住梅耶，一字一頓道：「你在撒謊！」

梅耶柳眉一蹙：「我哪裡撒謊，那東西確實是叫蜀枸醬啊。」唐蒙道：「我不是說這醬的名字，而是你之前的話。你說卓長生離開番禺之後，十幾年來杳無音信。但據我所知，甘葉在生前熬過的綽菜粥裡，就用枸醬汁調味，她女兒甘蔗至今仍舊會定期收到枸醬——請問這從何得來？」

梅耶沒想到漢使連這個細節都掌握了，一下子愣在原地，半晌方才勉強笑道：「她也許從別處買來也說不定，枸醬又不是只有卓長生才有。」

「大漢出口南越的所有貨品，都要登記造冊，裡面可從來沒有蜀枸醬。」唐蒙緊盯著梅耶的眼睛。梅耶掩嘴不屑道：「明面上沒有，不代表私下沒有。難道販私這種事，漢使你都不曾聽過嗎？」唐蒙笑了，他就等著這一句：

「比如你的梅香酌嗎？」

梅耶像被蠍子螫了一下，精緻的臉上冒出驚慌。

唐蒙舔了舔舌頭：「適才我說你那酒味道別致，可不是誇獎。你切了個梅子在酒裡，想蒙混成梅香酌，卻不知這梅子味和酒的甜味根本融不到一處。別的酒客一聽可以補胥，也許顧不得，但可別想瞞過我。」

「你……你在胡說什麼？我這酒可是貨真價實的！」

「我沒說你這酒是假的。酒是好酒，只是其中的甘甜味道，根本不是青梅所出。」唐蒙隨手拿起一件製曲木斗，嗅了嗅：「你這酒裡有一分青梅汁、一分枸櫞汁、一分蔗漿，還有七分酒水，我說的沒錯吧？」

梅耶沒想到他能一口氣講出成分，口氣趕緊變了：「我在酒裡調入瓜果汁水，有何不可？誰也沒說梅香酌一定是梅子釀製。」

唐蒙道：「你放別的我不管，但你這基酒，自家可釀不出來。因為這是中原所產的酒，叫作仙藏酒。」梅耶冷笑：「漢使這就狹隘了，我南越物產豐饒，比北邊多多了，憑什麼說這就是中原產的？」

唐蒙不慌不忙：「因為仙藏酒乃是棗酒，須用陳棗發酵而成。你們南越物產確實豐饒，但唯獨不產棗子。請問你哪裡來的原料釀棗酒？」

梅耶頓時臉色大變。販賣私酒乃是重罪。她這酒確實是走私進來的，為了掩人耳目，才加了個「梅香酌」的名頭，沒想到被這個漢使一語說破。

「人會騙人，但食物從來不會。」唐蒙淡淡地點了一句，然後趁熱打鐵，回到正題，「你最好重新講講，你和甘葉到底是什麼關係？和卓長生又是什麼關係？」

梅耶倒退幾步，脊背「咣」地撞在製曲的木斗之上，不復之前的從容。她看了眼甘蔗，喃喃說道：

「其實……最早看中卓長生的人，是我啦。我去番禺港採購北貨，正遇到他的商隊來做生意。卓長生是那個商隊的管事，相貌英俊，身家豐厚，如果能尋他做個夫婿，我也不必在王宮為奴為婢了。」梅耶講到這裡，居然露出一絲少女般的羞澀。

「我聽說他特別愛吃，為了討好他，就請甘葉為他燒了一頓嘉魚。誰想到他吃完魚，說味道不差，只是尚存一絲腥味，便拿出一種自稱是他家鄉出產的醬料，叫作蜀枸醬，澆在釜內可以解腥。甘葉那個人平時溫柔低調，可在烹飪方面心高氣傲，絕不容忍別人指手畫腳，跟他大吵了一架，互不相讓。誰知道，那兩個人天天在庖廚裡吵架，一來二去，他們倒看對眼了……」

唐蒙和甘蔗面面相覷，沒想到聽到這麼一段故事。

「我很生氣，覺得甘葉搶走了我的姻緣。所以官府宣布轉運策之後，卓長生被迫離境，我心裡很是解恨。貴人猜得對，其實卓長生一直和甘葉還有聯繫，會定期委託南越商人送來蜀枸醬。每次甘葉收到，都會抱著罐子哭上一夜，第二天我看到她雙眼紅腫，這心裡啊，滿是說不出的痛快……」

梅耶咬著牙，流露出一種複雜的神情。

「這些蜀枸醬，甘葉是用於宮內烹飪嗎？」

「對，她本來廚藝就好，再加上蜀枸醬，在宮裡混得更加風生水起。很多人都想打聽她這東西的來源，可惜甘葉嘴巴很嚴，從來不肯說，就連我也不知道是哪個商家幫她捎來的。」

「甘葉給武王熬的那碗粥，棗核其實是你偷放進去的吧？」唐蒙似是不經意地提了一句。

梅耶一瞬間有些暈頭轉向，怎麼突然就跳到這個話題來了？旁邊甘蔗聽了，身子一震，吃驚不小。唐蒙隨即緊跟一句：「壺棗睡菜粥按正常流程烹製，是絕無可能混入棗核的，只能是旁人放入。你既然對甘葉心懷嫉恨，又在宮裡當職，害死她的動機和手段都不缺。」

他講到這裡，故意閉口不言，只是盯著對方。這下子梅耶徹底慌了神，她不顧儀態地喊出聲：「我是嫉恨他們兩個沒錯，可那都是十幾年前的事了。何況我只是心裡想想，從來沒做過對不起她的事！」

梅耶見唐蒙面無表情，更加慌張，轉向甘蔗，討好似的伸手抓住她的胳膊：「你還記得嗎？梅姨從前每次去你家裡，都帶石蜜給你吃的，把你養成了一個甜口娃。甘蔗這名字，可不就是這麼來的？梅姨像是會害你的人嗎？」

甘蔗有些不知所措，她猶豫再三，這才扯了扯唐蒙的袖子，小聲道：「梅姨對我不差的。

沒她介紹我去碼頭做醬仔，我早就餓死了。」

唐蒙不為所動，有如一個冷酷的審吏：「那你說說，武王去世當晚你做了什麼？」

「我之前在宮裡，是在負責王室服飾的尚衣局，哪裡有機會去宮廚害她？」梅耶臉色煞白，試圖解釋，孰不知完全落入了唐蒙的節奏。

倘若唐蒙一上來就詢問趙佗去世當晚之事，一定會引起對方的疑懼。所以他煞費苦心繞了一大圈，從梅香酭的真假問到卓甘二人的風流韻事，再引到梅耶的嫉恨心上，這才進入正題，讓她以為這一切都和當年舊情有關，不會聯想到別的。

文火慢燉，才能燉得透，唐蒙在心裡得意地想，繼續板著臉道：「尚衣和宮廚，不都是在宮裡伺候王室的嗎？怎麼會沒機會？」

梅耶唯恐引火焚身，急忙辯白道：「漢使有所不知，我所在的尚衣局，是在周邊，與王室居住的甘泉宮之間隔著數道關防，隨意走動可是要受罰的。」她苦笑著舉起自己殘缺的右肢：「我就是兩年前誤闖了不該去的區域，被斬去一手，從宮裡被趕了出來。」

這南越王宮，居然還保持著苛酷秦律啊，唐蒙暗自吐了吐舌頭。梅耶又道：「先王在最後幾年，連甘泉宮也不住了，只在獨舍待著。我們這些普通下人，更沒機會接近了。」

唐蒙眉頭一皺，敏銳地抓到這個關鍵字：「獨舍？」

「對的，他年紀大了，喜歡清靜，就在王宮宮苑內起了一座獨舍，四面圍牆圍住。除他之外，獨舍裡只有兩個人陪著：一個貼身護衛，還有一個是甘葉——你說我就算有心，又如何害她？」

「也就是說，當晚除了甘葉，趙佗身邊還有一個貼身護衛？」

「對，那護衛叫任延壽，是先王最信任的人，不僅負責警衛，甚至還負責武王的膳食檢驗。」

「連吃的都交給他先嘗啊？那是夠信任的。」唐蒙對這個細節格外敏感，連忙追問道，「這個任延壽，如今在哪裡？」梅耶巴不得把話題轉開：「任氏子弟，自然是在任家塢嘍。」

聽梅耶的口氣，這個家族和地名似乎在番禺很有名。唐蒙知道再問下去，大概她要起疑心了，於是隨便敷衍了兩句，便要帶甘蔗離開。

梅耶如釋重負，她望著甘蔗離開的身影，忽然開口喊了一聲。甘蔗轉過頭來，定定看向她。梅耶露出一個複雜的笑容，半是掙扎，半是感懷：「你知道嗎？你……你的眉眼和卓長生可真像。」

甘蔗的步伐猛然頓了一下，隨即繼續向外走去。但唐蒙看得出，她聽到那個名字，腳步有些虛浮踉蹌，似是一條承載了過多貨物的小舟，在風浪中狼狽顛簸。

這可以理解。一個反感北人的人，忽然發現自己有北人血統，難免心情複雜，需要一點時間來消化。

他們走過酒肆前的幾個路口，甘蔗忽然抬眼向前，雙眼盈盈閃動。唐蒙循著她的視線看去，注意到對面坊牆下是一處攤棚，攤棚裡的大甑熱氣騰騰，似乎在蒸著什麼東西。

「我想吃這個，但我沒錢。」甘蔗抬手一指。

唐蒙心想她估計餓了好幾天，趕忙說「我請你好了」，於是兩人走到攤棚前。老闆很是熱情，轉身從甑裡拿出兩個熱氣騰騰的蒸物，放在半個胥餘果的空殼裡，還送了兩碗浮著幾滴油星的清湯。

唐蒙仔細一看，嗐，這不就是角黍嘛。可他再仔細一看，又不太一樣，這個「角黍」的形狀更像枕頭，個頭更大，外面裹的葉子也不是蘆葦葉。

甘蔗拿起一個蒸物，說這叫裹蒸糕，是阿姆家鄉的吃食。她熟練地拿起一個，解開水草繩，剝開葉子，露出裡面綠綠的糕肉。唐蒙注意到，這鮮綠色似乎來自外面裹的那片葉子。

「這邊氣候太熱。我阿姆說，只有用冬葉裹住裹蒸糕，才不會壞得快。」甘蔗雙手捧著裹蒸糕，先咬去糕身的幾個角，津津有味地吃了起來。唐蒙學著她的模樣，也拿起一個，先咬角。甘蔗「噗哧」一聲笑起來：「只有小孩子才會先吃角啦，能快快長高長大。你都這麼大的人了，還想再胖一點嗎？」

唐蒙尷尬一笑，張嘴咬下去，小眼睛霎時瞪得溜圓。

糯米的甘甜自不必說，這糕裡居然還摻雜著一點豬肥膏的碎渣。這些碎膏大部分都融為熱油，充分滲入糕間，但口感並沒變得油膩，因為有一股清香始終縈繞左右。那感覺，就像一群嫵媚舞姬混入軍陣，將殺氣騰騰的攻伐之氣安撫下去。

這清香應該是來自甘蔗說的冬葉。以葉壓油，以油潤糕，搭配堪稱絕妙。憑他的經驗，這裹蒸糕沒有幾個時辰，恐怕蒸不了那麼透。

「這個好吃，好吃！」唐蒙瞪圓眼睛，吭哧吭哧大快朵頤。

甘蔗道：「我小時候生得矮，像隻小貓似的。我想快點長大，就偷偷爬到了榕樹上面，哇，覺得自己一下子變高了。結果榕樹皮太滑了，從上面摔下來，連胳膊都摔折了，害得我後來有點恐高。我阿姆知道之後，心疼得不得了，給我做了好多裹蒸糕，說只要先吃角，人就會變高。」

甘蔗一邊說著，一邊露出燦爛的笑容。唐蒙不由得一怔，彷彿被這笑容觸動了什麼心事。甘蔗見唐蒙盯著自己，不好意思地放緩了速度，喃喃道：「後來呢，我每次問阿姆，我的阿翁在哪裡？為什麼別人有，我沒有。阿姆也不回答，就給我包一個裹蒸糕，說要黏住我的嘴。」

唐蒙咀嚼的動作，突然停住了。

「那一天晚上，我想吃裹蒸糕，阿姆急著去宮裡當值，就安慰我說等她回來，多給我包幾個。可到了第二天早上，阿姆沒回來，來了很多奇怪的人，一個個都很凶，問了我很多奇怪的問題，帶走了很多東西。我在家裡等了好幾天，也沒見阿姆回來。我餓得受不了，跑到外面去，才知道阿姆熬的粥噎死了武王，她畏罪投了珠水。阿姆不要我了，自己走了……」

甘蔗的聲音隱隱多了一絲哭腔。唐蒙把手掌按在腹部，感覺胃在微微痙攣。

「阿姆沒了，我就只剩一個人了。沒人敢幫一個殺了大王的罪人的女兒。只有梅姨好心，偷偷幫我安排做了醬仔。從那以後，我就每天背著醬簍，在番禺港轉悠，聽說阿姆就是在這裡投江的。從前我想吃東西，只要一喊，阿姆就會立刻做給我吃，所以我想到去江邊告訴她，我想吃冬葉裹蒸糕，說不定她聽說以後，還會回來找我，也許不會再拋下我了……」

說到這裡，淚水吧嗒吧嗒滴在裹蒸糕上面，順著攤開的冬葉流下去，嘶啞的叫賣聲響起：「賣醬咧，上好的肉醬魚醬米醬芥末醬咧，吃完回家找阿姆咧。」

聲音哀哀，如同一隻巢中雛鳥在鳴叫，但大鳥不可能再飛回來了。

唐蒙把手裡的裹蒸糕放下，他知道甘蔗說的「也許」是什麼——卓長生在甘葉去世之後，並沒有停止蜀枸醬的供貨，仍舊委託那一條管道定期送到甘蔗手裡。也就是說，他一定知道女兒的存在。甘蔗一直在番禺港叫賣，一是為了陪伴母親，二來也許一直期盼著，哪一天能見到父親吧？

怪不得別人一打聽枸醬來源，她反應就特別強烈。如果這個管道被人占走，就等於斬斷了她與父親的唯一聯繫。

奇怪的是，卓長生既然知道女兒孤身一人，為何不想辦法把她接走？縱然南越不准漢人進入，哪怕捎來隻言片語，女兒也能稍得慰藉。可這三年來，他沉默地往這邊一直送枸醬，到底關心不關心自己的女兒？

這些疑問，唐蒙都無法回答，只好默默遞過一方絹帕，讓甘蔗擦一下臉。甘蔗撇撇嘴：「我對你已經沒用了，你還在這裡幹嗎？」唐蒙苦笑，這姑娘性子倔，腦子可不笨，說道：「我人已在南越，難道還千里迢迢跑去蜀中打聽蜀枸醬配方嗎？」

「蜀中離南越很遠嗎？」

「很遠，特別遠。」唐蒙回答。南越人對中原地理沒概念，他沒法講述得更細緻。事實上，即使是大漢王朝的子民，絕大部分人對村子之外的世界也是茫然無知。畢竟輿圖是官府祕藏，輕易不示於人。

「不過甘蔗你放心好了。咱們說好了，等我為你娘還了清白之後，你再說出來源不遲。在這之前，你就算講了，我打死也不會聽。」

甘蔗一雙大眼睛忽閃忽閃，忽然目光一凝，似是下了什麼決心。她一指路口，說：「你去旁邊那棵木棉樹下等我一下。」唐蒙有點莫名其妙，依言走過去，在樹下站定。

甘蔗不知跑去哪裡了，過了好一陣，才抱著一個胥餘果殼跑回來，雙手遞給唐蒙：「喏，我拿枸醬的地方，就放在這裡面，你拿回去好了。但得等我娘還了清白，你再打開來看。」

唐蒙先是一怔，不知這姑娘葫蘆裡賣的什麼藥，雙手接過果殼之後，看到上頭扣著個木蓋，才反應過來，這甘蔗看似倔強，其實還挺聰明。她知道「蜀枸醬」這名字一暴露，自己便失去了與唐蒙交易的獨有價值。與其保守祕密，不如以退為進，坦坦蕩蕩地把祕密交出去，把對方當成君子來看待，還能博得一絲希望。

「你不要偷看。就算偷偷打開，也看不明白的。」

甘蔗把胥餘果殼推給唐蒙，表情認真地提醒了一句。唐蒙看到她的喉嚨滾動了一下，知道小姑娘到底還是很緊張。沒辦法，她太弱小了，弱小到只能徹底放棄掙扎，坦露一切，才能換取對方的憐憫。

「我知道了……雖然我不是君子吧，但守信多少還是能做到的。」唐蒙收下果殼，鄭重其事舉起右手，「皇天后土為證，我唐蒙在此立誓，不還甘葉清白，不開此殼。如有違者，終生進食無味，如嚼黃土。」

聽到這起誓的詞，甘蔗忍不住破涕為笑。這還是唐蒙第一次見到她笑。

# 第九章

唐蒙返回驛館之後，第一件事就是把甘蔗的胥餘果殼放進隨身藤箱之內。這箱子裡放的，都是他沿途繪下來的絹帛地圖，平時掛一把鎖，最為穩妥。可惜的是，他繪製的白雲山地勢圖，不知何時遺失了，還得找時間重繪。

忙完這個，唐蒙找到莊助，後者正悠然自得地擦拭著佩劍，看來跟呂嘉談得不錯。唐蒙把調查結果如實彙報，莊助聽完之後沉思片刻：「所以你下一步，就是去查這個任延壽？」

「對。趙佗死之前只有四個人在身邊，呂嘉、橙宇、甘葉，還有一個就是任延壽。呂嘉和橙宇是同時去的，以他們兩人的關係，如果其中一人有什麼不軌行為，另一個早嚷出來了，暫時沒什麼可疑的。甘葉又死了，只有任延壽是突破口。」

莊助道：「但你打算怎麼查？此人是趙佗的貼身侍衛，可不像梅耶一個宮婢那麼好騙。」

言語之間，似是躍躍欲試，要親自去查。

唐蒙一聽，趕緊勸阻說：「區區一個侍衛，還用不著您出場，我去就得了。」

「區區一個侍衛？」莊助似笑非笑，「你大概還不知道任氏在南越的地位吧？」

關於這一點，唐蒙之前問過甘蔗。可惜她一個小姑娘，所知的並不多，只知道任氏擁有番禺附近最肥沃的一塊平整田地，無須繳納稅賦，在南越國地位超然。番禺城流傳著一句話：「任氏塢，半城輸。」任氏的身家，比半個番禺城還富庶。

莊助道：「任氏當得起這個待遇。要知道，這南越國，原本就是他們任家的。」他從長安出發前，對南越著實研究了一陣，對此頗熟。唐蒙既然提起，他一時技癢，索性開講起來。

當初五十萬秦軍進入嶺南之時，帶隊的統帥叫任囂，趙佗其時只是其麾下一名副將。任囂掃平百越部落，創建了嶺南三郡，又平地建起一座番禺大城，號稱「東南一尉」。中原大亂之時，任囂醞釀著割據嶺南，可惜事尚未成，便中途病亡。他臨死之前，委託副手趙佗代行政事，這才有了後面的趙佗建國之事。

從道理上來說，第一任南越王本該是任囂或其子嗣。但任囂是個聰明人，知道自己一死，任氏後人肯定鬥不過趙佗。與其坐等別人來斬草除根，不如早早託孤讓位，還能換個闔族平安。

趙佗上位之後，果然信守承諾，對任家後人優容以待，在番禺城旁劃了一片膏腴之地，供其繁衍生息。任氏家族頗懂進退，從不參政，只在自己一畝三分地待著。像任延壽這種出身任氏的子弟，還會被趙佗當成心腹，隨侍左右。

「任囂和趙佗這兩個人，真是比許多中原王侯要聰明多了。」

唐蒙大為感慨。一個人最要緊的，就是認清自己的實力，以及這份實力在大局中的位置。任囂也罷，甘蔗也罷，他們的舉動本質上是一樣的，都是在預感到絕對劣勢之後，提前輸誠，以換取最好的結果。

甘蔗這丫頭，真夠聰明的，唐蒙暗想。

這時莊助道：「你說的也有道理，我若前去，難免會引起呂嘉和橙宇的疑心。罷了，這幾天我要跟他們周旋大限令和轉運策的事，這件事還是你去查好了。」

「大限令和轉運策？」唐蒙連忙提醒道，「就怕呂氏打著對付橙氏的旗號，趁機給自己撈好處，您可要小心。」

莊助不以為意：「君子喻於義，小人喻於利。不許些好處，這些南越人怎麼會盡心幫忙？只要能為我所用，讓他們占點便宜也無妨。唐副使你多努努力，你查到的東西越多，我讓給呂氏的好處就可以越少。」

「我……我盡力吧……」唐蒙可不敢把話說滿。不料莊助又道：「對了，沿途的這些地圖，你也別忘了整理出來。這幾日我要用。」唐蒙眼前一黑，怎麼你還記得這茬啊？

可憐他熬了一夜，把輿圖重新補完，次日頂著兩個黑眼圈早早出門。他先與甘蔗在城門口會合，然後從番禺港乘上一條渡船。任氏塢位於番禺城外十里，坐落於一片狹長的江心沙洲之上，四面環水，只能通過舟船往來。

舟行至半路，天色緩緩暗下來，開始落雨。嶺南的雨水綿密且黏稠，像無數條藤蔓自鉛雲上端垂下，攪動著江水。整個江面泛起密密麻麻的小泡，彷彿一釜正「咕嘟咕嘟」熬煮的稻米羹。三伏的暑氣非但沒被雨水澆散，反而更加悶熱起來，令舟上的乘客油然生出一種「造化為廚，天地為釜」的錯覺，至於自己，只是被日月煎熬的小小一粒米罷了。

直到小舟行至一片狹長如柳葉的沙洲附近，雨勢才稍稍收住，天邊露出半個日頭。渡船上的乘客紛紛走出船篷，望見一片江中土地徐徐接近。這沙洲的邊緣是一圈細膩的砂白色，形狀被水流勾勒得十分柔和。越往內陸延伸，顏色越深。東側黃綠相間的是一塊塊縱橫田壟，西側綠翠斑駁的是一片片塘草。

而在沙洲最中央的小丘之上，有一座巨大的莊園。這莊園四面皆是黃色的夯土大牆，高逾兩丈，四角各自建起一座比胥餘果樹還要高的木製角樓，俯瞰整個沙洲，儼然一座小城的規模。

唐蒙對地理最為敏感，一看到這個格局，便對趙佗佩服得五體投地。將任氏安排在沙洲之上，可謂絕妙。這裡的土質細膩，皆是上品良田，對得起他向任囂的承諾；而四周環水的環境，又隱隱把任氏家族限制在一隅之地，無從擴張，安心做個地位尊崇、無足輕重的客卿。

唐蒙一邊感嘆，一邊與甘蔗沿著一條平整大路，朝著塢堡門口走去。他們這次前來，是扮成外來客商，前來洽談購買稻米之事，為此唐蒙還改換成了涼冠、絲綢短袍和一雙捲邊薄靴，一副闊少做派。

他們眼看要接近塢堡，唐蒙突然停住腳步，鼻翼兩側的肉抖了抖。甘蔗問他怎麼了，唐蒙雙眼四下搜尋，口中喃喃道：「好香，好香，這是在燉肉嗎？」

除了昨天吃了一個裹蒸糕，甘蔗許久未聞肉味。她仰起頭來，也貪婪地吸了吸。這香氣從塢堡方向傳來，醇厚濃郁。唐蒙閉著眼睛細細分辨了一陣，嘴唇嚅動：「嗯，裡面應該有八角，好傢伙，真捨得下料哇。」

所謂「八角」，乃是一種香料，以果形八角而得名。這種香料，是燉肉燉菜的調味上品，只在南越國的桂林郡出產，數量有限，出口到中原都是天價。只有達官貴人，才會在宴賓時放上一點在肉裡。

這燉肉裡的八角香味，濃郁到隔了那麼遠都能聞到，放的數量一定很多。任氏的富庶奢靡，可見一斑。

他們循著肉味走到大門口，看到在塢堡大門二十步開外的一棵榕樹之下，擺著一尊饕餮紋的四足大鼎。那鼎裡正咕嘟咕嘟燉著東西，香氣順著江風飄向四方。

「這麼大莊園，難道沒有庖廚嗎？幹嗎擱在門外做菜？」唐蒙這個念頭剛產生，便看到了答案。

只見一個臉塗白堊土、腰束藤蘿的巫師，正圍著大鼎念念有詞。周圍的房屋上方，四五個踩在屋簷高處的人，各自手持一件衣物不斷揮動，口中呼喊。不過口音有些怪，聽不太懂。在周邊的空地上，還有二十多個人在圍觀，男女老少都有。

這是……在招魂吧？唐蒙猜測。

中原也有類似的習俗，家中親人去世，家人要站在屋簷之上，揮舞死者生前所穿衣物——所謂「腹衣」——呼喚死者名字，希望借此把魂魄召回。至於那尊燉著肉的大鼎，大概是因為南越信奉楚巫。楚地招魂，除了揚腹衣，還要把死者生前最喜歡的吃食、用具都陳列擺出，誘惑魂魄歸來。

三閭大夫在《招魂》裡就描寫過誘惑死者的楚地美食：「肥牛之腱，臑若芳些……胹鱉炮羔，有柘漿些……粔籹蜜餌，有餦餭些；瑤漿蜜勺，實羽觴些……」這是唐蒙最喜歡的楚辭作品，一想到，他就忍不住搖頭晃腦背誦起來。哎，如果我死了，有這麼多好吃的，拚死也要從九泉爬回來啊。

甘蔗突然拽了一下唐蒙的袖子，打斷他的遐想：「北人，你仔細聽聽，他們喊的名字，好像是任延壽啊。」

唐蒙一個激靈，什麼？他仔細聽了一下，還是聽不懂，但三個音節還是能分出來的。甘蔗又仔細聽了聽，十分確定：「確實喊的是任延壽。」

唐蒙眼前一黑，要不要這麼巧啊，剛要找任延壽，他就死了？他情急之下，徑直走到旁邊觀禮的人群中，看看其中一個老者面相和善，過去拱手道：「請教這位老丈，貴府是在為何人招魂？」

老者轉頭發現是個生人，上下打量，滿是疑惑。唐蒙忙解釋道：「我是來採購糧食的客商，適見貴府在做招魂，故來詢問老丈和死者什麼關係？」

說完他主動掏出幾枚秦半兩，塞到老者手裡。老者臉色稍緩：「我是任府的莊丁，這裡祭祀的，是家主的第三子，叫任延壽。」唐蒙又問：「敢問因何故去？」老者嘆了口氣：「夜裡睡覺的時候，被一條白花蛇給咬死啦。」

唐蒙倒吸一口涼氣。南越多毒蟲，經常穿梁進屋，乃至枕旁榻側。沙洲這裡潮濕土軟，蛙鼠俱多，想來蛇類也不少。

「唉，真是天有不測風雲，年紀輕輕遭此厄運。」他感慨了一句。

「也不算年輕吧，三公子死的時候都四十七了。」老莊丁道。唐蒙先「嗯」了一聲，然後覺得有點古怪：「什麼叫死的時候四十七歲？」老頭不耐煩地擺擺手：「他是三年前去世的，可不是按死的年紀算？」

「什麼？」唐蒙這下徹底糊塗了，「三年前死的？為何現在才招魂？」

「誰跟你說是招魂了？」老頭嗤笑一聲，這些外地人真是沒見識，他一指那楚巫，「你聽聽他念的是啥？」唐蒙側耳細聽，還好，這個楚巫講的是中原音，而且只一段話反覆唸誦：

「苦莫相念，樂莫相思。從別以後，無令死者注於生人。祠臘社伏，徼於泰山獄。千年萬歲，乃復得會。」

這段話唐蒙是聽過的，大概意思是請死者不要作祟。我們為你提供祭品，請你老老實實待在泰山底下的冥府，不要回來——這種祭詞，一般用於祭祀橫死之人，是為「訣祭」，訣者，別也。

「我們這裡，被毒蛇咬死最不吉利，魂魄會作祟，為害生人。所以三公子死後，莊裡每年都會辦兩次訣祭，用他生前最愛的吃食，安撫魂魄。」老莊丁直勾勾盯著鼎裡，口水都快流出來了。

祭得這麼頻繁，任延壽死得有多慘？唐蒙微微驚嘆，他本想再詳細詢問，但那邊楚巫的腔調已經再度響起。

「苦莫相念，樂莫相思……千年萬歲，乃復得會。」楚巫的腔調似說似唱，聲音因為喊得太過賣力而顯得嘶啞，別有一番蒼涼悲愴之感。唐蒙站在人群裡，望著他繞著大鼎一遍遍地唸著這永訣之辭，忽然眼前一黑，似是被什麼東西遮住，然後耳畔傳來一陣哄笑聲。

唐蒙怔怔呆了片刻，這才抬起手臂，把蓋住腦袋的東西扯下來——原來這是一件對襟麻質襦衣，很是破舊，前襟還有大片深黑色的汙漬。旁邊甘蔗氣不過，抬頭罵道：「哪個遭狗瘟的爛仔，怎麼拿衣服的！」

原來屋頂有一個人揮動衣服時，手一下滑了，掉落的腹衣被江風一吹，恰好蓋在唐蒙頭頂。這是死人生前的衣物，砸到生人頭上，可是大大的不吉。周圍觀禮的視線齊刷刷投射過來，想看看這倒楣鬼是誰。

唐蒙倒不甚在意，他把糯衣扯下來一抖，心裡盤算著這是個跟任氏的人交談的好藉口。可無意間這麼一瞥，唐蒙眉頭陡皺，似乎看到什麼古怪之處。

還沒等他張嘴說出什麼，一條毒蛇在背後吐出芯子：「唐副使不在驛館安歇，跑來沙洲做什麼？」唐蒙渾身一哆嗦，立刻辨認出了這聲音。他回過頭去，強裝鎮定：「我乃漢使，去哪裡應該不必跟橙中尉你報備吧？」

站在背後之人，居然是橙水。

橙水今天換了一身斜肩素白衣裝，沒有束冠，任由頭髮散下來，只用一根細繩箍住，儼然一副部落野民的樣子——不過講話風格倒沒變：「我聽說中原最重衣冠禮節。大漢使臣無論去哪裡，從來都是著正袍、持旄節，要保持泱泱大國氣度。閣下這身藏頭露尾的裝扮，恐怕不是真正的漢使吧？」

唐蒙暗暗叫苦，誰能想到會在這裡撞見橙水。若被他查知自己在調查趙佗之死，恐怕要鬧出大麻煩。唐蒙往後退了一步，口中辯解：「我這是嫌天氣熱，所以穿得清涼了一點。你們瘦子可不知胖子的苦。」

橙水朝前逼了一步，他膚色黝黑，更襯出眼白的醒目：「對不起，我只看到一個北人鬼鬼祟祟，闖入我生前好友的祭禮窺探。」

唐蒙心下一沉。橙水這是抓住了自己改換身分的痛腳，要大做文章啊。這地方不能久留！唐蒙心一橫，伸手猛地一推橙水肩膀。他膀闊腰圓，橙水身軀瘦小吃不住力，當即趔趄著倒退了七八步，唐蒙趁勢轉身就走。

不料橙水大聲發出命令，他雖非任氏之人，但在這裡頗有威信，當即就跳出十來個莊丁，朝唐蒙合圍過去。

唐蒙一看這架勢，高聲道：「我乃漢使，你們誰敢動我？」莊丁們吃了這一嚇，都有些猶豫。不料剛才那老莊丁在人群裡喊：「他就是個買糧食的客商，剛才還給我錢呢。」唐蒙眼前一黑，看來真不能隨意扯謊，報應來得太快。

這下子莊丁們再無猶豫，過去七手八腳把唐蒙給按住了。橙水瞥了一眼楚巫：「不要耽擱延壽的訣祭，先把這人暫時關押在塢內倉庫裡。等我回番禺時一併帶走。」他隨手從唐蒙手臂上扯下那件衣服，扔還給屋簷上的人，一比手勢，莊丁們把唐蒙雙臂一按，朝著塢內送去。

甘蔗在人群裡急得不行，要衝出來阻攔。唐蒙掙扎著抬起頭，用眼神制止她，嘴唇動了動。甘蔗遲疑片刻，到底還是退回人群裡。

待得唐蒙被押走，楚巫重新開始舞動，唱祭詞的聲音響起。橙水雙手抱臂，凝視著那尊飄著肉香的大鼎，死板的五官之間重新浮現一絲憂傷。

莊丁們把唐蒙粗暴地推到塢堡的西北角，那裡有一間古怪建築。整個屋子懸空而起，離地約有一丈左右，四周不與任何建築相連。建築底部用數十根粗大的木柱支撐，每一根木柱與糧倉之間，還夾著一個鼓凸的陶製圓罈，好似樹枝中間多出一節膨大的瘤子，很是古怪。

他們把唐蒙推進屋子，咣噹一聲關緊大門，外面用鐵鍊子一纏，然後就走了。唐蒙揉了揉脖子和手腕，環顧四周，倉庫裡堆放著幾大堆尚未脫殼的稻米，金燦燦的分外好看，空氣中彌漫著新糧特有的清香。

這種新米，煮成炊飯會格外香甜呢。唐蒙沮喪的心情，被這個小發現莫名地治癒了幾分。他索性合身躺倒在穀堆裡，雙手枕頭，整個人陷入鬆軟的包圍。

他不擔心橙水會殺自己，最多是羞辱一通罷了。唯一可慮的是，這麼一折騰，不要想從任氏這裡打聽到什麼線索了。可是……唐蒙環顧四周，忽然注意到一樣東西，不由得眼神一凝。他的腦海裡突然出現一點火星，就像火鐮狠狠敲在燧石之上，立刻引燃了滿腹疑惑，讓整個思緒熊熊燃燒起來。

唐蒙一骨碌從糧食堆裡爬起來，像隻狸貓似的，趴在地上尋找著什麼。尋了一陣，唐蒙忽然一抬頭，看到一朵梔子花，緊接著，一個小腦袋從牆角一處小洞鑽進來。

這小洞是朽木開裂形成的，只有甘蔗這樣瘦小的身子才能鑽進來。

「你怎麼從這裡鑽進來了？」唐蒙有些埋怨，又有些感動。甘蔗說：「我怕爬高嘛，不然就從房梁上攀下來二樓。」

「我又不是問你這個！」

「不是你要我來救你嗎？」甘蔗有些著惱，把頭上的梔子花拽下來。

唐蒙一摸額頭：「我這麼一逃，豈不是做賊心虛了？我是讓你找黃同。只有他能撈我出來。」甘蔗「呃」了一聲，她一心只想著救人，可沒想那麼多彎彎繞繞。她愣怔片刻，一跺腳：「那咱們先逃走也行……」

說到一半，她自己也住嘴了。就唐蒙的臃腫體態，打死也鑽不進這種小洞。

唐蒙搖頭道：「算了，我現在還不能走，有些事還沒琢磨明白。」他一指糧倉下方的柱子：「你說，這個砌在底柱和倉庫之間的圓鐔是幹嗎用的？」

甘蔗有點莫名其妙，這北人莫不是嚇傻了，耐著性子道：「這是防老鼠的呀。我們這裡，老鼠可多可凶了，順著人腿往上爬。怕牠們偷吃糧食，所以糧倉都是懸空架起來的。夾一個外鼓的圓鐔子，這樣老鼠就沒辦法從柱子下面爬上來了。」

「管用嗎？」

「草蚊、老鼠和花蛇，在我們這裡叫三不防。任你怎麼防，都沒什麼用。」

彷彿為了做注解似的，幾個小小的黑影掠過兩人視線，迅速從穀堆跑到另外一處角落了。看來這倉庫的鼠患頗為嚴重。

唐蒙對著甘蔗道：「你不是想還你母親一個清白嗎？趕緊去把黃同找來。他到了，我才有辦法！」

甘蔗遲疑片刻，雙肩不情願地鬆垮下來：「好吧……那我還得爬下去。」唐蒙又叮囑道：「你通知黃同之後，千萬不要自己跟過來。橙水眼睛很尖，一看到你，很容易會聯想到咱們真正的目的。你就在番禺城等我。」

「你們這些人，心思真多……」甘蔗抱怨了一聲，強忍著恐懼，慢慢爬回小洞。

唐蒙目送她離開之後，繼續趴在地上，小心翼翼地從地上拿起一粒東西，緩緩放進嘴裡，卻只敢用牙齒輕輕嗑一下，神情一霎時變得比剛才還嚴肅。他爬回穀堆，舒舒服服地躺下去，任憑鬆軟的穀粒把自己掩埋，整個人陷入某種沉思。

只見他嘴裡輕聲嘟囔，手指不住勾畫著什麼，帶起一片片流動的金黃，沙沙作響。隨著光線漸漸從氣窗外消失，整個倉庫陷入一片深沉的黑暗……

不知過了多久，門外忽然鐵鍊「嘩嘩」一陣響動。先是七八個莊丁提著燈籠進來，為首的正是白天唐蒙問話的老頭，然後是黃同和橙水並肩步入倉庫，兩個人互別苗頭，唯恐比對方慢上一步。

他們一進門，就見到大漢副使唐蒙四仰八叉躺在穀堆中間，發出香甜的呼嚕聲，大肚腩有節奏地起伏著，每次都讓幾粒稻米從頂端滾落。

黃同一見這情景，臉色更差了。這唐蒙真是自己的掃把星，從大庾嶺開始，只要一跟他有關係，肯定沒好事。昨天這混蛋藉口買五斂子甩脫了跟蹤，今天又跑到沙洲捅了這麼大一個婁子，連累自己一路狂奔過來。他倒好，居然睡得這麼香！

橙水瞥黃同一眼，語帶譏諷：「這都能睡著，看來是一點都不心虛嘛。」黃同冷哼一聲，不去接這個話。橙水催促道：「請黃左將你仔細驗明正身，看是不是騙子冒充漢使。這兩者可不太好分辨。」

黃同提著燈籠走過去，照了照唐蒙的臉，悶悶一點頭：「正是漢使無疑。」然後他伸出手掌，輕輕拍那個胖子的臉頰：「唐副使，唐副使，醒醒！」唐蒙迷迷糊糊睜開眼，一看是黃同，先打了個大大的呵欠，然後睡眼惺忪地站起身來，伸了個懶腰：「咱們什麼時候回去？」

黃同的嘴角抽搐一下，橙水已經拿出一塊木牘遞過去：「這是供述書，漢使承認自己易服喬裝，擅闖沙洲，私窺訣祭。閣下按了手印就可以走了。」

唐蒙還有點迷糊，伸手就要去接，黃同趕忙攔在中間：「漢使只是無意中旁觀了一場祭禮而已，何必弄得像個罪人似的？」橙水冷笑：「身為漢使，既要觀禮，就該堂堂正正前來。他改換服色，變化身分，分明是內心有鬼。他不是什麼都沒做，是沒來得及做吧？」

黃同啞口無言，唐蒙改換身分這事，實在不知該如何解釋。但他知道，若這份供述書落到土人手裡，橙宇一定會趁機大做文章，把這事往呂丞相身上扯。呂丞相正在和漢使做大事，絕不能被干擾。

想到這裡，黃同只得硬著頭皮道：「漢使目前所作所為，並無逾越違制之處。你讓他簽供述書，就不怕引起大漢不滿嗎？」

橙水絲毫不懼：「黃同，此人窺探的可是任延壽的訣祭現場。你覺得為了一個漢使的臉面，讓延壽冥福有損也無關緊要，對吧？」一聽這說辭，黃同猛然炸開：「橙水！你別太過分！少拿延壽來說事！說得好像只有你關心他似的。」橙水悠然道：「延壽這幾年的訣祭，我每次必到，你哪一次來了？」

「我是有事在身……」黃同的氣勢弱了幾分。橙水晃了晃那塊木牘：「總之，不留下憑據，我不能放人。萬一任氏向國主告狀，說我故意放走擾亂祭禮的細作，我怎麼解釋？總不能說我收了大漢的好處吧？」

這一頓夾槍帶棒，讓黃同氣得面皮漲紫。可惜他嘴比較笨，跟橙水對抗從來沒贏過。

「總之，簽了這供述書，你們可以走；不簽，就讓國主親自下旨，我再放人。」橙水說罷，把木牘往黃同和唐蒙面前「啪嚓」一扔，雙手抱臂。

這時一直迷迷糊糊的唐蒙，似乎總算恢復了清醒：「你們兩個人，與那個任延壽都熟識？」

橙水哼了一聲，沒理睬。黃同心裡直冒火，都什麼時候了，還扯這種閒話？他強行壓抑住怒意：「我們三個……呃，算是舊識吧。哎，不說這個，唐副使，要不你解釋解釋，為何易服前來任氏塢堡？」

唐蒙似乎沒聽見他後半句，繼續追問道：「那個任延壽死前是什麼狀況，你們可知道？」

橙水眉頭微皺，不知他怎麼問起這個了。

唐蒙卻很執著：「任延壽死前，是不是大口大口吐過血？」

黃同和橙水聞言俱是一僵，兩人駭異地看向唐蒙。橙水有些失態地揪住唐蒙的衣襟，厲聲喝道：「你……是怎麼知道的？」

唐蒙比橙水高出一頭，輕鬆便把他的手給撥開了：「掉在我頭上那件衣服，雖說過去三年，前襟上還是能依稀看到一圈黑汙的輪廓，形狀如傘似山，一看就知道是噴血濺成的痕跡。」

橙水雙眼一瞇：「即便如此，與你又有什麼關係？」唐蒙卻像沒聽見似的，繼續追問：「任延壽之死，我覺得有頗多不解之處，兩位既然都是他的朋友，是否能略微解惑？」

橙水眼皮一抖，沒有回答。黃同忽然道：「橙水，延壽臨死前最後見的是你，你說說看？」橙水沉下臉色：「不要被這個囚犯牽著鼻子走。」黃同卻堅持道：「為了你的面子，難道讓好兄弟死得不明不白也無所謂？」

這是橙水剛才譏諷黃同的話，這次被後者反加諸橙水身上。「任延壽」這個名字，似乎對他們兩個人有著奇妙的影響，一旦拋出，對方便不得不讓步。

橙水的牙齒狠狠磨了一番，開口道：「好！我姑且告訴你們，省得你們說閒話。

「三年之前，武王意外身亡，延壽作為唯一一位貼身護衛，自慚有責，返回到任家塢閉門待罪。很快宮裡搞清楚了武王死因，是甘蔗那個廚娘粗心所致，與他無關。我與延壽是結義兄弟，當即趕到任家塢，把調查結論通知延壽，讓他不必自責。延壽卻一點也不高興，一直說嘴裡發苦，只讓我陪他喝酒。我們一口氣喝到大半夜，我還得回城執勤，就先走了，他自己又繼續喝了一陣。到了次日，我聽說他醉倒在榻上，被潛進來的毒蛇咬傷而死。」

「當時傷情如何？」

「根據事後爰書的說法，他肌膚泛紫，左臂腫脹，臂上有咬痕，胸口衣物上全是噴出來的血。任家莊丁在附近搜查，最後發現在榻下盤著一條毒蛇。」

這時唐蒙悠悠開口道：「兩位都是嶺南人，對毒蛇的瞭解比我要多。想請教一下，哪一種蛇，能做到令人吐血而亡？」黃同常年帶兵，對山林諸物瞭解甚多，立刻回答：「嶺南有兩種毒蛇，可以讓人吐血，一種是五步蛇，一種是惡烏子。」

「那麼咬死任延壽的，是什麼蛇？」

黃同看向橙水，橙水回憶了一下，搖搖頭：「爰書上只說是毒蛇。」唐蒙笑道：「如果是秦朝的爰書，肯定會事無巨細，悉數記錄，你們南越學得還是不夠精細啊。那位負責寫爰書的令史，大概覺得這個細節無關緊要，所以偷了個懶——好在有人還記得。」

「誰？」

唐蒙一指那個老莊丁：「我之前聽這位老丈講，說咬死三公子的，乃是一條白花蛇。」

橙水轉頭厲聲道：「你又是怎麼知道的？」

老莊丁哆嗦著身子，老實回答：「當時三公子被人抬出去，正是我留下來在床榻下搜到那條蛇的。給任家人確認之後，我就挑著蛇出去打死了。」橙水微瞇著眼睛，如同一條毒蛇一樣冷冷盯著老莊丁。老莊丁承受不住這種目光，「撲通」一聲跪下：「我其實……我其實把牠打死之後，下鍋燉煮吃了。我這也是為任氏考慮，咬死人的蛇是大不吉，留下來會變邪祟，不如吃了……」

唐蒙問道：「好吃嗎？」老莊丁「啊」了一聲，沒料到他會問出這麼一個問題。黃同面孔一板：「唐副使！」唐蒙趕緊把話題拉回來：「白花蛇也能致人吐血嗎？」

黃同與橙水同時一震，終於覺察到哪裡不對勁了。唐蒙冷笑道：「你們一看到屍體腫脹，面皮泛紫，而床下又有毒蛇，就想當然地以為這兩者之間有聯繫，卻忽略了死者身上出現了一個不該有的症狀。」

黃同喃喃道：「確實，白花蛇是傷神之毒，與五步蛇、惡烏子那種傷血之毒不太一樣，那是不會吐血而死的……我怎麼給忘啦。」橙水顧不上計較這些細節：「若不是因蛇而傷，那你說說看，延壽為何吐血？」

唐蒙道：「他大口吐血，可能是胃部受了極大的刺激，比如說……食物裡有毒。」橙水雙眉不由得絞緊：「胡說，我當日與他喝過酒，但我可沒任何不適。」

「那麼你走之後，任延壽還吃喝過其他東西嗎？」

「他又叫了一小釜雜燉當夜宵吃。」

「雜燉？」

這次輪到黃同開口解釋：「延壽那個人無肉不歡，尤其喜歡把豬、犬、鳥、魚各色肉類和下水摻在一起亂燉，多加豆瓣醬與魚露。這菜口味太重，別人都吃不慣，廚子向來是給他單獨燉一小釜，每天晚上睡覺前吃。」聽得出來，黃同對任延壽的生活習慣很瞭解，尤其是飲食這一塊。

「是不是和訣祭時大鼎裡燉的肉一樣？」唐蒙追問。

「對，事死如事生嘛，用延壽最愛吃的雜燉來供奉，他的魂魄才會安寧吧。」黃同眼圈微微發紅。旁邊橙水不耐煩道：「都是三年前的舊事了，你繞來繞去，到底想表達什麼？」

唐蒙掃了他們兩人一眼：「我認為，任延壽恐怕先是吃了那一釜雜燉中毒，然後才被毒蛇咬中。吐血是因為雜燉裡的毒。但這種毒並不立即致死，他在迷迷糊糊中，又被白花蛇咬中，才有渾身腫脹、面皮泛紫的症狀。」

「空口無憑！你可有證據嗎？」橙水覺得這人簡直信口開河。都是三年前的事了，怎麼能張嘴就說雜燉有毒？

唐蒙道：「我今天觀禮，聞到鼎裡的雜燉味道奇香，應該放了不少八角吧？」黃同道：「任氏在桂林郡也有幾處莊園，所以八角這東西，他們家敞開了吃。我們幾個年輕時，就喜歡來他家打打牙祭。」橙水哼了一聲，沒出言否認。

唐蒙羨慕地舔了舔嘴唇，旋即道：「以我的揣測，雜燉本身沒問題，問題就出在這八角上面。」

「胡說！任家塢向來是這麼做雜燉的，沒聽說過八角會把人吃死的。」橙水斷然否定。

「八角不會，但另一種東西會。」

唐蒙緩緩抬起右手，食指和拇指之間夾著一粒東西。橙水和黃同定睛一看，只見漢使手裡捏著的那粒東西乾巴巴的，顏色枯黃，像一個旋輪，向四周伸展出多個尖尖的角，不是八角是什麼？

「你們再看看。」唐蒙提示。

兩人聞言，又看了一回，橙水最先發現異常：「這個東西角好像比八角多幾個尖，十，十一……有十二個角。」黃同不甘示弱，很快也指出一點不同：「八角的角是直的，這個東西的角頭是彎的，像個鉤子。」

「兩位說的都沒錯。這東西不是八角，而是莽草果，兩者樣子差不多，非常容易搞混。一旦搞混，就要出大亂子。」唐蒙把這東西攤開在手心，一字一句道。

「八角是上好的香料，而莽草果有劇毒。倘若誤拿莽草果當八角燉了食物，人很容易抽搐驚厥。倘若這個人經常酗酒的話，還會讓胃部痙攣，吐血……而亡。」

聽到最後一句，兩人悚然一驚，這豈不正是任延壽臨死前的表現？橙水猛然抓住他的手腕，聲音中帶著一絲惶急：「既是劇毒，你手裡這莽草果，又是從哪裡弄來的？」唐蒙道：「我就在這糧倉裡撿的啊。」

橙水眼神一凜，這可是整個任氏囤積糧食的地方，難道有人處心積慮要害死全族不成？唐蒙卻笑著搖搖頭：「在我們豫章，莽草果也叫作鼠莽，可以用來滅鼠。你們嶺南那麼多老鼠，想來也是同樣的辦法。」

兩個人皆為嶺南大族子弟，對於滅鼠這種瑣碎庶務，反而不如唐蒙瞭解得多。橙水出於謹慎，轉頭去問那個老莊丁。老頭咳了一聲，說：「確實如這位小賊……呃，如副使所說，塢堡每個月都會用脂膏煎一些莽草果，撒在倉庫附近，用來毒殺老鼠。」

黃同張大了嘴：「這麼說來，延壽是誤食了雜燉裡的莽草果，毒發吐血，然後又被蛇咬了？」他講到一半，發現對面橙水面孔煞白，頓時意識到哪裡不對。

這兩件事前後趕得太巧了，不可能是什麼誤食。

「我看哪，應該是有人先給任延壽的夜宵投入莽草果，待其毒發之後，再放進一條活蛇咬他。任家人一見到床下有蛇，症狀也像，便先入為主認為是蛇咬致死，便沒人會去追究他吐血的真正原因。也就是說，這是一樁處心積慮的謀殺。莽草果是殺招，蛇咬是遮掩。」

黃同與橙水不約而同地打了個哆嗦。

「這個人應該很熟悉任延壽的飲食習慣：愛喝酒，愛吃夜宵，吃雜燉都是單獨一釜。」唐蒙分析道。橙水頷首表示贊同，又補充了一句：「此人應該也熟知任氏好用八角烹飪，刻意選擇了樣子相似的莽草果。這東西在任氏塢裡隨處可見，根本無法追查其來源。」

黃同腦子有點跟不上，只好乖乖聽著兩個人交流。

「塢裡的廚子！」兩人忽然異口同聲。能符合所有這些條件的，做雜燉的廚子嫌疑最大。

黃同憤怒地抄起刀來，大罵了一句：「那殺千刀的狗奴！待我去砍了他！」橙水伸手攔住他，回身問身旁的老莊丁：「你們塢裡三年前的廚子是誰？現在何處？」老莊丁撓了撓頭：「三年前應該是一個姓齊的廚子，不過早就離開了。」

「這齊廚子，和任延壽是否有什麼過節？」橙水又問，眼神裡也冒出殺意。

老莊丁把其他莊丁叫過去，交頭接耳了一番，方才猶豫回道：「大的過節應該沒有，不過很多人聽過他抱怨，說三公子夜夜都要燉肉吃夜宵，忙得他心力交瘁。」

「只有這麼點事？」橙水疑惑。唐蒙「嘖」了一聲：「橙中車尉，想必你不下廚吧？要做一釜雜燉，從宰殺分肉，到備菜調料，少說也得忙活一個時辰。而且嶺南氣候炎熱，不能提前預備，都得現殺現做，每天搞這麼一釜，確實很容易讓人崩潰。」

黃同道：「再怎麼說，出於這個原因而下手，也太牽強了。」唐蒙看了他一眼：「那如果是別人買通了這個廚子呢？」

這句話像一條沾了冷水的牛皮鞭，抽得黃同和橙水同時一激靈。順著這個說法再往下聯想，水可就更深了。所幸唐蒙哈哈一笑，說「我隨便說說，姑且一聽」，然後閉上了嘴。

黃同和橙水看向唐蒙的眼神，有了微妙的變化。這個漢使看似貪婪好吃，眼光倒犀利得緊，僅憑著祭鼎裡的一縷雜燉味道和一件衣服的噴血痕跡，便抽絲剝繭，一步步還原出了三年前的舊事真相。

「不是我看得準，是因為食物最是誠實，什麼東西吃起來什麼反應，斷然做不得假。」唐蒙謙遜地擺了擺手。

橙水突然開口道：「我再問你一次，你為什麼今日會來任氏塢堡？」

唐蒙沒想到，他還惦記這件事呢。好在他剛才在倉庫裡閒著，已經打磨好了託詞，遂從容答道：「任氏在南越地位超然。我此來任氏塢，是想瞭解一下他們家關於稱帝的立場。」

他說得很直白，本以為橙水會趁機陰陽怪氣一下。沒想到對方只是略一點頭，又問道：「那你為什麼會對任延壽之死有興趣？」

唐蒙苦笑：「我來此地之前，連任延壽是誰都不知道，能有什麼興趣？我只是恰好聞到大鼎裡的肉香，想來探討一下燉肉的祕方罷了。」那個老莊丁也主動證實，說這個人之前甚至不知祭主是三年前死的——看來那幾枚秦半兩，還是起了點作用。

橙水對此沒起疑心。漢使為了一條嘉魚就敢跳江，幹出這種事也不奇怪。他打量了唐蒙一番，把地上的木牘撿起來，從腰間摸出筆來，改動幾下，依舊遞過來：「你簽了字，就可以走了。」

唐蒙一看，這份供述書的內容改動了幾處關鍵地方：「擅闖」改為「誤闖」，「私窺」改為「偶遇」，「易服喬裝」改成了「避暑更衣」，這樣一來，就消除了任何主觀上的惡意，只是純粹的一場誤會罷了。

這算是委婉地表示感謝？

唐蒙欣然提筆在上面簽了名字，橙水面無表情地拿回去：「這不代表你可以在番禺城肆意妄為，我會一直盯著你。」唐蒙好奇道：「你接下來會怎麼做？追查那個齊廚子嗎？」橙水臉色更冷：「此乃南越國之事，便與漢使無關了。」

黃同嘴唇一動，正要說什麼，橙水又搶先一步道：「延壽是我的至交好友。不管別人良心如何，反正我一定要徹查到底！」

他說得陰陽怪氣，黃同臉色一陣難堪，可終究沒再說什麼，一跺腳，轉身帶唐蒙離開了糧倉。

在返回番禺城的路上，黃同全程保持著沉默，伏在馬背上如同一尊沒表情的石像，身體前弓，似有重重沉鬱之氣壓在頭頂。趁著他鬱悶不語的機會，唐蒙趁機梳理了一下在沙洲的收穫。

甘葉和任延壽，是趙佗生前最後見到的兩個人。在他去世之後不久，一個畏罪投水自殺，一個意外被蛇咬死，這本身就是一樁不尋常的巧合。今天又得以確認，任延壽是被人投毒而死，看來三年前趙佗之死，越發撲朔迷離了。

唐蒙實在沒料到，這件事越牽扯越複雜，真如同白雲山上纏繞山岩的藤蔓似的，看似細長，往下越捋越粗，越捋越盤根錯節。好在橙水並沒覺察到自己的真實目的，主動去查任延壽之死，倒是省了自己很多麻煩。

想到這裡，唐蒙抬頭看向黃同的背影，忽然對他和橙水的關係產生了濃厚興趣。

橙水一對上黃同，總是夾槍帶棒，而且每次總能準確地戳中某個痛點，令黃同啞口無言。這種關係，可不是一般仇人能做到的。而且剛才看他們各自聽到任延壽死因的反應，更是有趣，很值得玩味。

眼看快要回到番禺城中，唐蒙摸了摸肚子忽道：「我折騰了一天，啥也沒吃上。黃左將，咱們先去尋個吃飯的地方可好？」

黃同低聲說：「漢使今日煩擾不少，還是儘快回驛館歇息為好。」唐蒙笑道：「今日能順利回來，黃左將當記首功，不如我順便請你去喝一頓酒。長安有句俗語，叫作一醉解千愁，沒有什麼事是幾杯酒化解不開的。如果有，那就再加一頓夜宵。」

黃同依舊搖頭，唐蒙道：「我昨天去過一家賣梅香酌的酒肆，酒味甘而不沖，味道極美。我跟你說，那酒味辛辣醇厚，一杯下去，從舌頭尖一直掛到喉嚨眼，別提多爽快了。」黃同聽他說得神采飛揚，怔了怔：「莫非是梅娘開的那一家？」唐蒙一拍手：「正是。今日我偶觀訣祭，原也該喝些酒，去去晦氣，如何？」

黃同心情此時非常鬱悶，而一個鬱悶之人，喝酒乃是最本能的欲望。唐蒙接連不斷地拋出理由，一點點撬動對方心中的塊壘。果然，黃同到底還是「勉強」答應下來：「番禺城有夜禁，就以三杯為限。」

他們進城趕到酒肆門口，梅耶正忙著上門板，一看到唐蒙復來，臉色驟變。唐蒙翻身下馬，滿面笑容：「放心好了，我這次純粹是來喝梅香酌的。」

他重重咬住「梅香酌」三個字，梅耶哪裡敢違抗，只好乖乖卸下半扇門板，讓兩人進來，親自去燙酒，還端來一碟鹽漬烏橄欖，權當下酒小菜。黃同拿起酒壺來，二話沒說，先咕嘟咕嘟倒滿一杯，一飲而盡。

酒是一種奇妙的東西，它自糧而生，因曲而化，變成一種物性截然不同的液體。人喝酒的過程，就像把一枚雞子泡入醋中，看似堅硬頑固的外殼，很快就會被軟化。酒過三巡，黃同神情緩緩鬆弛下來，眼神有些渙散。唐蒙見時機已到，不經意問道：「你們三個人，感情可真是不錯啊。」

黃同一陣苦笑：「我和橙水那廝都吵成什麼樣了，你哪裡看出感情不錯的？」唐蒙給他又斟滿一杯：「你自己可能都沒覺察到。適才一提到任延壽的死因，你們倆態度可真默契，一唱一和，配合無間，連震驚和起急的點都一樣，好似兩個樂工敲同一套編鐘似的。」

一聲長長的嘆息，從黃同喉嚨裡發出來。他重重地把酒杯擱下，砸得案几一震，嚇得櫃檯後的梅耶一哆嗦。

「橙水啊，他原來可不是這樣……」黃同痛惜地感慨了一句。唐蒙知道，這老蚌已經張開一道縫了，急忙說了一句：「那是怎麼樣的？」

黃同道：「我和橙水、延壽仨人啊，本是光著屁股一起長大的玩伴。橙水鬼主意最多，延壽體格最好，而我最擅長找好吃的。我們在番禺附近一同捅蜂窩，一起下河摸魚，一起挖蛇洞、捉青蛙，向來是橙水擬訂方略，延壽去執行，弄回食材來我烹熟，我們是番禺城裡最能折騰的三人組。長到十來歲時，我們偷偷跑到白雲山裡面，結拜為異姓兄弟，我老大，橙水老二，延壽年紀最小。」

黃同講到這裡，語氣沉鬱起來：「可等到我們成年之後，秦、土兩派的衝突越發激烈。我家是秦人軍官出身，和橙氏天然敵對。我倆都要為家族效命，身不由己。橙水那個人又特別軸，腦子一根筋，對我的態度越來越偏激，關係也越來越僵。」

「那麼你們和任延壽的關係呢？」

「任氏多年來只在沙洲閉門經營，他家既不算秦人，也不算土人。所以任延壽跟我們兩個都很好，也一直想彌合我們之間的關係。但……始終沒辦法。唉，到了十六年前，情況更糟了。」

唐蒙對這個年分很敏銳。十六年前，那不正是南越驅逐漢商，頒布轉運策的時間嗎？黃同晃了晃酒壺，突然笑了：「嗯，這酒裡有棗味，嘿嘿，又是壺棗。」

看來梅耶的酒是什麼來歷，黃同知道得很清楚，只是不說破罷了。唐蒙很好奇，為何他說「又是壺棗」？

黃同大概是真喝得有點上頭了，唐蒙稍一撩撥，他便滔滔不絕地講起來：「十六年前，南越王忽然召見我父親，交給他一項機密任務，讓他帶人潛回中原，前往恒山郡真定縣。」

「趙佗的老家。」唐蒙雙目一閃。

「對，反正都是十六年前的事情了，也沒什麼不能講……」黃同醉醺醺道，「武王交給我父親的任務是，設法從那邊弄一批壺棗樹回來，而且指名，一定要真定當地的、已生根成株的樹苗，一定要祕密運回，不要驚動大漢朝廷。」

唐蒙眉頭一皺，這個命令夠古怪的。趙佗派這些精銳深入中原，不為輿圖軍情，不為農鐵技藝，居然只是為了幾株壺棗樹？

「我父親不太理解，但軍人總要執行命令。他開始召集人手，準備冒充客商，北去中原，結果我祖父得知之後，也要跟著去。我家老爺子，當年是跟隨武王到嶺南的老秦兵，籍貫在涿郡。他離開家鄉幾十年了。聽說有這麼個機會，想回去看看。父親聽到這要求，嚇了一跳，祖父都快九十了，哪裡受得了舟車勞頓？更何況，他是南越國所剩不多的幾個老秦兵，武王很看重他們，每隔幾日就召去宮裡講話，又怎麼瞞得過？

「可祖父鐵了心，說他從小離開家，無論如何也要回去看一眼。父親拗不過他，只好對外謊稱老爺子生病，偷偷把他放進隊伍裡去，一起出發。」說到這裡，黃同拿起酒杯，又一飲而盡，眼神更加迷離，話裡的情緒濃厚起來。

「祖父體格是真好，八十多歲的人了，硬跟著隨隊伍跨越幾千里，來到了北方。我父親先到真定縣，把壺棗樹苗採集好，然後繞了點路，前往涿郡涿縣附近一個叫婁桑的村裡。祖父原先常常給我講，說他們村口有一棵大如天子冠蓋的桑樹，那就是鄉梓所在。他回到村裡，家裡親戚早就沒有了，只有那棵大桑樹還在。他抱著大樹號啕大哭了很久，然後就在樹下嚥了氣。結果因為這一場大哭，驚動了當地官府，身分暴露。」

唐蒙一驚，幾個南越人在涿郡被發現，這可是嚴重的外交事件。

黃同的表情耐人尋味：「我父親也覺得這一次完蛋了，沒想到當地官府非但沒有將他們下獄治罪，反而好酒好肉招待。沒過多久，朝廷派了一位專使過來，為我祖父在涿郡修了一座墓，然後陪同我父親返回南越。那一百株壺棗樹苗也一併運回，沿途郡縣，都以禮相待，主動協助運輸。」

這個意外的轉折，讓唐蒙驚愕不已。

「我們返回南越之後，專使去覲見武王，拿出一道聖旨，說天子聽聞我祖父之事，深為觸動，特許南越老秦士兵及親眷返漢省親，如欲歸骨鄉梓者，悉聽其便，朝廷還會給予錢糧支持。聖旨還說，天子御賜南越王百株壺棗樹苗，以全什麼狐死首丘之德——唉，你說送樹就送樹，何必辱罵武王是老狐狸呢？」

「喂……不是這意思啦。」唐蒙知道黃同不熟中原典故，特意解釋了一下。狐狸臨死之前，頭一定衝著出生的洞穴，這是一種歸戀故土之意。孝景帝此舉，意在勸說趙佗回家鄉看看，怎麼也不算是辱罵。

黃同聽完解釋，神情怔怔，喃喃道：「竟然是這樣嗎？我還以為是罵他老人家呢……反正吧，當時漢使的消息哄傳整個南越，人人都在談論。第一代老秦兵裡，還有十幾個人活著。他們聽說漢廷允許探親，一起上書懇請回鄉。沒想到武王勃然大怒，將請求一併駁回，轉天就頒布了轉運策，還趕走了所有駐在番禺的中原商人。」

唐蒙心中一陣感慨，原來十六年前的大漢、南越交惡，居然是這麼個前因後果。甘蔗的父親卓長生，也恰是那個時候被迫返回大漢的。看來冥冥之中，每個人的命運都是交錯的。

「轉運策頒布之後，橙水那個一根筋，堅持認為我祖父與父親有內通中原的嫌疑，背叛了武王，背叛了南越，跑上門來讓我表態，說什麼忠孝你只能選一個，說得好像我們家罪名已經坐實了似的。我氣得跟他大吵了一架，從此分道揚鑣。」

黃同一杯接一杯地斟著酒，他已經不是在品，而是往嘴裡倒，講話變得含混不堪：「我們家從此失勢，我也被遠遠發配去了邊關，做個沒前途的左將。如今漢軍喊我作南蠻，身邊的土人同僚叫我秦人，背地裡喊我北人。就算是呂氏那種秦人貴族，也不把我當自己人，喚我為寒門。嘿嘿，我如今都不知道我自己到底算什麼人了……」

黃同嘟囔著，終於醉伏在了案几之上。剩下唐蒙一個人坐在對面，想起還有一個問題忘了問。

「那一百株壺棗樹苗，後來怎麼樣了？」

# 第十章

「有意思，真有意思。」

莊助注視著銅鏡，握住一把雙股小剪，輕輕一捏。雙刃交錯，清除掉了唇邊突出的一小截鬍鬚。鏡中那張俊朗的長臉，又規整了一點點。

在其身後跪坐的唐蒙，苦著臉揉了揉太陽穴。他昨天喝到很晚，一早起來強忍著宿醉頭疼，先來給上司彙報工作。哪知莊助沒提吃早飯的事，慢條斯理地先修起面來。他只好按住腹中饑餓，把昨天的調查成果一一講出來。

沒想到莊助最關心的，不是任延壽的離奇死亡，而是黃同醉酒後的那一通牢騷。

莊助隨手從小盒裡摳出一塊油脂，雙手揉搓開，一根根捋著鬚子，使之變得油亮順滑：

「我原來一直不解。十六年前大漢與南越明明關係很好，趙佗何以突然策令轉向，原來竟是因為一個思鄉的老兵。」

唐蒙一怔：「這未免太誇張了吧？黃同的祖父何德何能，可以左右南越的政策。」

莊助把手裡剩餘的油脂塗在面頰上，邊揉邊轉過身來：「區區一個老兵歸鄉，何足道哉？就算是全部老秦兵都回來省親，也不過十幾人而已。關鍵是此例一開，意味著南越承認源流就在中原，老兵要歸來，別的要不要一起歸來？狐死首丘，狐是誰？丘在哪兒？這在名分上可是占了大便宜的。」

「怪不得趙佗對這四個字這麼敏感。」唐蒙感慨，還是莊助分剖得清楚。

「孝景皇帝英明睿斷，從這麼一個意外事件窺到機會，故意搞得沸沸揚揚，盡人皆知，直接把趙佗置於兩難境地：答應了老秦兵歸鄉，名分不保；如果拒絕，底下秦人不滿，南越國同樣會被分化。此乃堂堂正正的陽謀。」

莊助走前幾步到衣架前，拿起幾件錦袍，一件件往身上試：「如果我是趙佗，也要惱怒。本來是自己派人去北邊偷偷弄幾棵樹，結果多年的老兄弟不告而別，還被漢廷堂而皇之做成招安的旗幡，來勸自己歸附，就連那些樹都變成了大漢皇帝的賞賜，以後隊伍怎麼帶？」

唐蒙忽有所悟：「所以趙佗不是惱怒，而是心生警惕。」

「不錯。趙佗到底是條老狐狸，一嗅出苗頭不對，立刻壯士斷腕，禁絕了中原商賈進入南越。比起商貿上損失的利益，他顯然更懼怕漢廷的影響力滲進南越——這才是出台轉運策的最根本原因。」

一邊說著，莊助一邊把頭頂的束冠繫好，得意揚揚道：「可惜啊，趙佗再狡黠，也不過是一人而已。中原淳淳文教，無遠弗屆，可不是一條轉運策能遮罩的。你看，他這個孫子趙眜，就是個心慕中原的人。呂丞相已經安排好了，今日我會進宮為國主及世子講學。」

唐蒙這才明白，為什麼上司一大早不吃飯先裝扮起來。他忽然想到什麼，連忙趨近身子：「今日……我能不能跟莊大夫您一起進王宮？」莊助眉頭微微一皺，頓生警惕：「王宮裡有什麼好吃的？」

「您也開竅啦，終於知道找美食啦……」

莊助繫腰帶的動作一停：「別廢話！我是問你去王宮幹麼?!」唐蒙忙解釋道：「趙佗、任延壽、甘葉三個人的最後交集，就在南越王宮宮苑內的獨舍。雖說事隔三年，我還是想去看看，或許能有所得。」

「那任延壽之死你不查啦？」

唐蒙道：「那條線自有橙水去查，他這種地頭蛇能調動的資源比咱們多。」

「橙水？」莊助十分疑惑：「你何時跟他有了勾連？」唐蒙笑著擺了擺手：「他還是和從前一樣討厭北人。但我近距離觀察過，橙水和任延壽感情甚篤，不似作偽。不用我們催促，他自然會挖個清楚，省掉我們一番功夫。反而是王宮獨舍，非自己親見不可。」

莊助不太習慣他這麼積極主動，把腰帶狠狠一勒：「也好，你隨我一同進宮，到時候我設法製造個機會。但你千萬謹慎，失陷了自己不足惜，影響到朝廷大事就不好了。」

「您可真會鼓舞士氣啊！」唐蒙贊道，隨後又道，「要不要提前跟呂丞相那邊通個氣？」

莊助沉吟片刻，最後還是搖了搖頭：「那隻老狐狸，有自己的小算盤，不宜過早驚動。你先去查，查出來什麼再說。」

「明白，那等您用過早餐，咱們立刻出發。」

莊助不悅道：「事不宜遲，還吃什麼早餐，直接走！」

「啊？」

唐蒙頓時傻眼了。他昨晚只陪著黃同喝了幾杯酒，沒怎麼正經吃東西，就指望早上能好好暖一下胃呢。可莊助已興沖沖離開房間，他也只能愁眉苦臉跟上去。

王宮派來的牛車就在外面候著，黃同早早守在牛車旁。他臉上宿醉痕跡也很明顯，一見到唐蒙，居然露出幾絲扭捏，大概是想到昨晚的酒後胡言吧。

一聽說唐蒙也要跟著覲見南越王，黃同露出一絲詫異，但也沒多問，吩咐車夫出發。

唐蒙扶住廂壁，頗有點心慌意亂。他只要一少吃，就是這樣。相比之下，同樣沒吃早餐的莊助卻氣定神閒，面不改色。唐蒙無法理解，這傢伙從不正經吃東西，卻總是神采奕奕的，難道真是修仙不成。

牛車剛要啟動，唐蒙轉動脖子，卻忽然看到街邊一個小腦袋探出頭來。他趕緊跟黃同說稍等，然後跳下牛車，提起袍角快步走過去。

只見甘蔗站在街角，一臉擔憂，兩個黑眼圈都快要比臉盤大了。一見到唐蒙走過來，她鼓起嘴委屈道：「我等了你一宿，都快要急死了。」

唐蒙暗叫慚愧，昨天回城太晚，跟黃同喝完酒後直接回了驛館，竟忘記告訴甘蔗一聲自己已脫困。這孩子有點死心眼，估計在家裡擔驚受怕整整一晚。他正琢磨著怎麼解釋，甘蔗從身後抱起一個小胥餘果殼：「喏，給你的。」

唐蒙接過胥餘果殼，發現還有點燙，裡面似乎盛著什麼熱呼呼的東西。他的胃似有直覺，發出「咕」一聲響動。唐蒙心下感動，對甘蔗道：「我等一下是去南越王宮，想辦法去看一眼你阿姆工作過的庖廚，也許能有收穫，你先別著急啊。」

甘蔗一聽「王宮」二字，不由得瑟縮了一下。對一個小醬仔來說，那大概是能想像到最可怕的地方，比任氏塢堡還要危險十倍。她遲疑片刻，小聲說：「太危險了，要不你別去了。」唐蒙揉了揉她髒兮兮的亂髮，大拇指往自己胸口一擺：「放心好啦，這次我可不易服了，堂堂的大漢副使，誰敢動我？」

甘蔗的神色稍微放鬆了一點。唐蒙哈哈一笑：「再說了，我還想要蜀枸醬呢，不去王宮，拿什麼跟你換？」

那邊莊助不耐煩地催促了一聲，唐蒙捧著胥餘果殼回到牛車上。車子一動，他便迫不及待地打開殼上的小蓋子，裡面滿滿的皆是黃色的糊糊，旁邊還很貼心地插了一個棕櫚葉莖編成的木勺。

他先假惺惺地遞給莊助，莊助唯恐弄汙自己的長袍，搖了搖頭，不動聲色地把屁股朝反方向挪了挪。於是唐蒙心安理得地拿起勺子，舀了滿滿一勺放進嘴裡。

這黃糊糊口感非常順滑，甘甜綿軟，還帶有一絲絲酸味來調膩，熱呼呼地落入胃袋，十分舒服。他細細品味了一番，應該是用薯蕷搗碎成泥，再拿甘蔗汁和五斂子汁調勻去澀，甚至還有一絲奶香，大概是用的水牛乳——做法很簡單，但要做到口感如此絲滑，非得把薯蕷磨到足夠碎才行，可見甘蔗昨晚基本沒睡，一直在忙活。

牛車抵達王宮大門的同時，唐蒙剛好狼吞虎嚥喝完最後一口薯蕷羹。聽到莊助催促，他趕緊掏出一塊錦帕，一邊擦去嘴邊的糊糊，一邊抬頭望去，一瞬間浮起一種熟悉感。

只見王宮大門左右兩側，是兩座巍巍高闕，立在大道兩側，形制布局一如中原。隨著牛車逐漸深入宮內，這種熟悉感越發強烈起來。同樣的長廊高台，同樣的飛閣水榭，同樣的直脊廡殿，就連宮牆格局都與長安幾無二致，只是規模上縮水了一些。

兩位客人對此並不奇怪。這座王宮本就是任囂、趙佗兩個秦人指揮建造的，自是以咸陽為範本，與中原諸侯王的宮城沒有太大區別。

不過這裡畢竟是嶺南之地，庭廊之間遍植奇花異草，分布著很多水榭和小池，彼此之間以一條人工挖掘的水道相連。那水道兩側以條石嵌邊，渠底鋪有一層純白色的鵝卵石。整條水道宛若一條輕柔的白練，蜿蜒曲折，繚繞於諸多殿閣之間。

「可惜他們只得其形，細節上還是不成。」莊助隨口指出一些細節上的疏漏。比如那兩座石闕的擺放頗有參差，比如貴人步道與宮人便道居然不分開，比如丹陛的邊角不做磨圓……

總之比起長樂、未央諸宮還差得遠。

唐蒙沒有搭腔，他正饒有興趣地觀察著那條水道。水道每隔幾十步就有一個向上的緩坡，上面擺著十幾塊黑褐色的石頭似的東西。待湊近了才能看清，原來那竟是一群烏龜，正舒舒服服趴在坡上曬太陽，有種說不出的愜意。

「真是人不如龜呀。」唐蒙扯起衣襟扇了扇風，羨慕地感嘆，惹得莊助狠狠瞪了他一眼。

牛車一直走到宮城深處的清涼殿，方才停住。兩人被侍從引進殿內，發現地上沒鋪毯子，而是擺放了兩塊磨平的畫石。這石頭的紋理如畫，平常擺在地窖裡積蓄寒氣，用時才搬過來。唐蒙跪坐於其上，只覺一股清涼之氣緩緩從底下沁入身體，稍稍減輕了酷暑的煎熬，不禁舒服得發出一聲呻吟。

反倒是莊助，因為體質不易流汗，跪坐在畫石之上反而很不舒服，只能盡力維持著儀態。

過不多時，趙昧也來到殿內。他身穿便袍，氣色比起在白雲山時好了一些，但眉宇間始終有慽慽之色。他身旁還跟著一個眉清目秀的少年，沒到加冠的年紀，左右兩束頭髮梳成總角。

「這是我兒子趙嬰齊，特來與漢使相見。」

趙昧主動介紹道。莊助一聽這名字，先是一怔，隨即露出笑意，開口道：「這名字好啊。高祖麾下有昭平侯夏侯嬰、潁陰侯灌嬰；孝景皇帝麾下有魏其侯竇嬰，皆是響噹噹的人物。以嬰為名，是有封侯之志。」

趙嬰齊見莊大夫開口稱讚自己的名字，很是激動，拱手拜謝。唐蒙在一旁暗暗發笑，一位國王世子，卻誇人家有封侯之志，莊大夫這個口頭便宜可占大了。

趙眜拍拍趙嬰齊的腦袋：「我兒和我一樣，也喜讀中原典籍。今天叫他來，是想請教一下詩三百的奧義。」莊助頷首道：「《詩經》的學問，如今在中原計有四家：魯詩、齊詩、韓詩與毛詩，你想學哪一家？」

趙眜父子面面相覷，趙嬰齊表示聽老師的。莊助沉思片刻，大袖一擺：「其他三家不是注重訓詁，就是闡發經義，不如講韓詩好了。這一脈乃是韓嬰韓太傅所開創。韓太傅擅長以詩證史，眼界更宏闊一些。你聽完了韓詩，對幾百年來的中原史事也能瞭解透徹了，對日後處理政事大有裨益。」

趙嬰齊兩眼放光，似乎很感興趣，身子不由自主趨前。趙眜卻拍拍他的肩膀，對莊助道：「還是講講毛詩吧。這孩子資質魯鈍，能稍解《詩經》中的字句訓詁，已是難得。」

莊助眉頭一皺：「世子日後是要做南越王的，難道不該多學學？」趙眜焦黃的面孔，微微浮現一絲古怪的情緒：「只要他能如我一般遵從先王教誨，便足夠了，又何必多學呢？」

莊助眼神一閃銳芒，似乎從中捕捉到什麼。趙眜的神情不是自嘲，也不是譏諷，似是真心實意，而且還隱隱帶著一種恐慌。他之前在武王祠就覺得不對勁了，呂嘉和橙宇鬥得那麼凶，趙眜身為上位者，卻置若罔聞，這反應實在不太尋常。

現在又是如此。趙眜連自己兒子要學治國，都像一隻烏龜縮進殼裡，這實在不似一個統治者的做派。

莊助雙眼一瞇，試探道：「可武王已然仙去，殿下您才是南越的王啊。」趙昧身體猛地哆嗦了一下，似乎被這句話狠狠螫了一下，囁嚅道：「蕭規曹隨，蕭規曹隨而已。」

趙昧果然深受中原影響，連躲避話題都用中原典故。莊助笑了笑，放棄了與他討論政事的想法，轉而給趙嬰齊滔滔不絕地講起毛詩來。

唐蒙在旁邊百無聊賴，端詳南越王神態，不由得輕輕感嘆。他雙眉向外耷拉，眼下發暗，似是一隻離巢雛鳥。

要知道，趙昧和呂嘉是一樣的，從出生到長大，一直就在趙佗的羽翼之下。羽翼可以遮蔽風雨，同樣也會束縛手腳，以至於他如今年逾五十，本質上卻還是個懼怕風雨的嬰孩。趙佗猝然離世之後，這位國主不知所措，只得「蕭規曹隨」，不敢逾越半步。

可當年趙佗憑藉威名，尚可以壓制諸方。如今土秦相鬥、呂橙爭權，還有大漢、閩越諸國的微妙關係，這些在趙佗時代並不存在的問題，一個接一個地擺在趙昧面前。「蕭規」沒有答案，又如何「曹隨」？趙昧只得本能地回避，怪不得他長期焦慮失眠……

橙氏和呂氏鬥得這麼厲害，也是看準了他的軟弱，這才無所忌憚。趙昧對此也無可奈何。當然，這對大漢王朝來說並非壞事。一個無能的南越國主，總好過一個剛強有主見的。只要解決橙氏，國主自然就會倒向親漢一派。不過這些事情太麻煩了，就交給莊大夫去頭疼好了，唐蒙心想。

莊助一口氣講了一個時辰，宣布休息。四個侍女魚貫上殿，分別端上四個熱氣騰騰的小陶盅，每人案前放下一個。唐蒙動了動鼻子，嗅到一股陌生的味道。

他伸手忍不住掀開盅蓋，看到裡面是一團濁白稠漿，狀似米粥。唐蒙能分辨出椰香與蜜味，敏銳地從中捕捉到一絲隱藏的腥氣和霉味。

「此物喚作燕窩，北方應該不曾見過。」趙眜看向漢使，笑了笑。

「啊？這就是燕窩？」唐蒙記得黃同曾經提過一嘴，說是揭陽特產。

趙眜對這個話題的興趣大過毛詩，開口解釋道：「揭陽臨海，當地有一種金絲燕，用唾液及絨羽在岩壁上築巢。這燕巢拿來熬煮，可以大補元氣，潤肺滋陰。」

趙嬰齊這時接過父親的話頭：「不過此物甚是難得，需要有人從崖頂縋繩下去，垂吊在半空鑿壁取窩，經常有跌死摔傷的情形。父親體恤民力，每年也只取二三十窩而已。」

莊助暗暗點頭。拋去政治上的怯懦不說，趙眜和趙嬰齊父子的待人接物頗為和善，也懂得百姓之苦，換個環境，未必不是一方賢相良臣。只可惜呀，誰讓他們生在王侯之家，而且生在這麼長壽的王侯家呢？

那邊唐蒙已經迫不及待地拿起木勺，要去舀來品嘗。莊助衝他輕輕咳了一聲，唐蒙只好依依不捨地放下小盅，對趙眜道：「國主最近睡得可好？」

趙眜揉揉眼袋：「勉強，勉強而已。之前那釜壺棗睡菜粥效果甚好，只是原料不易得，還要再等些時日才能喝到。」莊助把視線轉向唐蒙：「其實安眠之法，不止一種。我這位副使對廚藝頗有研究，也有個辦法。」

趙眜眼睛一亮，他最關心的就是安眠良方。唐蒙道：「我知道一味寒雞，同樣有助眠功效，國主不妨一試。」

「寒雞？」趙眜完全沒聽過這個古怪菜名，「是說生雞肉嗎？那也能吃？」

唐蒙哈哈一笑：「中原有一句古話，叫作『燕臛羊殘、雞寒狗熱』——飛禽最好拿來熬羹，羊肉最好是烹煮，狗肉趁熱吃，雞肉放涼吃，如此方得至味。」

趙嬰齊好奇道：「雞肉涼了，豈不是沒味道嗎？」唐蒙道：「世子有所不知，所謂寒雞，是把雞肉煮熟，再用醬汁把肉滷透放涼，肉質內收，鎖住汁水，不以熱力害味……」

唐蒙一提吃的，便說得眉飛色舞。趙眜忙問烹飪之法，唐蒙說：「耳聞不如目見，目見不如口嘗。臣願親下庖廚，為殿下調和五味。」趙眜大喜，祖父趙佗見過那麼多次漢使，可都沒這麼大的面子。

「只是這寒雞烹製起來，至少要兩個時辰……」唐蒙故作為難。趙眜道：「大使不妨就用宮中庖廚，各種廚具食材都還算齊備。我們這裡多聽聽莊公子講課，也是好的。」

唐蒙和莊助對視一眼，彼此輕輕點了一下頭。趙眜立刻叫來一個侍衛，把唐蒙帶到位於王宮東側的庖廚所在。趙嬰齊本來還想跟著看看，可想到莊大夫還要上課，便老老實實跪坐回來。

南越王宮不算大，這宮中庖廚的規模卻不小，足足占了一間偏殿的大小。唐蒙一進門，就興奮得兩眼發光。只見庖廚的西側是加工間，食材山積，醬料斗量，還有雞鴨鵝蛙等活物，在籠子裡聒噪；而在東側，則擺著一排鼎、鬲、甑、釜，各色廚具一應俱全。

在東南殿角，坐落著一個陶製大灶，足有十步見方。灶上有三個大灶眼和三個小灶眼，一根斜豎的煙囪伸向殿外。如果仔細觀察，會發現設計得十分巧妙，大灶在火膛正上方，盡收火力，適合烹煮煎熬；小灶設在煙囪旁，可以利用餘熱，適合爊煨。

唐蒙一眼就看出其中妙處，可以把粥羹湯糜之類擱在小灶上保溫，南越王想吃，可以立刻奉上，溫度不失。他油然想起宮苑裡那條給烏龜曬太陽的水道斜坡，南越人別的不說，在享受這方面實在是用心到了極致。

此刻灶內的火苗燒得正旺，每個灶上都咕嘟咕嘟煮著東西，整個殿內蒸氣彌漫，氣味雖香，可在酷暑的天氣裡，下廚之人可是夠難熬的。唐蒙擦擦額上的汗水，走到殿外，把廚官叫過來。

廚官是個胖乎乎的秦人，比唐蒙還胖，不知平日裡偷吃了多少東西。他一聽這位漢使要親自下廚給國主烹飪，大為驚疑，不知自己犯了什麼錯。

唐蒙又好氣又好笑：「我不會搶你的位子。我只把食譜做法講出來，具體上手還是你們的人。」廚官這才如釋重負，趕緊把庖廚裡的幾個幫廚都叫過來，聆聽指示。

唐蒙清了清嗓子，說先準備五隻三歲的肥公雞，放完血之後，去掉所有內臟、頭、腳，以及屁股，斬成大塊待用；同時備好五斤豬棒骨和一隻老母雞，大塊清水下釜，佐以蔥酒薑醋，用來熬製高湯；還要準備良薑、桂皮、肉蔻、小茴香、丁香等料，統統擦碎調勻……

他嘴唇翻飛，說得極快，幾個廚子忙不迭地記錄，生怕有所遺漏。這些東西雖然多樣，都是尋常之物，宮廚裡常年有備。這時唐蒙又道：「白雲山下有個張記醬園，去那裡買兩罐豆醬來。」廚官眉頭一皺：「大使，老張頭家的東西太鹹了，先王還偶爾吃點，如今國主根本碰也不碰。」

唐蒙點點頭：「那東西確實鹹得齁人。但寒雞的關鍵在於先滷，滷汁用他家的熬正好。」廚官正要吩咐手下去取，唐蒙又道：「寒雞是你家國主點名要吃的，經手之人，還是小心點為好。」

廚官一聽這話，沒辦法，只得親自去一趟。他走之前，吩咐幫廚們聽從唐蒙安排，別讓漢使有找碴的機會。

唐蒙背著手，繼續給幫廚們分派任務。他對每一道工序都要求足夠精細，譬如良薑要去皮再擦，豬棒骨焯的時候必須隨時撇沫，不要見半點血水在上面……總之這十來個幫廚都被支使得團團轉，每個人都忙得無暇他顧。

看著這麼多人影在蒸氣中忙碌，身邊再無閒人。唐蒙這才不動聲色地離開庖廚，信步朝著宮苑方向走去。

他事先已經打聽清楚了獨舍的方位，一路走過去。梅耶說南越王宮的宮禁森嚴，可不知為何，這條路沿途只有零星幾個衛兵，防衛很是鬆懈，唐蒙輕而易舉就繞了過去。

一直走到獨舍的外牆邊緣，唐蒙才明白原因。眼前那一面夯土高牆，幾乎被瘋長的墨綠色藤蔓爬滿，伸展得全無章法，幾乎把整個牆面都包住了。看來趙佗一死，這裡便被徹底封閉，無人打理，久而久之，便破敗成這副荒涼模樣——怪不得沒什麼警衛，誰會在意一個廢園呢？

唐蒙沿著外牆轉了一圈，發現一處小木門，門邊結滿蜘蛛網，輕輕一推，門樞發出滯澀的嘎吱聲——居然沒鎖。

唐蒙邁步走進院子，先展現在眼前的是一片荒蕪的園苑。園內枯樹林立，殘枝向天空伸展，恍如垂死的骸骨在乞求寬恕，與外界鬱鬱蔥蔥的景象形成了鮮明的對比。一條筆直的小路穿過枯樹林，向著園中深處延伸，路面幾乎覆滿了腐敗的落葉，讓他總覺得哪裡不對。

小路不長，唐蒙很快走到盡頭，發現在一片樹皮灰褐，布滿裂紋的枯樹林間，坐落著一間屋舍。這屋舍不是宮闕形制，而是最尋常的夯土民舍，斜脊疊瓦，短簷無枋，只分出正廳與左右兩間廂房，比武王祠大不了多少。

觀察了一陣，唐蒙才恍然驚覺，那種古怪感從何而來。

這間民舍不是南越樣式，而是典型的燕地風格。比如屋舍的煙囪和灶台位於兩側，很顯然屋內必有土炕，需要灶台把熱力送過去，再通過另外一側的煙囪排出。這是苦寒之地特有的設計，酷熱的嶺南，根本用不著這東西。

再一看屋舍旁邊的枯樹，那分明是成片成片枯萎的壺棗樹！只有幾棵勉強還活著，可枝條稀疏，只怕也產不出幾枚棗子了。其實唐蒙一入園時看到腐葉滿地時，就該有所覺察，這正是北方初冬特有的景象。

壺棗樹、土炕屋舍……趙佗這是硬生生在南越王宮裡造出了一片家鄉真定的景象啊。

唐蒙屏住呼吸，圍著獨舍轉了幾圈。他先前聽了黃同的自述，一直很好奇。趙佗如果想吃棗子，直接進口乾棗不就行了？為何大費周章去北方採集樹種。看到此情此景，他才隱約觸摸到真正的答案。

趙佗這是犯了思鄉病啊。

唐蒙見過很多老者，無論何種性格，立下何等功業，年紀大了之後都會不由自主思念故土，想回到幼時生長的環境。趙佗縱然是一代梟雄，大概也逃不過這情緒。他自己回不去家鄉，就只好把家鄉的景物搬過來，聊以自慰。

這獨舍周圍的景色，應該就是趙佗在真定年輕時住的環境。他三十歲離開家鄉，來到嶺南，一待就是七十多年，思鄉之情該是何等濃重，所以他在臨終前的日子裡，寧可不住華美的宮殿，也要搬到這種北方民宅裡來。

唐蒙現在有點明白，趙佗對於孝景皇帝那一句「狐死首丘」的用典為何如此憤怒，不是怒其汙蔑，而是因為這四個字，正戳中了他的心思。

堂堂南越武王，居然思鄉，這要是傳出去，成什麼樣子？

唐蒙忍不住好奇，趙佗到底是一個什麼樣的人？他抗拒內附，卻又不禁子孫學習中原典籍；他警惕大漢，卻對北方來的使者優待有加；他頒下「轉運策」，極力降低漢人在南越的影響，卻在宮苑內建起這麼一間燕地獨舍。

他對黃同祖父和其他老秦兵如此憤怒，一方面是因為其在政治上造成了被動；另外一方面，大概……也帶有一點難以言喻的嫉妒。

身為南越王的趙佗，和身為真定子弟的趙佗，交替在唐蒙腦海裡浮現。兩者皆真，兩者皆有。

彷彿被某種哀傷的思緒所引導，唐蒙信步在棗林中漫步起來。明明是酷熱天氣，這裡卻憑空生出一種晚秋的蕭索之意。枯樹殘枝，腐葉空舍，彷彿一個垂垂老矣的梟雄，正坦率地敞開自己的心境。種種矛盾，種種迷惑，答案就藏在這片破敗枯朽的棗林之中。

唐蒙走到獨舍裡，推開房門。裡面的陳設頗為簡陋，一個炕頭一個灶，掛著幾件農具，沒別的了。所有的東西上都蓋著一層厚厚的塵土，霉味十足。這間獨舍的門窗都很小，通風不良，在濕熱環境下極易生霉。北方的屋舍結構，終究不適宜嶺南風土。

他環顧四周，希望能找到一些線索，可一無所獲。唐蒙走出獨舍，發現附近還有一間小庖廚。這是一間很小的屋子，藏在棗林之中，距離獨舍大約幾十步。三年之前，甘葉應該就待在這間屋子裡，隨時為趙佗準備吃食。

趙佗意外身死之後，這裡早被上上下下搜了一遍。唐蒙踏進屋裡，只在地上找到幾個殘破的陶片而已。他俯身尋摸了一圈，大部分是灰陶，也有幾片小巧的白陶片，與甘蔗手裡的白陶小罐質地相同。

唐蒙轉了幾圈，正要出來，忽然注意到窗下內側靠近灶台的地方，有一個小石槽。槽體狹長，中間下凹，旁邊還有一個凹口，地下還有一條條朽爛的竹條。唐蒙從窗子探出頭去，看到一條水道流經窗下，一架轉輪水車的殘骸依稀可見。

那架水車的功能，應該是把清水從水道汲起，順著竹軌注入石槽。如此一來，廚官做飯洗碗時，手邊清水俯首可得，源源不斷，省去綴繩搖轆之苦。他不得不再一次發出感慨，南越人實在是太會享受了。

唐蒙看了一會兒，正要把頭收回去，不防右肩之上突然多了一隻手，同時一個冰冷的聲音在背後道：

「唐副使，你跑來這裡做什麼？」

唐蒙下意識側過頭去，看到橙水站在身後，面無表情地看著自己。他頓覺渾身冰涼，糟糕，糟糕，怎麼會被這傢伙盯上？

再一想，之前在武王祠，橙宇把呂氏的中車尉一職給了橙水，他便負擔起了宮城宿衛，出現在這裡也不奇怪。唐蒙勉強擠出一個笑容：「你們南越王宮太大了，我本來是要為國主做寒雞，想在宮苑裡找點食材，不知不覺便走到這裡來了。」

橙水譏諷道：「你們北人真是出口成謊。」唐蒙挺直了脖子，奮力辯解：「這是真的，我要給國主與世子烹飪寒雞。寒雞製滷需要十幾味配料，我唯恐別人弄錯，只得親自尋找。」

橙水只是冷笑：「獨舍在宮城一隅，而且還是封禁狀態，你能無意闖入？只怕是別有用心吧？」

唐蒙大叫：「我當然是別有用心，烹製寒雞最重要的一味食材是棗子，整個王宮只有這裡才有。」橙水慢悠悠道：「之前在沙洲，你說你只是去任氏那裡探聽立場，我起初還信了。如今你偷偷跑來獨舍這邊，還說是找棗子？」

他上前一步，陰鷙道：「你，是在查武王當年身死之事吧？」

唐蒙沒想到橙水一句廢話沒有，直接揭了自己的老底，頓時大為驚慌。這事太過敏感，若被橙氏掀出來可要鬧出大麻煩。他心臟狂跳，眼光游移，恨不得把腦子像甘蔗條一樣壓榨，找出破局之法。

橙水穩穩盯著這位狼狽的漢使，如同一條毒蛇注視著洞穴盡頭的老鼠。唐蒙悄悄瞥了他一眼，突然發現了什麼，一瞬間情緒恢復了平靜：「哎，大哥不說二哥啦橙中車尉。」

「我可沒跟你結拜過，別叫得這麼親熱。」橙水皺眉。

「這是中原俗話，意思是一隻喜鵲落在豬臀上，誰也別嫌誰黑。」唐蒙耐心地做了文字訓詁。

橙水臉色一沉：「巧言令色！你以為這樣就能逃脫罪責？」唐蒙笑嘻嘻道：「我逃不脫，你也逃不脫，咱倆是一根繩上的螞蚱。」橙水不由得失笑：「我乃是負責宮城宿衛的中車尉，來這裡巡查乃是天經地義，有什麼要逃的？」

唐蒙道：「我進門的時候，蜘蛛網都結了幾十層了，可見多年來根本沒人進來過。你怎麼突然起意，巡查至此？只怕也是別有用心吧？」

橙水見他的態度有恃無恐，頗覺古怪，不由得沉聲道：「你不怕我抓你走嗎？」唐蒙笑嘻嘻道：「橙中車尉，你既是來抓我，為何孤身一人？身邊連個侍衛也不帶？」

「我現在一聲呼喚，會有幾十名護衛前來。」

「你喊，你喊，你不喊就是我們北人養的。」唐蒙索性雙手抱臂，一臉無賴神情。橙水一時坐蠟，右手舉起又放下，終究沒有喊人來。唐蒙趁勢得意揚揚道：「你說的沒錯，我是偷偷闖入，想要查一下武王去世之事——而你，也是同樣的心思，對不對？」

看著橙水一臉見了鬼的神情，唐蒙知道自己說中了。他一張大臉幾乎湊到橙水面前，逼得後者倒退了幾步：「任延壽之死與武王之死有著千絲萬縷的聯繫。你應該也有了疑心，才跑來獨舍，看看是否還有線索。」

「我來這裡做什麼，與你無關。」

一張狸貓般的大臉，在橙水面前得意揚揚：「……是不是因為你懷疑南越高層有什麼人脫不開干係？寧可暗中調查，不想打草驚蛇？」

橙水冷哼一聲，終究沒有否認。這個漢使看似蠢胖貪吃，但眼光的穿透力堪比最犀利的弩箭，再掩飾也沒用。唐蒙如釋重負，親熱地拍了拍他的肩膀：「你看，大家都是一般心思，大哥不說二哥。」

「誰和你一般心思！」橙水狠狠瞪了胖子一眼，把他的手從肩上撥開，語氣卻微微有了變化：「武王乃我主君，延壽乃我兄弟。我身為南越國人，查明真相乃是天經地義；你一個北人又為什麼關心這些事？」

唐蒙道：「我查這個，是為了一個小姑娘。」他見橙水眼神不對，意識到表達有誤，趕緊擺擺手：「不對，準確地說，我是為了她娘。」然後又覺得不妥，趕緊找補：「哎，我是為了還她娘一個清白。」

「甘葉、甘蔗母子？」橙水立刻聯想到武王祠那個奇怪的女孩。她阿姆和任延壽是武王臨死前身側僅有的兩個人。

唐蒙道：「不錯，就是甘蔗。她答應我辦成了，會告訴我蜀枸醬的來歷。」

「就為了這個？」橙水壓根不相信。

「你一個生在嶺南之人，怎麼也跟莊大夫似的？總是把吃飯當成負擔。」唐蒙痛惜地搖搖頭，「佳餚之美，遠勝隨侯珠；口感之妙，堪比萬戶侯，怎麼你們就不能理解呢？」

他見橙水仍舊不為所動，知道說了也是白說，遂換了話題：「總之吧，南越國主身死之後不久，這兩個人一個自盡而死、一個毒發身亡，怎麼想都太巧合了。我們各自都掌握了一些消息，不妨互通有無。」

橙水沉吟不語，唐蒙知道此人疑心病太重，索性主動開口，先把自己這邊掌握的消息簡單說了說。橙水聽到「壺棗粥的廚序不可能混入棗核」之後，雙目寒芒大冒，伸手握住旁邊一棵垂死的壺棗樹：「你是說，那棗核是別人放進去的？」

唐蒙說：「對。」橙水思忖片刻，卻忽然搖了搖頭：「不對，不對。如果這人是為了殺武王，他怎麼能保證武王恰好吃到那一口粥裡的棗核，又恰好被卡在咽喉噎死？」

「倘若武王不是死於棗核噎死呢？」唐蒙反問。

橙水沉聲道：「武王死後，宮中仵作做了仔細檢查，身體沒有任何外傷，也沒有任何中毒跡象，唯是右手抓胸，頸項充血。這說明死前呼吸困難，以致胸悶難耐，確實像是噎死。」

「那我問你，噎死武王的棗核，後來找到了嗎？」

橙水記憶力很好：「根據仵作出具的爰書，那枚棗核是在地上找到的，沾滿粥液。爰書猜測，也許是武王拚命想把它咳出來，可惜為時已晚。他老人家一百多歲，本來就患有心疾，難受時總要抓幾下胸口。這麼一折騰，沒撐過去也屬正常。」

「所以你們並沒有確切地、清楚地在武王咽喉裡，找到那枚棗核，一切只是事後猜測。」唐蒙追問不放。

「是的。」橙水只好承認。

唐蒙蹲下身子，用手指在棗樹根下翻找起來，連續找了七八棵，終於在一棵樹根旁的土裡，翻出一枚朽爛棗核。他攤開手心，把它拿給橙水看。橙水端詳了半天，不明所以。唐蒙道：「壺棗產於北方，南方物候不同。從北方把它移栽過來，想必很是麻煩。」

橙水想了想道：「王宮園林不歸我管，但我確實聽宮裡面抱怨過，說棗樹太難伺候，容易枯萎不說，難得結幾個棗子，也乾癟得很。我吃過一個，味道一般，不知道武王為何覺得好吃。」

唐蒙把棗核用雙指捏住：「我跟你說，真定產的壺棗，棗核起碼比這個長半個指節。它在嶺南水土不服，連核都生得比尋常要小，這個尺寸，武王就算刻意生吞，也卡不住喉嚨。」

橙水隱約理解唐蒙的論點了：「你是說……」

「這枚壺棗核，不過是另一條咬死任延壽的毒蛇罷了。」

一聽這比喻，橙水騰地升起一股殺氣與恨意。

任延壽是被雜燉裡的莽草果毒死的，卻被刻意誤導成蛇咬致死。棗核之於趙佗，恐怕也是偽裝，以此遮掩其真正的死因。兩個手法，如出一轍。

「所以那枚棗核會不會碰巧噎死趙佗，根本不重要。那個凶手只要確保它沾了粥液，留在地上，就足以達到誤導仵作的目的。」

橙水咬緊牙關，臉色凝重，彷彿還在消化這個驚人的事實。唐蒙徐徐道：「我認為，武王去世當夜，除了任延壽、甘葉，還有別人來過獨舍，這個人應該就是凶手。」

橙水立刻否認：「不可能。事發之後，中車尉仔細盤查過內外情況。那天晚上獨舍裡只有他們兩人。」唐蒙淡淡道：「不對吧，當天夜裡，左、右兩位丞相不是也見過武王嗎？」

橙水目光陡然凝成長矛，刺向唐蒙：「你在胡說什麼！他們兩位是被武王叫去議事的。」

「我沒說他們倆有問題。但那晚來過獨舍的人至少有四個，這個說法總沒錯吧？」

橙水一時語塞，半晌方道：「左相和右相的關係勢同水火。如果他們對武王有任何不軌舉動，對方早就鬧起來了。」

「如果這事是他們倆一起……」唐蒙話沒說完，橙水勃然大怒，抽出腰間佩刀：「你再敢胡說這種荒唐事，我就割掉你的舌頭！」唐蒙縮了縮脖子，嘟囔道：「我只是探討一種可能嘛，你反應怎麼那麼大？」

「我們土人本是茹毛飲血的野人，全靠武王一心栽培，才有今日之局面。他老人家活得越長，我們越好，怎麼會有土人去害自家恩人？倒是呂嘉那些秦人，對武王扶植土人早有怨言。要說可能，呂丞相最有可能。」

唐蒙知道橙水習慣性地陷入族群對立的思維，什麼事都往身分上扯。他及時止住這個話題：「我夠有誠意了吧？你的誠意呢？」

「毒死延壽那個廚子……我已經查到下落了。」橙水終於也講出自己的調查情況，「他三年前離開任家塢，去了別處，然後酒醉淹死在河裡，對，酒醉。」

橙水刻意重複了一次，語帶譏諷。唐蒙這才明白，他為何會隻身前來獨舍——這齊姓廚子居然也死了，幾乎是明白地宣告，甘葉、任延壽乃至趙佗之死背後，藏著一隻操控一切的黑手。一切相關人士，都被不動聲色地滅口了。

面對這種情況，橙水沉默不語。唐蒙知道他內心正在翻騰，順勢提出醞釀很久的問題：「任延壽為何被害？是不是當晚看到了什麼？他跟你提過嗎？」

大概是唐蒙十分敞亮，橙水也很痛快地講出來。他跟任延壽莫逆於心，知道得相當詳細。原來在事發當晚，趙佗在獨舍接見了呂嘉、橙宇兩人，商談國事。與此同時，任延壽守在獨舍簷下，甘葉則在庖廚候命。大概子時時分，任延壽去找甘葉，要端夜粥，卻發現她不在。」

「壺棗睡菜粥？」

「對，這是武王多年以來的習慣，他睡眠不好，每晚子時必會喝一小碗壺棗睡菜粥。任延壽負責傳遞膳食與試菜，他到了時辰，就會去庖廚裡端粥。」唐蒙敏銳地抓住了關鍵：「這夜粥裡面，應該也添加了蜀枸醬的醬汁吧？」橙水看了他一眼：「我正要講到這裡。」

「任延壽等了一會兒，甘葉才回來。他問甘葉去了哪裡，甘葉說庖廚裡的蜀枸醬用光了，剛才外出去取，帶回一罐新醬。然後甘葉很快熬好了粥，讓任延壽送到獨舍裡去。恰好那邊剛剛談完話，兩位丞相起身告辭，武王自己開始進食。沒過多久，任延壽聽到屋裡有動靜，衝進去時發現武王倒在榻上，粥碗打翻在地。」

「不對！」唐蒙忽然脫口而出，「甘葉怎麼會缺少蜀枸醬？」

「庖廚裡短了幾味調料，不是很尋常嗎？」橙水反駁道。

唐蒙搖搖頭：「她既知武王每晚子時要喝粥，應該都提前備好，不可能臨到熬粥才發現料用光了。而且這蜀枸醬的來源十分難得，兩個月只得兩罐，番禺城根本沒有賣的。即使甘葉手頭用光了，也不是想補就能補到的。」

橙水眼神一瞇：「哦，這麼說凶手竟是甘葉？」

「什麼？」

「她藉口外出取回毒藥，摻入粥裡，然後再偷偷放一枚棗核，豈不就可以謀害武王？只有她具備這個條件。」

唐蒙一時語塞，沒想到推來演去，居然把甘葉繞進溝裡去了。他只得辯解說：「甘葉若參與了此事，應該連夜潛逃啊，又何必留下來畏罪投江呢？」橙水冷哼一聲：「死士也不是什麼稀奇東西。換了是我，只要拿她女兒的命做要脅，她也只能俯首聽命。」

「果然只有惡人最知惡人手段。」唐蒙暗暗罵了一句，橙水冷冷道：「你這麼急著為她辯白，又是圖什麼？」唐蒙見他似乎認定了凶手，不由得高聲道：「不對，不對。若依你所言，甘葉打算毒殺武王，然後自殺了事。那她何必多此一舉，用棗核做遮掩？」

這個質疑，頓時讓橙水無言以對。

唐蒙又道：「而且任延壽還要為武王試膳。如果是甘葉在粥裡下毒，也要過任延壽那一關才行，除非，真正下毒的是……」

「胡說！延壽對武王忠心耿耿，絕無歹心！」

兩人同時沉默下來。他們唯一取得的共識，就是這罐蜀枸醬肯定有問題。但甘葉和任延壽兩個經手人，各有各的嫌疑與矛盾。最後還是唐蒙出言道：「現在下結論還太早，還需要更多線索來判斷。當晚任延壽那邊，是否還提過別的事情？」

橙水仰起頭，遲疑了一下：「那天晚上在兩位丞相造訪之前，武王與延壽聊過幾句，先是抱怨說自家兒孫都不成器，然後拍了拍他的肩膀，說了一句『乃祖之憂，今知之矣』——這話有點敏感，雖然爰書裡記下了，但大家都裝看不見。」

唐蒙一怔，趙佗這話意思可深了。什麼叫「乃祖之憂」？任延壽的先祖任囂，臨終前擔心子孫幼弱，果斷讓位給趙佗，換得家族幾世平安。難道說趙佗如今，也有這樣的憂慮？確實，看趙眜那畏畏縮縮的樣子，望之不似人君。無論是秦人還是土人，個個如狼似虎，他作為南越共主，很難像趙佗那樣靠威望壓平。趙佗拿任囂做比喻，莫非也有讓賢之意不成。

看來他與呂嘉、橙宇談到深夜，聊的大概是託孤之事啊……

唐蒙突然一個激靈，看到遠處庖廚飄起的炊煙，他一拍腦袋：「哎呀，我都忘了，那邊還燉著寒雞呢。南越王和世子還在等著用餐，我得先回去。」

橙水點點頭，此事干係重大，還得細細揣摩才行，於是兩人一同離開獨舍。當他們邁出院子的小門後，橙水猛然一下拽住唐蒙。唐蒙一怔，以為他還有話要說，不料橙水抬起頭，衝遠處的一隊衛兵大喊：「有人擅闖宮禁，快快把他擒下！」

唐蒙大驚，明明兩人剛才談得那麼好，怎麼橙水瞬間翻臉？他想掙扎，可橙水的手如同鉗子一般，死死抓住唐蒙胳膊，直到衛兵們趕到，才緩緩鬆開。

「我是大漢副使，你們不能抓我！」唐蒙仰起頭來，大聲抗議。可這些衛兵都留著垂髮，就知道是橙氏安排在王宮執勤的土人，他們對唐蒙的抗議毫無反應。

橙水走到唐蒙面前，陰刻道：「正因為你是漢使，才要將你抓起來。」

唐蒙憤怒地瞪向橙水，本以為對方會得意揚揚，不料他看到，那張嚴肅的臉上居然閃過一絲歉疚。這個發現，非但沒讓唐蒙略有安慰，反而讓他渾身冰涼。

要知道，橙水本來也是暗中潛入獨舍，不欲人知——這正是唐蒙有底氣跟他聯手的原因，但他現在公然喊來衛兵，這說明什麼？

說明適才兩人的推斷，已開始接近真相。而這個真相，橙水絕對不希望漢使深入挖掘，不惜暴露自己也要阻止。

橙水想要為任延壽報仇不假，但他畢竟是南越人，畢竟是土人，畢竟是橙氏子弟。

# 第十一章

三只繪花小陶盤輕輕擺在了趙昧、趙嬰齊和莊助面前。

盤中各有四塊切好的雞肉，拼成一個方形。肉塊的外皮呈深棕色，泛起一層油津津的光澤，靠近皮下的部分則呈現淡黃色，似有滷汁淺淺滲入，越往下肉質越白，層次分明，賞心悅目。在餐案旁邊還有一個小碟，裡面裝著鹽梅與石蜜調的蘸料。

趙昧好奇地端詳了一下，沒感受到任何熱氣，果然如唐蒙說的，這道菜叫作「寒雞」。忐忑不安的宮廚在旁邊急忙解釋：「是唐大使說的，出釜之後，一定要放入井中除去熱氣，再端上來。」

趙昧點點頭，拿起筷子夾起一塊，放入口中，眼睛不由得一亮。寒雞果然要冷吃，才能更清晰地感受到鹹滷的濃香——那張記的豆醬入口太鹹，做滷倒恰到好處。雞肉本身鮮嫩有嚼頭，再蘸上一點點酸甜口的鹽梅醬汁，微帶果味，口感清爽不膩，如同一陣涼風吹過盛暑的林間。

莊助吃了一口，擱下筷子道：「《尚書》有云：若作和羹，爾惟鹽梅。這是殷王武丁對賢相傅說所說的，明說鹽梅乃烹飪必備之調料，實則是說要善用賢良之人為佐使，國政方可清明。」

趙氏父子嘴裡嚼得正香，聽到寒雞還蘊含著如此深刻的大道理，味道霎時寡淡了幾分，一時頗為尷尬。趙昧轉動頭顱，有些奇怪，那個一談起吃的就喋喋不休的傢伙，居然不在，如果換了他在旁邊解說，吃起來應該會更開心些吧？

旁邊宮廚忙道：「唐大使交代完烹飪工序之後，就不知跑到哪裡去了。我們找了一圈沒找到，這才自作主張，把寒雞先端上來。」

莊助聽見兩人交談，暗暗有些焦慮。那傢伙怎麼搞的，這麼半天還沒回來，這裡畢竟是南越王宮，不要出什麼岔子才好。

一直到趙氏父子把盤中雞肉吃了個精光，唐蒙仍舊沒有出現。

就在這時，殿外忽然傳來急促的腳步聲。三人轉頭望去，發現來的不是唐蒙，而是橙宇和橙水，前者雙眼黃得幾乎要放出光來。兩人見過趙昧施禮之後，橙宇先瞪了莊助一眼，然後大聲道：「大酋，宮裡出事了！」

趙昧一怔，宮裡出事了？他們如今不就是在宮裡嗎？

橙宇使了個眼色，橙水上前跪在地上：「出事的是武王獨舍。」

「啊？怎麼回事？」趙眜驚慌地從毯子上站起來，任何與武王有關的事，都會讓他異常緊張。橙水頓首道：「適才衛隊巡邏，發現有一人在武王獨舍附近，鬼鬼祟祟的，上前抓住盤問，他自稱是大漢副使，叫作唐蒙。經過搜查，我們發現他剛剛將一具桐木人偶埋入獨舍旁邊的棗樹下方。」

橙水說完，從懷裡拿出一具人偶。人偶長一尺有餘，雕刻得極為潦草，勉強可以分清頭部和軀體。

「咣噹」一聲，蘸料碟被碰翻在地，莊助臉色鐵青地站起身來。他厲聲大喝：「橙宇！爾等好大的狗膽，居然敢在國主面前汙蔑漢使？」橙宇凸著眼睛，看起來比莊助還義憤填膺：「這是中車尉親眼所見，眾目睽睽，人證物證俱在！」

趙眜一聽是唐蒙，頓時疑惑起來：「他不是在庖廚為本王烹製寒雞嗎？怎麼跑到獨舍那邊去了？」宮廚慌張地擺了擺手：「唐大使說是去尋食材，中途離開了，我們也不敢攔阻呀。」

趙眜看向橙宇，仍舊不解：「他尋食材就去尋，幹麼在獨舍埋什麼人偶？」橙宇壓低聲音，氣憤中帶著幾絲恐懼：「我問過幾位大巫，都說這是中原的巫蠱之術。只要將人偶埋入屋下土中，便可以詛咒戶主。武王乃我南越的主心骨，在他生前獨舍埋入人偶，這分明是在詛咒我南越國運啊！」

莊助知道南越國上下皆篤信巫術，立刻出言呵斥道：「荒謬！唐蒙是堂堂大漢副使，根本不懂什麼巫蠱之事。這是毫無憑據的栽贓！」

「毫無憑據？」

橙宇的雙眼閃過一道得意的黃光，從袖子裡抽出一張絹帛：「武王祠堂奉牌當日，臣在地上撿到一樣東西，正是從唐大使的袖口裡滑落而出的。」趙昧接過去展開一看，只見線段勾連交錯，並無注釋，不明其意。橙宇解說道：「您看，這一道一道代表山勢起伏，綜合起來，便是一幅白雲山的地勢輿圖。」

趙昧和莊助同時大驚。橙宇不待莊助說什麼，又道：「橙水適才緊急搜查了驛館，在唐大使的房間裡搜出許多東西。」

他一揮手，橙水舉過一個托盤，托盤裡放著一疊絹帛，裡面繪製的線段與白雲山輿圖如出一轍。橙宇唯恐趙昧不解，還貼心地做了講解：「這是大庾嶺的，這是番禺城的……每一幅都十分詳細，不是在短時間內畫得出來的。」

「這些輿圖之上，有我南越半壁江山。無論堪輿還是用兵，都大有用處啊。」橙宇別有深意地強調了一句。殿中氣氛，一時變得無比凝重。趙昧拿著這些絹帛，手在微微發抖。

莊助臉色鐵青，右手握住劍柄，恨不得一劍刺穿橙宇。巫蠱人偶是假，但唐蒙闖宮是真；詛咒王室是假，但絹帛輿圖是真。橙宇把真真假假的證據摻在一起，由不得趙昧不相信。

接下來要怎麼辦才好？莊助心念電轉，一時想不出什麼扭轉局勢的好辦法，只得先叱責道：「漢使持節，有如皇帝親臨。你們竟敢擅自搜查房間，這是僭越！」

橙宇皮笑肉不笑：「你們在宮中埋設人偶，難道不是僭越？私繪輿圖，難道不是僭越？」他一轉身，拱手對趙眜大聲道：「咱們南越可以倚仗的，只有武王威名和五嶺天險。這個漢使先窺虛實，再毀氣運，如不嚴懲，恐怕後患無窮！」

趙眜看向仍舊跪在地上的橙水：「你所見的，確實屬實？」

橙水的頭保持低垂，悶聲道：「是。」趙眜的嘴唇哆嗦起來：「那可是先王的獨舍啊，怎麼可以，怎麼可以……」他忽然扔下絹帛，揮手把寒雞盤子狠狠打碎，然後一腳踢翻桌案，衝著莊助大吼：「你們辱及先人，未免欺人太甚！什麼仁義道德、君子品性，都是假的，假的！」

他最懼怕的就是祖父，最敬愛的也是祖父。眼見趙佗被巫蠱詛咒，心中硬生生被逼出了一股上位者的淩厲。

莊助被吼得幾乎抬不起頭，正要解釋，趙眜已轉向橙宇，急切問道：「這個詛咒可有禳解之法？」橙宇不慌不忙道：「臣已問過大巫們。他們說，這巫蠱之術十分厲害，乃是專為鎮壓王家之用。詛咒如水，氣運如火，水潑火上，自然會把火澆熄。若要禳解，唯有一法，那便是把火燒得更旺，便可以反過來把水蒸乾，不受其害。」

趙眜還沒反應過來，莊助卻第一時間醒悟。他一咬牙，作勢拔劍，哪怕自己接下來會被砍為齏粉，也得先把眼前這傢伙幹掉，不然局面會一潰千里。他右手正要發力，卻被一隻蒼老的手按住，長劍一時沒拔出來。

這麼稍一遲延，橙宇的話已經說出口：「只要變王家為帝家，氣運定會高漲，詛咒自然也會被禳解，保得南越與大酋無虞。」

是言一出，殿內一片安靜。莊助怒目轉頭，想看看誰攔著自己出劍，卻發現竟是呂嘉。呂嘉胸口喘息起伏，可見是聽到消息之後一路跑過來的。呂嘉抓住他的手腕，扯到殿外小聲抱怨道：「你那個副手怎麼回事？惹出這麼大一樁禍事！」

莊助心中也在罵唐蒙粗疏，可又不能對呂嘉直言是去查趙佗之死。他稍微鎮定心神，開口道：「這件事分明是他們橙氏栽贓。而今之計，得先逼著橙氏把唐蒙撈出來，問明情況才是。」

呂嘉苦笑：「我知道這是橙宇栽贓，但眼下最急的不是撈他，而是止損！」

「止損？」莊助臉上閃過一絲疑惑。

「對，止損。你就說唐蒙有隱疾，突發癲狂或者頭風……甭管什麼藉口，總之都是他自己肆意妄為。你褫奪其副使身分，表示此舉與大漢朝廷無關。」

「那他不就死定了嗎？」莊助終於冷靜不下去了。褫奪了唐蒙的副使身分，就意味著他將失去大漢朝廷的庇護，變成一個普通北人。在如今的番禺城裡，一個普通北人會是什麼下場，不言可知。

呂嘉看了一眼趙眛，語氣變得嚴厲起來：「國主如今正在氣頭上，若他一時興起當場決定稱帝，一切皆休。你把唐蒙先扔出去，讓他消消氣。我才好設法轉圜勸說。小不忍則亂大謀啊。」

「可是……」

「您當初在會稽怒斬司馬，何等殺伐果斷，怎麼現在倒婆婆媽媽起來了？難道這唐蒙比一個司馬還可怕嗎？」

莊助握劍的手始終沒有鬆開，可也沒繼續拔劍，整個人變得和翁仲一般僵硬，只有一滴詭異的汗水，從幾乎從不出汗的額頭沁出，沿著鼻梁緩緩滑落到鼻尖。

呂嘉見他不語，便當是默認，舉步回到殿內。遠遠地，莊助看到他走到趙眜身旁，低聲講起話來。這一番交談短暫而激烈，趙眜難得講了很多話，動作很激烈，不時揮動手臂，還有橙宇在旁邊攪局。

可惜莊助站在殿外，聽不太清楚，也不想聽到。此刻他的五官五感，都深陷在尷尬的泥沼裡，連呼吸都覺艱難。這時趙嬰齊走了出來，好心地遞來一方手帕。莊助木然接過去，把鼻尖上的那一滴汗水擦去。

趙嬰齊問：「先生明日還來講學嗎？」莊助想到自己剛才還在侃侃而談君子之道，不由得自嘲地苦笑一聲，沒有回答。趙嬰齊怔怔看了一陣，沒有追問，恭敬地施了一禮，轉身離開。

過不多時，呂嘉回轉過來，一臉疲憊，可見剛才那一番爭論極耗心神：「談妥了，主上想問一下漢使，唐蒙所為，您可知情？」

呂嘉說完之後，盯著莊助。莊助知道他在等一句話，只要說出這句話，這場危機便可以暫時躲過。嶺南如此潮濕的天氣，他卻感覺到咽喉無比乾澀，像是被人扼住咽喉。呂嘉又催促了一句，莊助只好清了一下嗓子，含著泥沙似的說道：「不知……」

短短兩個字，彷彿抽去了莊助的筋骨和氣力，令他幾乎站立不住。呂嘉滿意地回殿內覆命，莊助一拂袖子，幾乎如逃離一般地走下台階。

回到驛館之後，莊助屏退了所有人，只留黃同一人在側。黃同已聽說了宮中發生的事，心中忐忑不安。眼前這位漢使似乎比平時更愛乾淨，用一塊麂子皮反覆擦著佩劍，彷彿上面沾染了什麼不得了的汙漬。

就在黃同以為他會遷怒殺人時，莊助突然開口：「黃左將，我聽唐蒙說，你祖父葬在了中原？」黃同點了點頭，莊助嘆道：「無論什麼人，終究得找到自己的根，方才踏實。乃祖葉落歸根，也算可以瞑目，敢問黃左將，你的根又在哪裡？」

黃同不知他的用意，謹慎道：「我在南越出生，根自然在南越。」莊助斜看他一眼：「南越人？那請問你是秦人還是土人，是北人還是呂家人？」一聽這問題，黃同就知道那天的醉話肯定被唐蒙記下來了，但他實在不知如何回答，只好保持著沉默。

莊助冷笑一聲，扔開麂子皮，愛憐地用修長的手指蹭了蹭劍刃，突然橫劍於膝，振臂一撅。只聽劍身發出一聲哀鳴，竟斷折成兩截。黃同嚇得往後退了三步，再抬頭一看，發現這位無論何時都保持著儀態的翩翩貴公子，陡然露出一種近乎崩潰的扭曲神情。

「黃左將，我把這柄斷劍送給你，你須幫我做一件事。」莊助低聲道，雙眼密布血絲，「你去把唐蒙救出來！」黃同一驚：「呂丞相知道嗎？」

「我這不是求助呂丞相，我這是命令你！」莊助進逼一步，聲音愈加嚴厲。

「大使不要為難在下了，我哪裡有這個本事洗清他的罪名……」黃同惶恐地擺了擺手。

莊助道：「我不是要洗清他的罪名。只要你把他活著弄出番禺城，送過大庾嶺即可。」

眼下為了大局，唐蒙註定要被放棄。但堂堂一位大漢使節，居然被一個蕞爾小國逼迫著出賣同僚，這已是不堪忍受的屈辱。倘若唐蒙因此而死，那對心高氣傲的莊助將是一次極大的打擊。

再者說，那些輿圖絹帛雖被沒收，但唐蒙腦子裡肯定還記著，只要他能活著回去，一樣可以復原出來。無論從德行還是功利角度出發，莊助都需要唐蒙活下去。

黃同雙手捧著斷劍，苦笑起來：「莊大夫何必為難我一個小人物。」莊助厲聲道：「你自從被俘的那一刻起，在南越便已沒有出路可尋了！你和唐蒙一同回去中原，憑這柄斷劍，我保你重新尋回你們黃家的根！」

黃同知道，莊助這是算準了自己在南越的窘境，逼自己站隊。他猶豫再三，只好嘆了口氣，恭敬地把斷劍奉還給莊助：「在下……只能盡力而為。」

莊助沒有再叮囑什麼，有氣無力地揮了揮手，讓他退下，一個人枯坐在屋內的陰影之中。

唐蒙痛苦地翻了一個身，大口大口喘著粗氣。

南越宮城的監牢並不陰森，恰恰相反，這裡的採光非常充足。嶺南的陽光如弓箭一樣從四面八方射進來，刺穿著、炙烤著這個倒楣的囚犯。

唐蒙絕望地把衣袍全都脫光，可身上仍是一層一層地冒著汗，黏膩的暑氣滲入肌膚，順著血管和經絡一路燜燒上去，皮膚上全是蒸乾後白花花的鹽漬，與蚊蟲叮咬的一片片大包交相輝映。

唐蒙伸出手，想再喝一口水，可水盆早就空了。他只得勉強從口腔裡擠出幾滴口水，稍稍潤一下咽喉。自己在這個甑裡待了多久？他已經不記得了，只記得水盆被填充了四次，每一次他都一口氣喝光。

這點水分只能勉強吊住性命，卻無法讓頭腦維持正常運轉。無論是橙水突然的背叛，還是遲遲不來的莊助，唐蒙都已經無力思考。迷迷糊糊間，他感覺自己變成一條釜中的嘉魚，在滾燙的釜中一遍遍煎熬，鱗皮透軟，脂膏融化，意識也逐漸隨之渙散，居然還帶著點香味。

嗯，這釜裡簡直是個聚寶盆，蓬餌、髓餅、煮桃、炙串……還有筍尖牛腩、豚皮餅、鵪鶉拌橙絲、經霜的菜苔裹鯉魚鱠、拌著肉醬的菰米飯，諸多滋味，交混一處，簡直什麼都有。唐蒙喜不自勝，掙扎著想抓住那些食物，大快朵頤。可釜下的爐火越發旺盛，熏炙著他，難受無比，他感覺幾乎要消融在釜中。

「等一等，我還沒吃完……」

唐蒙猛地大叫一聲，睜開眼睛，發現自己仍舊置身於監牢之中。他喘息片刻，側過臉去，先嗅到一股梔子花的香氣，然後看到一雙大眼睛正焦慮地望著自己。

「甘蔗？你怎麼在……這兒？」

「來救你啊！」甘蔗急躁地推動他的身軀，可惜她太瘦弱了，根本推不動。唐蒙掙扎著想自行爬起來，不料後背被汗液緊緊黏在地板上，他用力一抬，脊背疼得撕心裂肺，像被一隻狸貓用爪子從脖子劃到腰下。

唐蒙疼了好一陣才緩過來，甘蔗把臉偏過去，遞來一個竹筒。唐蒙這才想起來自己是赤身裸體，連忙把旁邊的衣袍撿起來穿上，咕咚咕咚把竹筒裡的清水一口氣喝光，一抹嘴才問道：「我這是關了多久了？」

「三天了。」甘蔗心疼地望著他，趕忙拿出兩個冬葉包的裹蒸糕。唐蒙饑腸轆轆，恨不得一口一個，一邊咀嚼一邊問道：「他們怎麼會放你進來？」

「開始是不許的，但後來橙水准許我送點清水和裹蒸糕進來。說你是宮廷要犯，不能在審判前死了。」

唐蒙「嘿」了一聲，也不知橙水這是有限地表達一點點歉意，還是要把自己利用到死。甘蔗伸手摸了摸他的臉頰，責怪道：「你這個蠢北人。如果不是黃同告訴我，我都不知道你竟會冒這麼大的風險跑去獨舍。」

唐蒙先是苦笑，然後「咦」了一聲，追問道：「是黃同跟你說的？」甘蔗點點頭。唐蒙又問：「他沒說別的？」甘蔗對黃同沒什麼好感，一撇嘴：「他一個秦人，還能說什麼？」

有了食物補充，唐蒙的思維稍微恢復了一點敏銳。黃同如果真要來撈人，用不著通知一個孤弱女子。甘蔗出現在這裡，只可能意味著一件事：外面情況變得很嚴重，嚴重到莊助和呂嘉無法施救，只能通過甘蔗這種毫無威脅的小角色送點飲食，聊表關心。

也就是說，他已經被放棄了。

唐蒙摸了摸下巴，意外地並沒多驚慌，大概也是因為沒什麼力氣驚慌。他伸開雙臂，重新躺倒在地，有些如釋重負。

「為了一罐蜀枸醬，值得嗎？」甘蔗盯著他。

「其實我不是為了蜀枸醬。」到了這個時候，唐蒙決定還是說實話為好。甘蔗似乎不怎麼驚訝，垂下頭小聲道：「我知道，我一個小醬仔，誰會平白無故關心呢？」

唐蒙歉疚地看了她一眼，這時外面傳來衛兵的腳步聲：「時辰到了，快點離開。」甘蔗揚聲對外面喊道：「裹蒸糕不能吃快，得慢慢嚼，再等一下吧。」衛兵罵了一聲：「臨死之人還這麼多講究！」甘蔗揚聲道：「是橙水讓我進來的。」

衛兵一聽這名字，也只能悻悻踱步離開。唐蒙正要開口，甘蔗把手指放在唇邊，「噓」了一聲，往下面一指。

順著甘蔗的手勢，唐蒙發現這個監牢的地板下方，隱約可以看到一個空洞。透過板條間隙，可以看到空洞裡盤踞著幾條蟒蛇。

「這是要讓我主動被蛇咬死，體面自盡？」唐蒙冒出一個荒謬的念頭。甘蔗也不多言，從胥餘果殼裡掏出一把小巧的石錘。真虧她藏得巧妙，衛兵恐怕想不到那個盛滿清水的果殼底部，居然還能放下這東西。

甘蔗拿起錘子，狠狠朝地板顏色最深的地方一砸。這種高溫濕熱的環境，板條早已朽爛不堪，顏色越深說明爛得越徹底。只見錘頭落處，碎屑飛濺，斷口處還有不少白花花的蛆蟲爬出來。唐蒙見她揮動幾下就滿頭大汗，接過手去幫忙一起砸，很快地板上就出現一個洞。

「跳下去！」甘蔗催促道。

唐蒙心想，自己吃了一輩子肉，死於動物之口也算公平，一咬牙跳了下去。等到他跌到空洞底下，爬起來環顧四周，這才發現那些東西根本不是蛇，而是幾條盤根錯節的老樹根。從樹根走向能看出來，它們應該同屬於一棵巨大的榕樹，伸展到監牢下方，生生在泥土裡擠出一塊空間。這些樹根交錯成一些空隙，似可勉強鑽行。

真虧了甘蔗發現這一條路，唐蒙暗暗驚嘆。這時他感覺腳下一陣吱吱聲，幾隻大黑老鼠飛快地跳過腳背，鑽入樹根空隙消失了。他突然意識到，這棵榕樹自己曾經見過，應該就是甘蔗棲身的家！

唐蒙被關入監牢時就注意到了，這裡位於宮城東南角，毗鄰宮牆，而甘蔗住的榕樹，恰好與宮城東南一街之隔。他的腦子裡稍做定位，立刻判明了兩者的關係。榕樹的根系極為發達，順著宮牆下方侵入，變成一條天造地設的通道——當然，這根本不算巧合，宮城東南地勢低下，只有關押犯人的場所、排汙區域和赤貧民眾才會安置在這裡。

這地板從下往上沒法砸，所以甘蔗假借探監之名，從上往下開路。接下來，兩個人只要從榕樹根下鑽過宮牆，就可以逃出生天。

唐蒙欣喜之餘，仰起頭來，伸出雙臂，等著甘蔗跳下來。

可就在這時，衛兵邁步再度接近監牢，又來催促。如果被他發現這個大洞，那就徹底完蛋了。甘蔗咬了咬嘴唇，抬起頭對牢門外大喊道：「你等等，馬上就好啦。」然後把頭轉回來，俯瞰著唐蒙，難得露出一個微笑。

唐蒙大驚，他一瞬間就看出來她要幹麼。甘蔗開口道：「你快走吧，鑽過樹根上去，會有人接應的。」

「快跳下來！現在走還來得及！」唐蒙大吼。

「我不跳啦，我怕高嘛。」甘蔗苦笑道，「再說，總得有人攔在門口才行。」

甘蔗把枯黃的幾縷頭髮撩上額頭，從頭上摘下梔子花，遞給下面的唐蒙，柔聲道：「你現在可以去打開那個胥餘果殼啦，但你要答應我一件事，回到中原找到我阿公，替我問問他，想不想我的阿姆，想不想我。」

說完之後，小姑娘的臉從洞口消失了。那一瞬間，她的臉和夢境中某一個人的臉重疊在一起，令唐蒙的臉頰劇烈地顫抖起來，彷彿被一根長矛戳中了最深的舊傷。

但這個時候，已容不得他拖延。唐蒙一咬牙，低頭鑽進樹根底下去。他的身體比較臃腫，擠過根隙很費勁，必須巧妙地調整角度，徐徐前進，才能避免蹭傷。

可唐蒙此時就像一頭紅了眼的野豬，不管不顧地猛衝硬闖。粗糙的根皮和岩塊不時刮開皮膚，割破血肉，整個人很快遍體鱗傷，可衝勁絲毫不減。

待得他順著天光方向，拽著藤蔓爬上地面，發現出口恰好就在甘蔗榕樹下的家裡。此刻等候在那裡的，卻是一個意料之外的人。

「梅耶？」唐蒙一怔。

梅耶見一個渾身破破爛爛的血人鑽出來，嚇了一跳，旋即冷靜下來，朝他身後看去：「甘蔗呢？」唐蒙低聲道：「她去攔住守衛。」梅耶臉色陡變：「所以你就把她扔下不管了？」唐蒙一屁股癱坐在地上，無言以對。

「果然一出事，你們北人跑得比誰都快。」梅耶譏諷了一句，「不過算了，甘蔗說用他爹的人情換一次遮掩，可沒說遮掩誰。我們快走吧，她一個小姑娘，可擋不住多久。」

一輛牛車停在大榕樹下，上面擱著大大小小十幾個酒甕，眾星拱月般地圍著一個大酒缸。梅耶讓唐蒙跳進缸中，蓋好蓋子，然後駕著牛車迅速離開。

唐蒙蜷縮在酒缸裡，聽見外面除了「咯吱咯吱」的車輪聲，還能聽見一片古怪的喧鬧聲。如江似潮，似是很多人的叫嚷聲聚合在一起，不斷變化和移動著，從牛車兩側呼嘯而過。其間車子還停下來幾次，隱約可以聽見梅耶的聲音，似乎是被阻攔了。

好在有驚無險，牛車很快順利抵達了酒肆，直接開進了後院小酒坊。梅耶跳下車，敲了敲酒缸，卻沒動靜。「不會死了吧？」她嘀咕著掀開蓋子，發現唐蒙蜷縮在裡面，整個人陷入一種呆滯狀態。

「喂喂，快出來，你要在裡面待多久？」梅耶伸手抓住他的髮髻，拚命搖晃。如是三次，唐蒙才緩緩抬起脖子，眼神恢復，彷彿剛從沉思中清醒過來。梅耶道：「我聯繫了相熟的私酒販子，一會兒你從他們的管道出番禺城，接下來，我可就不管了。」

唐蒙從缸裡搖晃著站起身，臉頰帶著潮紅：「我不會走。」

「虧你之前還拿私酒的事威脅我，現在怎麼著？還不得靠這個逃命？」梅耶譏諷道，講到一半才反應過來，「什麼？你不走？」

「對，我的事情還沒查明白。」唐蒙語氣堅定，肩膀微微開始發抖，整個人陷入一種古怪狀態。梅耶大為惱火：「你知不知道，甘蔗為了救你，是怎麼跑過來求我的。她現在連命都交代進去了，你就這麼浪費？」

「正因為她把命都交代進去了，所以我才不能走。我得幫她阿姆洗清冤屈，說好的事情。」唐蒙喃喃道，推開梅耶朝外走去，「我要先回驛館一趟。」

梅耶雙臂交疊在胸口，只是冷笑：「我看你是在牢裡熱糊塗了，不知道這幾天整個番禺城都開了釜了。漢使埋設人偶，用巫蠱詛咒先王，這件事在城裡簡直要傳瘋了。」

唐蒙眉頭微微揚起，人偶？巫蠱？這是什麼？他被橙水扣押起來之後，直接投入監牢，接下來發生了什麼，渾然不知。梅耶疑惑道：「難道你沒做嗎？」她把外面聽來的傳言講了一遍，唐蒙忍不住大為驚嘆，橙宇實在是太有想像力了。

梅耶敲了敲木桶：「你來的路上也聽見了，街上現在全是人。城民們都很憤怒，紛紛朝著驛館那邊聚攏過去，要漢使滾回去，要為武帝報仇，嚴懲你這個惡毒的巫師。你敢現在露頭，恐怕會被城民打死在街頭。」

唐蒙愣了愣：「他們的要求是什麼？」梅耶道：「嚴懲你這個惡毒的巫師啊。」「上一句。」「要為武帝報仇。」

唐蒙「嘿」了一聲，暗暗欽佩。毫無疑問，這背後肯定有橙氏之人在煽動。巫蠱這種怪力亂神的東西，虛無縹緲，偏偏大部分人都篤信無疑，流傳極快極廣。只要稍加挑唆，他們就能煽動起巨大的民意。等到萬民皆高呼趙佗為「武帝」，橙氏再提稱帝之議，趙昧也就「從善如流」了。

那個橙宇，可真會一根甘蔗榨到乾。唐蒙本以為橙氏抓到自己，最多是在朝堂上鬧一鬧，沒想到橙宇反手一記栽贓，竟能裹挾著民意，把自家的謀劃又推進一大步。

「你呢？你信不信我埋下人偶，詛咒趙佗？支不支持南越王改帝號？」唐蒙問梅耶。

梅耶一揚手腕，一臉無所謂：「我信不信，根本不重要。大酋稱帝不稱帝，與我有什麼關係？是能減點稅？還是能少服點徭役？」

「可惜番禺城的大部分百姓，沒你看得明白。」唐蒙一邊用井水洗臉，一邊說。

梅耶抬起殘疾的右手：「如果他們像我一樣，因為一點小錯就被斬下手腕，趕出宮去，大概也就沒什麼心情摻和這種事了。天天嚷嚷著土人秦人，好像分清楚了能當飯吃似的，真以為自己能為朝廷分憂？到頭來，還不是上頭的幾個人得利，我們這種升斗小民該受苦還是受苦。」

唐蒙知道她那隻斷手，背後必然有一個悲慘故事，可眼下實在沒有餘裕去關心。

「我不能走，我得把甘蔗救出來。」他的語氣遲緩沉重，卻有著不容動搖的堅定。

梅耶眨了眨眼，忍不住問道：「為什麼？你堂堂一個漢朝使者，為何對一個小醬仔如此上心？她既不是權貴親眷，也非國色天香，何至於執著到這地步？」

「她答應會告訴我蜀枸醬的來歷。」

梅耶冷哼一聲：「這種話只好去誆騙三歲娃娃。」唐蒙的腮幫子抖了抖，似乎病得更厲害了，但雙眸裡擠出的神色，愈加堅毅：「我之前曾辜負過別人，我不想再辜負第二次。」

梅耶見他語氣凜然，不再說什麼，拿出一套南越人常穿的涼服和一雙木屐讓他換上，又取了些酒糟抹在他領口。

「你若被官府盤問說錯了話，就推說自己喝多了，也許能遮掩一二。」梅耶頓了頓，又叮囑道，「你可千萬要把甘蔗救出來啊，她夠苦的了，不要像她娘一樣……」一提及甘葉，梅耶的聲音微微顫抖了一下，眼神很是複雜。

「如果真把她救出來……能不能把她帶回北邊，送到她父親手裡？」

「嗯，我會盡力。」

梅耶猶豫了一下，露出一絲略帶尷尬的笑容：「如果，我是說如果啊，你能找到卓長生，把甘蔗送到，能不能順便問一句，是否還記得梅耶這個人。」

沒等唐蒙答應，梅耶已迅速轉過身去，推開了酒肆後院小門。

唐蒙簡單地分辨了一下方向，然後大踏步朝驛館走去。沿途街上人潮洶湧，似乎整個番禺城的人都出來了，群情激昂，個個漲紅了脖子，沒人注意到這個走路歪歪斜斜的醉漢，更沒人關心這醉漢的雙眼，正陷入沉思。

之前蜷縮在酒缸的封閉空間裡，唐蒙從頭到尾做了一次復盤，發現趙佗之死的最關鍵點，就在甘葉外出取回的那一罐蜀枸醬。

如果甘葉是凶手，直接在粥裡下毒就是了，根本沒必要特意外出去取蜀枸醬——你都要殺死對方了，何必在乎這粥的口感？所以問題很可能就出在那罐新蜀枸醬上，裡面大概多了點東西，而甘葉自己都不知情。

從這個思路反推，只要找到蜀枸醬的來源，也就鎖定了凶手的身分。想到這裡，唐蒙遺憾地敲了敲腦殼。

如果甘蔗還在，這件事就簡單多了，她這三年來一直從那個神祕的管道拿貨。可惜她如今失陷於王宮，唯一還藏著答案的地方，就在驛館裡的那個胥餘果殼裡。

之前唐蒙嚴守承諾，不還甘葉清白，便不去打開果殼。現在這個形勢，不得不提前揭盅了。他想到這裡，腳步不由得加快了幾分。

今天的番禺城溫度格外高，空氣中浮動著一股莫名的燥熱，即便滿城綠植也濾不掉其中的火氣。唐蒙一路走到驛館前的路口，卻發現自己擠過不去了，眼前密密麻麻全是人。

他們都是番禺城民，男女老少都有，大家群聚在路口，爬滿牆頭，嗡嗡地喧譁著，每個人看向驛館的眼神都充滿憤恨。在人群中還有好幾個冠羽披毛的巫師，蹦蹦跳跳地施展著各種古怪的巫術，試圖向館內降下詛咒。少數幾個衛兵攔在驛館門口，他們只能勉強擋住人群往裡衝，別的就顧不過來了。

看來梅耶說得沒錯，整個番禺城都因為巫蠱之事而沸騰了。其實這些城民既不懂稱藩、稱帝的道理，也不關心虛名、實利之間的關係。只要涉及神祕刺激的人偶、詛咒等等，又和北人沾邊，他們就會亢奮異常，到處傳播。

某種意義上，橙宇也是個高明的大廚。同樣一道食材，經他妙手烹飪，給人的刺激便大不一樣。這個老傢伙對人心把控精準，總能恰到好處地煽起民意，相比之下，呂嘉還是那一套高高在上的貴族矜持，只關心、籠絡上層。怪不得趙佗死後短短三年，土人如急稻一樣迅速崛起，遍布朝野。

唐蒙一邊感慨著，一邊混在人群裡，琢磨著怎麼進入驛館。就在這時，他身子突然一陣哆嗦，感覺到腦袋有點發昏，在人群裡差點沒站穩。

其實這症狀剛才就顯現了，唐蒙還以為是折磨了三天之後的虛弱。可他現在發現不太對勁，身體抖得越發厲害，汗水蹭蹭地往外冒，如此熱的天，身體居然感覺有些發冷。

「糟糕，先熱後寒，難道我是得了瘴病嗎？」唐蒙大驚。

嶺南瘴氣彌漫，中原來人多會罹患怪病。唐蒙粗通醫術，猜測自己這種症狀，大概是瘴病之中的所謂「酷瘧之疾」，八成是在監牢裡被蚊子狠狠叮了三天的緣故。

可眼下不是病倒的時候，唐蒙拚命打起精神，想要進去，卻不防被一個人拽住。他腳步虛浮，沒什麼力氣，只得任由對方把自己拽到附近的僻靜角落。

「黃同？」唐蒙迷糊中叫出對方的名字。

# 第十二章

黃同一臉疲憊，眼窩發青，下頷的鬍鬚東一綹西一綹，一看就是執勤太久沒休息過。從「巫蠱詛咒」在番禺城傳開之後，番禺人就一直零零散散地跑到驛館前抗議喧嚷，簡直把這裡當成茅坑來宣洩。偏偏南越王那邊並沒有給出明確指示，黃同不敢鎮壓，也無法驅趕，就只得率眾堅守在門口，到現在都沒得到休息的機會。

唐蒙揉了揉太陽穴，覺得又增添了頭疼的毛病：「你怎麼認出我來的？」

「南越人沒有這麼胖的。」黃同望著他，神情詫異，「沒想到甘蔗真把你救出來了。」他這一句話裡，暴露出不少資訊。可唐蒙沒力氣細究，勉強打起精神：「快帶我去見莊大夫。」

黃同搖了搖頭：「國主已經宣布後日要開廷議，莊大夫現在呂丞相府上，緊急商量對策呢。倒是你，怎麼還敢跑回驛館來？」唐蒙一聽急了：「我不是來尋求庇護的，我是有要事稟報的。」黃同嘆了口氣，眼神有些微妙：「外頭鬧成什麼樣，你也看到了。莊大夫已經公開褫奪了你的身分，你在這裡得不到庇護。如果我是你，就趕緊逃得遠遠的。」

唐蒙想了想，重新抬起頭：「那你能不能去我房間，拿一個胥餘果殼出來？裡面有一樣物事，對我很重要。」黃同苦笑：「你的房間早已經被橙水他們翻了個底朝天，連輿圖絹帛都收走了。」

一聽輿圖絹帛被收，唐蒙終於明白莊助為何如此被動了。他抓住黃同手臂，近乎懇求道：「黃左將，你代我去找找，去找找，那只是個隨處可見的果殼，也許他們沒當回事，還扔在原地。」黃同雙手一攤：「唐副使，請你體諒一下我，我已經很難了。自從跟你們搭上線，所有人都在懷疑我，所有人都在排擠我。我沒把你直接扭送見官，已經是冒了大風險了。」

「可我要查的事情，事關任延壽和甘蔗之死，事關趙佗之死！」唐蒙高聲強調。

黃同一聽這三個名字，臉上的傷疤似發癲癇一般上下抖起來。若換作之前的唐蒙，他只當是大話。可在沙洲他親見唐蒙抽絲剝繭，把三年前的一場隱祕謀殺還原，莫非這傢伙這次又查出來什麼了？

唐蒙逼近了一步，黃同沉思良久，終於開口道：「好，我去找找看，是什麼東西？」

「不知道。」唐蒙回答得很乾脆。

黃同呼吸一滯：「你不知道是什麼？你讓我怎麼找？」唐蒙如今實在沒精力斟酌字句，

索性把自己在獨舍的遭遇與猜測一一講出。黃同聽得目瞪口呆，右手攥緊又放開，整個人陷入惶恐之中。

唐蒙見黃同態度發生了變化，這才開口道：「所以我現在必須找到這家商鋪，它不光與甘蔗賣的蜀枸醬有關，還與趙佗之死有著千絲萬縷的關係。」

「所以甘蔗留給你的果殼裡，就是那個商鋪的名字？」

「我只能確定一點，不是文字相關的東西，她不識字，而是某種身分的標識，只能拜託你去找找了。」

「你明明都拿到答案了，居然忍住沒去偷看？」黃同有些難以置信。

「食物至真，我這麼愛吃的人，也該見賢思齊才是。」唐蒙一本正經地回答，然後換了個口氣，「黃左將，你也是摯愛美食之人，又是任延壽的兄弟，於情於理，也該幫我把這件事查清楚。等到功成之日，即使在呂丞相面前，你也能直起腰來了。」

他每說一句出來，黃同的眉毛就繃緊一分，到最後五官都綳在一處，唐蒙一度擔心他的傷疤會因此崩裂。好在後者思忖再三，面皮「啪嗒」一下鬆弛下來，嘆了口氣：「我……我試試……」

黃同將信將疑地離開了，唐蒙尋了個坊牆根下的小棚子，請攤主榨了一碗鮮蔗漿，扶著牆坐下，大口喝下去。雖然甜美的糖分無助於緩解瘧疾，但多少能讓體力恢復一點。

他剛才一直強忍，是怕黃同發現自己得了瘧疾，不肯施以援手。那傢伙膽子太小了，一旦發現情況不對就會退縮。目前他只有這一個外援可以倚靠，斷然不能有失。

在等待黃同的過程中，唐蒙先後又發作了好幾次打擺子，不得不蜷縮在牆角，把注意力放在外面的街道上。

不停有番禺城的城民從他身前走過，手裡捧著各色瓜果，叫嚷著去驛館門口。到了門口扔完瓜果，就嘻嘻哈哈地退到後排，與同伴閒聊。趕上有人喊一嗓子，他們就跟著喊一句，然後繼續聊。唐蒙感覺他們簡直是把這件事當節日來過，巫蠱什麼的，根本不重要，重要的是有一個發洩狂歡的機會。

他甚至看到，有一個皮膚黝黑的垂髮土人，偷偷摸摸給一群準備離開的城民發裹蒸糕，一人一個，大概是酬勞吧。可惜唐蒙病得太厲害，只勉強辨認出這人似乎是進城時砸了自己一記五斂子的那個傢伙，但沒力氣深究。

等了許久，黃同才匆匆回轉，手裡拿著三樣東西：一塊香櫞皮、一枚八角和一把植物根鬚，那根鬚頗粗，呈黃白顏色。

「喏，這是我在你房間裡找到的，至於是不是原本在胥餘果殼內，就不知道了。」他把這三樣東西交過去。唐蒙捧著它們，仔細審視。他帶過不少吃食進房間裡，但肯定沒帶過這三樣。

可以確定，它們就是甘蔗放在果殼之內的物品。

但這是什麼意思？

黃同告訴唐蒙，那香櫞皮是從一種香櫞果上剝下來的，可以蒸出香精，城中很多女眷都很喜歡用；八角不必說，至於那些植物根鬚，聞起味道來頗為苦澀，應該是一味叫龍膽草的草藥。

甘蔗不識字，更不會用太複雜的隱語，她想通過這些表達什麼呢？唐蒙拿著這三樣東西，左看右看，可惜他病得有些重，精力始終無法集中。黃同也湊過來幫忙研究，忽然道：「會不會她的意思是，那個商鋪賣這三樣東西？」

唐蒙精神一振，確實有這種可能。他將三物收在懷裡，轉身欲走。黃同把他叫住了：「你去哪裡？」

「番禺港，我要去找那個商鋪。」他回答。黃同遲疑了一下：「我陪你去。」唐蒙抬抬眉毛，這傢伙向來畏事，怎麼如今突然改了性子？

黃同的臉色一下子變得陰鬱：「我也想知道，到底是什麼人殺了延壽。」一提這個名字，他臉上的疤痕忍不住微微抖動起來。

有了黃同帶路，唐蒙不必擔心被憤怒的番禺百姓發現，兩人一路趕到城外的番禺港，直奔位於港邊的市舶曹。

這是南越效仿大漢設立的一個衙署，番禺港舉凡市易、課稅、平準、倉儲、訴訟諸事，皆由這裡處理。所有在番禺有買賣的商家，都會在這裡登記造冊，以備查驗。黃同的身分不低，又是呂家的人，一亮身分，市舶曹立刻派出一位資深令史陪同，帶他們來到貯藏檔案的書室。

這地方說是「室」，其實是一個巨大的庫房。房中擱著一百多個大竹架，分成三層，上面堆滿了一卷卷的竹簡與木牘。老令史打開門之後，回身笑盈盈道：「番禺港的市易商戶，皆在此間，黃左將想要查什麼？」

黃同看向唐蒙，後者想了想，說：「中原商戶的卷宗，是在哪裡？」老令史愣了愣，語氣多了一分對外行的輕視：「自從十六年前頒下轉運策後，這裡沒有中原商戶了，都是由本地商隊代為轉運行銷。」

唐蒙說那就先看看進口貨品總類吧。老令史「哦」了一聲，在竹架上翻找了一陣，拿出一摞木牌。每一個牌子上寫著一樣中原出口到南越的貨品。找到正確的牌子，然後再按圖索驥，去找所有轉運此類貨品的商家。

唐蒙看了一圈，沒看到蜀枸醬的名字——這倒也不奇怪。無論是甘葉還是甘蔗，每兩個月只能拿到兩小罐枸醬，可見這東西的產量極小。代理商人大概只是隨手捎上，不值得報關，從卷宗裡根本看不出誰會攜帶。

黃同在旁邊有些焦慮：「怎麼辦？難道真要一家家查過去嗎？」唐蒙「嘩嘩」地翻動竹簡不語。老令史見他們面露為難，主動道：「這市舶曹的卷宗如何查看，門道可多了。兩位不妨告訴小老，到底想查什麼。」

唐蒙想到甘蔗放進胥餘果殼裡的那三樣東西，問道：「我想查一下，番禺港的中原轉運商裡，有沒有兼賣香櫞皮、八角、龍膽草的？」

老令史更加確信，這是一個地道的外行。他一捋鬍子：「好教各位知道。我番禺港口的轉運行商，向來規範有序，一共分為四亭。中原亭只與漢家做生意，南海亭通南海諸夷，諸越亭通東甌、閩越，還有西南亭，通夜郎、靡莫、滇、邛都等地。每一個商號，專注於一亭，不得跨亭轉運行銷。」

「所以？」

「香櫞皮是布山特產，八角是蒼梧特產，而那龍膽草，乃是夜郎特產草藥，這幾個地方皆屬西南方向。中原的轉運商，怎麼可能會去賣西南的特產？」

唐蒙懵了，這和他想的完全不一樣。卓長生明明屬於蜀中卓氏，那醬也叫作蜀枸醬，都是地地道道的漢家貨，怎麼甘蔗給出的提示，卻是一個西南方向的轉運商？

黃同又問龍膽草是做什麼用的，老令史果然是資深吏員，說此物可以治療濕熱瘙癢、疹子黃疸之類疾病，都是南越常見的病症。不過龍膽草採摘不易，所以進口數量很有限。

唐蒙心中突地一動，似乎想起什麼事。可那感覺模模糊糊的，說不清楚緣由。

「那麼勞煩老丈幫我看看，西南亭的轉運商裡，可有同時賣這三樣東西的商戶？」

老令史點點頭，轉身走到架子中間翻找了一陣，然後抄出一份名單來。西南方向的貿易體量不大，能同時有這三種貨物販賣的，一共也只寥寥三四家而已。

唐蒙拿到這份名單後，與黃同匆匆離開市舶曹，前往西南亭專屬的碼頭區。在半路上，他突然又起了一陣寒戰，這次實在掩飾不住，不得不停下腳步癱坐在地上喘息。黃同看出他的異樣，一探脈搏，臉色不由得大變。

「你打擺子?!」他可知道這病的厲害。每次率軍穿越叢林，總會有士兵莫名生起一陣陣寒熱，走著走著打起擺子，很快就死了。

唐蒙用雙手猛烈摩挲一下臉頰，努力復原點精神：「我沒事，咱們繼續查……」黃同連連跺腳：「你有這種病，怎麼不早跟我說？」唐蒙坦然道：「我說了，你就不會幫我了。」

黃同「呃」了一聲，倒是沒有否認，可他又忍不住問道：「莊助拚命我能理解，橙水拚命我也能理解。唐副使你明明從一開始就不願意來嶺南，何以現在這麼拚？」

唐蒙咧開嘴笑了笑：「我說我是為了那一罐蜀枸醬，你信不信？」黃同看了他一眼，什麼都沒說。不知是真的相信了，還是放棄了溝通。

兩人很快趕到了西南亭的碼頭。這裡是四亭中最簡陋的一個，位置偏僻，只有兩處孤零零的棧橋伸入珠水，棧橋靠岸的這一邊，立著一排小商鋪。比起其他三亭來，簡直可以用「荒涼」來形容。

這也沒辦法，西南那邊仍未開化，拿得出手的也只有一些天然藥材，除此之外，並無別的大宗交易。

至於這幾家之間如何甄選，唐蒙也有辦法。他告訴黃同，甘蔗家裡掛著一串榕樹葉，每天掛一片，湊到六十片葉子，就來碼頭取一次。他抵達番禺的時候，甘蔗恰好把枸醬賣光，她說要八月初才有新貨送來，算算日子，就在這幾天。

也就是說，誰家在這幾天上過新貨或即將上新，誰家的可能就最大。

黃同打聽一圈下來，最終鎖定了一個叫「莫毒」的商家。唐蒙此時狀態已經很差了，不得不讓黃同攙扶了一把。可就在兩人快到那戶人家時，卻見到一隊港區的衛兵迅速跑過來，散開一個扇面，把他們團團包圍。

黃同沉下臉來：「我正在執行公務，你們想幹嗎？」

「我很好奇，黃左將你到底執行的是哪一家的公務？」刻毒的腔調，從一張刻毒的面孔裡吐出來。隊伍隨著這聲音徐徐分開，兩人看到橙水從容站在中間，負手而立。

橙水看也不看唐蒙，反而對黃同嗤笑一聲：「找一個僻靜港口偷偷把這個要犯送走？我在所有碼頭都有眼線，黃左將你的想像力，比起廚藝可差遠了。」

黃同沒有像之前那樣怒吼著反駁。現在唐蒙已經不是大漢副使，橙水隨時可以借題發揮，他不敢硬頂。

唐蒙虛弱地看向橙水，雙眼赤紅：「甘蔗在哪裡？」橙水微微一笑：「我好心讓那個小醬仔去探望一下你，她卻把你給放跑了，害我被家主狠狠責罵。她明明是個土人，卻吃裡扒外，這種背叛者該接受應有的懲罰。」

「你的嘴也配說出背叛兩個字嗎？」

「你我沒有任何承諾，各為其主，談何背叛？」橙水的語氣裡毫無愧疚。

唐蒙眯起眼睛，突然問了一個怪問題：「你前來碼頭，就為了阻止我逃走？」橙水像是看一個白癡一樣：「不然呢？」

唐蒙突然哈哈笑起來，此時他身體潮紅，雙目發赤，笑起來有些發癲，讓橙水隱隱湧起一絲不安，似乎什麼事情超出了掌控。「來人哪，把這個詛咒大酋的逃犯抓起來！」他喝道，不料唐蒙趺趺撞撞，趨近面前，啞著嗓子道：「可惜啊，你自作聰明。我來這個碼頭，根本不是為了逃走。」

「哦？」橙水抬了抬眉毛。

「我是為了任延壽之死的真相而來。」

橙水冷笑：「我勸你不要花言巧語，妄圖拖延時辰。漢使已經褫奪了你的身分。整個南越國沒人能來救你。」唐蒙回之以更冷的笑，擺出束手就擒的姿勢：「你若不信，直接抓我走便是。反正兄弟生死，沒有自家邀功來得重要。」

橙水面色微僵，彷彿被這句話刺中要害。唐蒙的手段他見識過幾次，確實敏銳而犀利。說不定這傢伙逃離監牢之後，又獲得了什麼新線索。橙水遲疑片刻，到底抬起了手，讓衛兵們暫且後退幾步。

「延壽之死，與這個碼頭有什麼關係？」

唐蒙見他開口詢問，便知道有希望：「當夜甘葉去取的枸醬，可能就在此處。」

橙水是個極聰明的人，只聽這一句，立刻就懂了：「你是說，這個鋪子可能有凶手的線索？」

唐蒙沒有繼續說，只是把眼神挪向「莫毒」所在的店鋪。橙水正要邁開腳步，唐蒙突兀地問了一句：「橙中車尉進去之前，可要想清楚。」

「我想清楚什麼？」橙水停下腳步，睨著這個可笑的囚犯。

「我每次去赴宴，上菜之前都很發愁。比如說，主人端上來一盤鵝脯梅菜羹，一盤紅燒大塘鱉，一盤烤牛腿筋，都是珍饈，可一個人的肚子就那麼大，先吃哪個，後吃哪個，多吃哪盤，少吃哪盤，總得有個取捨，否則會左右為難，留下遺憾。」一提這個，唐蒙的小眼睛便放出光彩。

橙水眉頭一皺，這胖子到底在說什麼？不料唐蒙忽然話鋒一轉：「對武王的忠誠、對任延壽的情誼，以及對橙氏的利益，橙中車尉最好在進店之前，也想清楚何者為重，何者為先，免得到時候左右為難。」

橙水不由得冷笑起來：「武王、延壽與我橙氏，皆是南越人，國利即為家利，輪不到你一個北人挑撥離間。」

唐蒙嘿嘿笑了笑，不再言語。那笑容輕浮狡猾，有如一口濃痰堵在橙水的咽喉裡。衛兵們正要上前把犯人帶走，橙水深深吸了口氣，發出命令：「你們先別動，他跟我進去。」衛兵們大驚，急忙勸說：「橙尉，萬一他再跑了……您可又要被家主責罰了。」

橙水不為所動：「我只是帶他去這家店鋪裡轉轉。私事而已，耽誤不了多久。你們守好出入口，不會出問題的。」

衛兵們無奈地退後了幾步，把唐蒙留在橙水身旁。這時黃同也猶猶豫豫跟過來，橙水轉頭看了看他：「若是為延壽，我容你一道去看看；若為了唐蒙，你最好滾開。」黃同怒道：「你以為是誰幫他找到這裡的？你以為這幾年來，只有你關心延壽身後之事？」

「武王忠誠、兄弟情誼與家族利益，這三盤菜，你怎麼選？」橙水把唐蒙的問題也拋給他。黃同「呃」了一聲，有些羞惱：「你別廢話！」

橙水盯了黃同一陣，沒有追問，手勢一擺，三個人一起朝著「莫毒」鋪子裡走去。

這家鋪子的鋪面不大，連前後間都不分隔，一個小案几直接擺在幾個貨架前方。一個管鋪模樣的中年人跪在案几前，身旁擺著一個盛滿了生草的竹筐，正滿頭大汗地研磨著藥粉，整個鋪子裡充斥著濃烈的味道。唐蒙聳了聳鼻子，覺得這氣味有幾分熟悉。

管鋪一見外面進來三個人，急忙擱下研器迎了出來。他經驗老道，視線一掃，就知道來者絕非普通客商，態度變得極為恭謹。

橙水懶得對一個小商人廢話，開門見山道：「我是中車尉橙水，這是左將黃同。現在有一樁事情，需要你仔細回答。」

管鋪連連點頭，大氣都不敢喘一聲。橙水拍了拍唐蒙的肩膀，示意他上前。唐蒙強打起精神，嚥了嚥唾沫，上前一步問道：「你們商隊一般是做什麼買賣的？做到哪裡？行商週期如何？」

管鋪老老實實道：「回幾位。莫毒主要以轉運夜郎、靡莫、滇、邛都等地的草藥為主，共有兩支商隊一去一回，沿牂牁江、珠水而行，往返一次約兩個月，所以也兼做一些桂林、象兩郡的生意。」

「所以夜郎國的龍膽草，也是你們這裡賣的？」黃同先開口。管鋪拍了拍手裡的薑黃粉，回答說沒錯，因為店鋪採購生料回來，還得自行加工，否則賺不回什麼利潤。黃同嗅了一圈：「聞這龍膽粉的味道，似乎與別家不太一樣。」

管鋪得意道：「西南產龍膽草的地方不少，但唯有夜郎國的六枝龍膽草是極品。整個西南亭，只有我家能弄到這種等級的貨。」

唐蒙說：「你們可有行商圖，取來我看。」管鋪連忙翻出一張絹帛，上面把整條路線標得清清楚楚。唐蒙一看到這張圖，總算明白甘蔗的提示了。

香櫞皮是布山所產，八角是蒼梧所產，龍膽草出自夜郎國，三樣物事的產地連起來，恰好是一條夜郎至南越的商路圖。唐蒙又道：「你們除了草藥生意，是不是每次還會捎回兩罐蜀枸醬？」管鋪微微驚訝：「啊……」

三人一看管鋪這反應，便知道沒錯，精神俱是一振。難怪很多人搞不清楚甘蔗的蜀枸醬來源，都是被這名字誤導了，都以為是漢地傳來，沒想到居然是從夜郎國那邊過來的。

唐蒙還要追問，管鋪為難地賠笑道：「本商鋪以誠信為本，答應客戶保密。」

「你們這醬，是不是交給一個叫甘蔗的小姑娘？」黃同懶得跟他廢話。

管鋪眼皮一抖，正要否認。橙水面無表情地晃了晃中車尉腰牌，意帶威脅，他的臉色立刻變了，遲疑道：「這……官爺們可不要說出去，否則小店的招牌可就砸了……」

「快講。」黃同催促。

管鋪吞了吞唾沫，低聲道：「這個委託，從十幾年前就掛上號了。夜郎那邊有個小港口叫梭戛，每兩個月，會有人送三罐蜀枸醬到鄙商號的貨船上，運到番禺港來。本來是甘葉來提貨，三年前改為她的女兒甘蔗。本商號以誠信為本，童叟無欺，每次都準時交付，從無延滯，也從不洩露客戶身分。」

「等等，三罐？不是兩罐嗎？」

管鋪道：「這醬雖說只是捎帶，可也不能白饒。那邊每次送三罐，其中一罐會折作行腳錢。我們莫毒商鋪捎帶兩罐給客人，再留一罐貢給東家。」

「那邊送枸醬的是什麼人？」唐蒙問。管鋪撓了撓頭：「這個我就不知道了，都是梭戛港的商人代為轉送，我們只管收錢、運貨。」

「七月是不是你們交付蜀枸醬的日子？」

管鋪道：「對，七月底八月初，我們會有商船歸來。」

「那麼三年前的七月，商船也是準時回來的嗎？」

這下似乎把管鋪問住了，他尷尬地回想了一下：「這個……那時是我父親管著鋪子，我還沒接手，不是很清楚。」

「那你父親如今人呢？」黃同在旁邊插嘴道。管鋪搖搖頭：「三年前已經去世了。」

「怎麼去世的？」橙水的細眼瞇一條線。

管鋪嘆了口氣：「靠水吃飯的，遲早要歸於水。三年前的八月，我家老爺子押著商船出發，子時起航，一不小心溺死在珠水裡。」

三人對視一眼，心中都震撼不已。任延壽、甘葉、齊姓廚子，再加上莫毐的老管鋪，與趙佗去世當夜關係密切的這些人，幾乎都在短時間內意外身死。

管鋪見三人久久不言語，頗為忐忑，以為自己哪裡說錯話了。

這時唐蒙沙啞著嗓子道：「有三年前的帳契嗎？」管鋪趕忙回身，在貨架後頭翻找了很久，捧出一堆散亂竹簡。這些竹簡沒有編連在一塊，就一根根散放在筒裡，而且每一根都是斷裂開來的。

這種斷簡叫作「契」，也是秦人傳下來的做法。商人做交易時，在一根空白竹簡上寫下貨物明細與日期，然後將其一撅為二，買賣雙方各執一半，他日若要對帳或有糾紛，便拿著斷契來核驗。如果兩枚斷契的裂口嚴絲合縫，便可驗真偽。

唐蒙盤腿坐下來，用力摩挲一下臉頰，一枚枚竹簡看過去。黃同看不懂這些，橙水也摸不清這個胖子葫蘆裡賣的藥，兩人只能垂首立在旁邊，靜待著檢驗結果。

黃同盯了一陣，覺得實在無聊，他抬起脖子左右看去，恰好與橙水四目相對。

「黃同，你居然有膽子陪唐蒙跑來這裡，也算你還有點良心。」橙水習慣性地譏諷了一句，火藥味卻沒那麼濃了。黃同冷哼一聲：「不是只有你才關心延壽，我與他做兄弟的日子，算起來比你還長一年。」

「你們那也算兄弟？不過是被長輩逼著一道練劍的頑童罷了。我與延壽才是過命的交情，我當年不慎跌入池塘，若非他恰好路過扯來藤蔓相救，只怕我已淹死了。」

「我也出過力的好嗎？你爬出池塘之後，是誰給你燒的野薑蛙湯驅寒？」

聽到黃同的抗議，橙水微仰起臉來，極為罕見地浮現一絲少年氣的笑意：「你燒的那湯太難喝了，我至今都記得。」

大概是這間店鋪與外界隔絕，沒有旁人在場。兩人的話，比平時要多了些。黃同咳了咳，突然發出一聲長長的嘆息：「想當初我們三個人多好，可你……可你……」

橙水迅速斂起笑容：「你和延壽同是秦人後裔，可知道為何我態度不同？」

「因為你一直對我有偏見。」

「錯！是因為任家早早就認命了，把自己當成大酋的臣子，當成南越人，毫不含糊；而你們黃家首鼠兩端，身在南越，卻還惦記著北面故土，永遠找不準自己的位置。」橙水目視前方，語氣平淡。

黃同的怒火一瞬間被澆滅了。

橙水道：「你若想幫唐蒙，就該拚盡全力幫到頭；若不想幫，從一開始你就別沾手。你先只打發甘蔗一個女孩去救他，然後冒險陪著唐蒙來西南亭，瞻前顧後，欲幫又止，又有什麼用？」

黃同沒料到，橙水對自己的小動作洞若觀火，更沒料到他會突然講這麼多話。橙水深吸一口氣：「小時候你就是這種性子。記得咱們那會兒一起夜爬白雲山。我和延壽都說抄近路一口氣登頂，可以看到日出。你呢，又想看日出，又害怕山路險峻，結果在半山腰上上下下轉了半宿——嘿嘿，這麼多年，真的一點長進都沒有。」

「我那時只是想找一條最穩妥的路而已。」黃同試圖辯駁。

橙水嗤笑起來：「想兩邊都不得罪，結果就是兩邊都得罪。你黃家本是開國元老，混成現在這樣子是有原因的。」他見黃同臉色鐵青，語氣和緩了些：「但你這麼怯懦的人，居然還願意陪著唐蒙一起瘋，好歹也算是對延壽有點感情。」

黃同「哼」了一聲，臉色卻微微發白。橙水道：「這就是為什麼我准許你跟進這家鋪子。在鋪子裡，咱們還是失了一個兄弟的老兄弟，但出了這間鋪子，仍是各為其主。」

「你就不怕查出什麼結果，我回去稟報給呂丞相嗎？」黃同啞著嗓子道。

橙水嘴角輕勾：「你們黃家真是昧於大勢，不明大局。大酋稱帝在即，此事已無可阻擋。你若看不清形勢，早晚要被珠水沖刷下去。」

「你！」黃同捏緊了拳頭，正要說什麼。這時唐蒙突然高高舉起一根竹簡，表情如釋重負。橙水目光一凜，快步上前，接過去看。

這根簡，正是三年前七月的蜀枸醬契簡，日期恰好就是武王去世當天。但真正微妙的地方在於，交付日期的位置，明顯有被小刀削改的痕跡。

黃同和橙水都沒看明白這意味著什麼，但後者最先反應過來，瞳孔一縮，大聲喝道：「夠了！」他伸手從唐蒙手裡搶過那根契簡，然後大聲道：「這間鋪子涉嫌大案，立刻查封，裡面所有貨物與卷宗，就地封存，人員就地扣押，沒我的命令，任何人不得接觸！」

無論唐蒙發現了什麼，都不容他再繼續深挖下去。南越國的事，該由南越人來終結。

唐蒙正要起身抗議，不防一陣眩暈襲來。他下意識伸手拽住旁邊黃同的衣袖，卻沒有拽牢，整個人「撲通」一聲栽倒在地。橙水疑惑地看過去，只見唐蒙臉色蒼白，口唇、指甲發紺，四肢蜷縮環抱，大肚子瑟瑟抖動著。

「瘧疾啊？」橙水臉色微變。這傢伙可真行，居然頂著瘧疾還在到處亂跑。

黃同蹲下身子，把唐蒙攙扶起來，後者已經陷入半昏迷狀態。他之前一直強行壓抑著不適，當決定性的證據出現之後，精神一鬆懈，反彈得極為猛烈。

橙水叫來兩個衛兵，吩咐他們把唐蒙帶走。衛兵粗暴地拽起唐蒙的兩條胳膊，像拖死狗一樣往外拖去，橙水眉頭微微皺了一下：「此人是巫蠱之案的重要嫌犯，不能輕易死掉。」衛兵們聽了，動作這才變得溫柔了點。

橙水又看了一眼黃同，冷冰冰道：「閒雜人等，不得逗留。黃左將，請你自便吧。」黃同忍不住開口道：「你們到底發現了什麼？殺延壽的到底是誰？」

橙水道：「黃左將莫急。待我徹底查明，自然會公之於眾。」黃同怒道：「待你查明？

現在唐蒙和證據都落在你手裡，還不是你想怎麼說都成？我看你根本不關心延壽之死，什麼兄弟，你只是橙家的一條狗罷了！」

難得地，橙水沒有用更毒辣的話反擊，反而說了句曖昧不明的怪話：「我是橙家的狗，你是呂家的狗。喜鵲落在豬臀上，大哥不說二哥。」黃同一怔，這是什麼意思？這時橙水已經轉身離開。

黃同呆立在原地，就這麼眼睜睜看著他帶走唐蒙，眼睜睜看著所有文卷帳冊被封存，那道傷疤一直在抖動。

唐蒙發現自己再一次置身於釜中，但這次的噩夢比上次更可怕。

各種美食山堆海積，令人目不暇接，可整個釜中忽冷忽熱。他眼睜睜看著一張上好的髓餅架在急火之上，厚厚的一層髓脂都快烤糊了，裡面的麥芯還是生的。唐蒙大急，要撲過去把火壓小，可轉瞬之間，熾熱又變成了天寒地凍，旁邊一碗熱氣騰騰的白菘燉羊湯，表面迅速覆上一層白膜。唐蒙氣急欲喊，卻被一口夾生的粳米飯噎住，不住地抖動……

不能容忍的異常越來越多，不可逆轉的糟蹋越來越明顯。唐蒙東忙西顧，天地都在瘋狂旋轉，混亂到了極致，

「喂！豆醬裡不可以放蜜啊！」

唐蒙猛然驚醒，整個人幾乎要被虛汗溻透，喘了好一會兒粗氣，才算恢復平靜。他回憶

自己暈倒前的狀況，自己應該是在莫毒鋪子裡強撐著查驗完契簡，然後瘧疾發作，暈倒在地。他記得橙水就在旁邊，這是把自己送回監牢了？可這不像啊……

夢裡那些亂象，大概都是瘧疾症狀所引起的幻想吧？唐蒙自嘲一笑，發覺頭腦一思考依舊鈍疼。可他恍惚記得，有一件極重要的事切不可忘記，只好強忍著痛楚，一點點把記憶從渾濁的夢境裡過濾出來。

「喂喂，北人，北人，你還好吧？」

唐蒙側過頭去，先聽見一陣叮噹金屬撞擊聲，然後看到甘蔗飛撲過來，在自己面前一步的距離停住了。她的腳踝上拴著一根長長的鐵鍊，鐵鍊的另外一頭拴在屋角的壁柱之上。

唐蒙正要開口說什麼，甘蔗拿著一個小陶碗遞過來：「快，先把這個喝下去。」唐蒙低頭一看，裡面是半碗綠油油的渾水，不知是什麼。

甘蔗一迭聲地催促，唐蒙正渾身燒得難受，便一仰脖全數喝下去。別說，這綠液很是清涼，還有一種淡淡的草香，一落入胃袋，體內灼燒之勢登時被撫平了幾分。

甘蔗伸手把碗要回去，說：「你再休息一下，我再弄一點。」然後拖著鐵鍊轉回身去。唐蒙好奇地看過去，看到她那邊放著一個木桶。那桶裡盛滿了清水，一捆長草斜斜倒浸在裡面。那草的根莖很細，上面外展出一簇簇羽毛般的青綠色小葉。

只見甘蔗蹲在木桶旁邊，抓出一小株細草，甩了甩水，雙手用力扭絞，直到絞出幾滴青綠色汁水來，落在陶碗裡。

這不是一樁輕鬆的活，甘蔗胳膊太過細弱，幾下就絞得滿頭大汗。唐蒙回想剛才那碗裡的綠汁量，這姑娘恐怕要忙活很久，才攢下那些量。

「你餵我喝的，是什麼東西啊？」

甘蔗手裡一直不停：「這是我阿姆家鄉羅浮山下的草，叫作青蒿。只要把它用水泡上一夜，再絞出汁來，就可以止瘧救命。我小時候得過一場瘧疾，阿姆就是用這種草治好的。你足足昏迷了兩天，灌了一大桶青蒿汁，這才稍微見好。」

唐蒙敏銳地注意到，她的聲音和上次有微妙的不同。上次是焦慮，因為還有機會逃走；這次卻帶著一種絕望後的平靜，看來這地方守衛應該很森嚴，斷絕了一切僥倖。

「你怎麼會在這裡？青蒿哪裡來的？」唐蒙追問道。甘蔗動作稍稍停頓了一下，頭卻沒轉回來：

「你逃走之後，我就被橙水抓住了。他說北人狡黠，逼我說出你的藏身之地，反正說了很多大道理——我當然沒理他。他很快把你抓回來了，病得快要死掉。我懇求他給你治病，沒想到他很痛快地就答應了，把我們一起抓到這裡，還給弄來了幾桶新鮮青蒿。」

甘蔗說到後來，帶著一臉不可思議，不明白那個惡人怎麼突然變得善解人意。

「我可是惡毒詛咒南越王的犯人，如果不小心病死，對橙氏來說可就太浪費了。」唐蒙撇了撇嘴。他看看那條鐵鍊，一陣心疼：「真是連累你了……」

她本來在碼頭上做個小醬仔，現在卻被捲到這麼複雜的鬥爭中。甘蔗撩起幾縷枯黃的額髮，語氣堅定：「扔下去的石頭濺起來的水，我一點都不後悔。」

「我告訴你個好消息，我現在有十足的把握，你阿姆肯定是清白的。而且她應該不是自殺，而是被人殺死，偽裝成投江。」

甘蔗的脊背一顫，這個消息委實太過有衝擊力，她的小腦袋瓜一時無法理解。就在唐蒙本以為她要哭出來時，小姑娘昂起頭，用手臂擦擦額頭的汗水，居然露出一個釋然的笑容：「太好了，原來阿姆沒有拋下我不管，她不是不要我了啊……」

唐蒙心下惻然。她沒有問凶手是誰，也沒有問動機為何，第一個反應居然是這個，可以想像之前她的心裡孤苦到了何種地步。唐蒙正要詳細說，甘蔗卻用指頭按在他嘴唇上：「多的不必講了，你還虛著呢。我信你，你說不是阿姆，就一定不是她。」

甘蔗轉過身去，繼續絞著青蒿汁，唐蒙看得出來，她其實還想問問卓長生。他寬慰道：「放心好了，等此間事了，我親自跟著莫毒商鋪的船去一趟夜郎。既然能找到枸醬的來源，不怕找不到你父親。」

甘蔗笑了笑，表情旋即黯淡下來：「你這個北人，又來哄我。自己自身難保，還去夜郎呢……」她說到這個就來氣，氣呼呼地抱怨道：「你真傻，我好不容易說服梅姨幫你逃走，為什麼還要回來呢？」

「不回來，哪裡能查到線索？不找到線索，怎麼還你阿姆清白？不還你阿姆清白，我怎麼弄到蜀枸醬？」唐蒙一拍肚腩。

「騙鬼啦！」甘蔗聳聳鼻子，「誰會為了一口吃的，做到這地步。」

「唉，莊大夫也是，橙水也是，想不到你也是……你們怎麼都不能理解呢。美食才是最值得託付真心的東西啊。」

唐蒙見甘蔗仍舊不信，索性雙手枕住後腦勺躺平，看向天花板：「反正閒著也是閒著，我給你講講我從前的事吧，也許你就能理解了。」甘蔗動作沒停，但耳朵明顯朝這邊側了側。

「我是沛縣唐氏出身，我家祖上據說還是唐雎——哎呀，說了你也不知是誰，總之是個不大不小的人物——唐氏在當地算是個小家族，我是這一代的長子，我父親一心盼著我出人頭地，封個侯什麼的，就像沛縣出去的那些大人物一樣，所以天天逼著我不是讀儒經，就是練騎射。可我對那些都沒興趣，我最大的愛好，就是吃，吃得成了一個小胖子。

「你沒去過沛縣，不知道那裡有多少好吃的。光一個微山湖裡，就有甲魚可以燜燉、鯉魚拿來熬湯，水邊的鵪鶉烹熟了拌橘絲。夏天有新剝的雞頭米，冬天還能去打兔子……」唐蒙說著說著，幾乎流出口水，趕緊擦了一下，回到正題。

「所以我從懂事時起，就天天鑽到庖廚裡看大廚燒灶。我父親氣得夠嗆，天天拿著藤條追打，罵我不求上進，身為世家子弟，卻自甘墮落去搞賤業。可我覺得吧，沛縣的諸姓大族子弟少說也有幾百人，大家都天天練騎射、讀儒經，可最後得到郡裡舉薦的有幾個人？能送到長安做郎官的有幾個人？但食物可不一樣，只要吃下肚子，那實實在在就是你的，怎麼都虧不著。」

唐蒙拍了拍肚皮，毫不慚愧地說：「再者說，烹飪講究五味調和，暗合時令物候。所謂酒食五味，以志其氣，目明耳聰，皮革有光，百脈充盈，陰陽乃生，這不也是究天理、明天道的學問嗎？——可惜我父親聽不懂，放著陽關道不走，非要讓我去闖那獨木橋，好像天底下只有那一條路似的。

「我十五歲那年，恰逢大旱，流民四起，沛縣一帶尤其嚴重。唐家全族都退回自家塢堡裡，緊閉大門，嚴守糧倉。有一天晚上，正趕上大雪紛飛，輪到我守門。我看到一對姐弟互相攙扶著過來，兩個人都面黃肌瘦，在雪裡餓得快站不住了。姐姐趴在堡門口哭著叩頭，說只求給她弟弟一口飯吃。我見他們實在可憐，自作主張打開了塢堡小門，讓他們進來烤火，然後偷偷溜進廚房，做了一釜麥粥，澆上幾勺菽豆羹端過去。

「其實我那天發揮不太好，菽豆乾癟，麥粥也不夠軟，再摻點肉醢口感會更好。可姐弟兩個人狼吞虎嚥，一掃而光。姐姐說，她們的母親最擅長做這樣的食物，她原以為母親死後就再也吃不到了。

「說實話，我之前也下過廚，可從來沒見一個人吃東西能吃到如此開心，姐弟倆臉上的那種光芒，讓我至今都難忘——原來食物不光能讓自己開心，也能讓別人如此開心。鏡子能映照出人的面目，食物能映照出人的心情。那對姐弟的笑容，是發自內心的，給我帶來一種前所未有的成就感。吃飽的人，原來是這樣的。

「姐弟倆吃完之後，千恩萬謝離開了。我父親知道之後，勃然大怒，說萬一她們離開之後，告訴別人唐氏塢堡裡面有糧食，引來大批流民怎麼辦？我說我叮囑過那對姐弟，讓他們不要外傳。我父親卻絲毫不信任，說流民的話哪能信？我說她們既然答應了我，就不會食言。

「可惜我父親壓根不聽，派人去聯絡了兩家平時與我家交好的大族，請他們守望支援。那兩家很講義氣，紛紛派了私兵來支援。可當我父親打開塢堡大門前去迎接時，私兵們卻突然翻臉，大加殺戮……」唐蒙講到這裡，聲音微微發顫，「我們全家都慘遭毒手，只有我恰好在庖廚翻找吃的，發覺不妙之後，拿了釜底灰抹在臉上，藏在灶頭後面，才倖免於難。

「兩家把現場偽造成流民劫掠，把糧倉搬空走了。嘿，大災之年，活下去才是勝利，誰管什麼交情，手裡有糧食才是王道。我從灶頭爬出來，望著塢堡裡的屍體，整個人不知所措，活活哭暈在地。」

甘蔗小小地「啊」了一聲，下意識捂住了嘴。她在南越遭遇過很多苦難，但都沒法跟唐蒙相比。唐蒙翻了個身，繼續說道：

「這時那一對姐弟居然趕回了塢堡。他們之前遇到過那兩個家族的私兵，聽說要對唐家不利，趕回來報信，可惜還是遲來了一步。嘿嘿，你說這世界荒謬不荒謬。那些錦衣玉食的大族，倒背信棄義得毫無壓力；沒飯吃的流民卻信守了承諾。他們倆把我從屍堆裡拽出來，把乞討來的一點點粟米加上野菜熬煮，給我喝下去，勉強救醒我。

「可我不知道，那是他們最後一點點存糧。我拍著胸脯，說：『我帶你們去投奔朋友，肯定可以大吃一頓。』可是，當年父親的那些朋友，一個個都拒不接納，我們奔波了十幾天，什麼都沒討到。偏偏這時天降大雪，我們三個餓得昏昏沉沉，躺在一個廢磚窯裡。我很慚愧，他們如果沒來救我，也許跟著流民大隊，不至於淪落到這種的絕境。

「我沒別的辦法，就給他們講我研究過的美食，從食材到烹飪廚序，從擺盤到滋味，講得非常詳細。他們聽得津津有味，不停地舔嘴，弟弟還流口水，害得姐姐不停去擦。我講啊講啊，把我吃過的佳餚都講了一遍，拍胸脯說等以後脫困了，一樣一樣做給他們吃。我說完一回頭，看到姐姐和弟弟斜靠在一起，臉上帶著笑容，那笑容和那天晚上他們吃到麥粥時一樣，幸福安詳，彷彿那是全世界最美味的東西。我發現不對勁，趕忙過去探他們的鼻息，發現姐弟倆已經沒了……」

說到這裡，唐蒙的聲音低沉下去，嘶啞而沮喪，碩大的身軀弓下去彷彿墳包。甘蔗眼圈裡轉著淚花，一次次伸手輕撫，生怕唐蒙過於悲傷而死掉。

過了良久，唐蒙深深吸了一下鼻子，才繼續講道：「也許是我天生肥胖，能比他們多挨幾日，終於被我熬過大雪，見到了當地的郡守。我當面提出控訴。郡守把那兩個家族叫來對質，他們當然矢口否認。我要求打開他們的庫房查驗，結果在裡面發現了秈米。哎，你肯定不知道，沛縣普遍種的都是粳米，米粒是圓的，口感很軟糯；但我稻飯愛吃硬一點的，所以我母親請人從番陽娘家買了一批秈米回來。秈米的米粒是長的，口感偏硬，整個沛縣只有我家裡有。

「食物至真，到底證明了我家的冤仇。可惜郡守不打算把事情鬧大，畢竟和一個已經消亡的家族比，兩個現存的家族更有價值。郡守勸我說大局為重，我開始不肯同意，可孤身一人又有什麼法子？最終還是妥協了，郡守只殺了兩家幾個帶頭的莊丁，賠了點資財，草草結案。我心中憤恨，又怕留在原籍被報復，遂遠避到了番陽縣——我母親的娘家，在那裡做一個文法吏，後來積功做了縣丞。」

講完自己的故事，唐蒙喘息片刻，方才喃喃道：「所以什麼高官厚祿，什麼仁義道德，我都不關心，那都是虛的。我生平僅見，只有那一對姐弟吃麥粥時的滿足表情，才是最真誠的。我一直沉迷於庖廚烹飪，就是希望能夠通過美食，再次見到這樣的笑容。」

甘蔗抬起手背，擦去眼角源源不斷的淚水：「他們……他們真的好可憐啊……」

唐蒙抬起手，做了個剁冬葉的手勢：「甘蔗，你知道嗎？你之前在街頭吃裹蒸糕時露出的笑容，和他們真的一模一樣。我辜負了那對姐弟的笑容，我不能再辜負第二次啦……」

甘蔗垂下頭去，看不清表情。唐蒙翻了一個身：「你看，美食不會騙人，也不會辜負人。每個人在它面前，都會露出本性。我相信你父親也是如此，他一直惦記著你們母女，所以才會一直託人送枸醬過來，十幾年如一日。」

「可他為什麼不捎句話呢？我每次去取貨的時候都在期盼，也許這次他能親自來，最起碼帶來一封信，我不認字，可以讓別人唸，可我每次都只是接到枸醬罐而已，別的什麼也沒有……」甘蔗低聲道。

「這世間不如意的事情，可太多了，也許他是有苦衷的。」唐蒙輕輕喟嘆，伸手摸了摸甘蔗的頭頂。甘蔗垂下頭，絞著青蒿。可滴落在陶碗裡的，卻不僅有青綠色的汁水，還有一滴滴略帶鹹味的晶瑩。

就在這時，房間外面忽然傳來一陣腳步聲。唐蒙循聲看去，看到橙水走過來。不過他今日的氣質有些古怪。如果說之前橙水是一條危險的毒蛇；如今的他，就像一條被從頭到尾捋過一遍脊骨的毒蛇——毒歸毒，卻少了幾分精氣神。

兩人對視片刻，都試圖從對方的表情裡讀出東西，但似乎都沒得逞。橙水冷笑：「看來你恢復得不錯啊。」一揮手，吩咐獄卒打開牢門，要把唐蒙帶走。

「你們要把他帶去哪裡？他還沒好透，不能亂動！」甘蔗撲到門口喊道。可橙水壓根不理睬她，給唐蒙帶上鐐銬，押出房間。

「唐蒙！」甘蔗尖叫起來，聲音簡直可以撕裂心肺。

唐蒙站定腳步，對橙水道：「把甘蔗放了吧，這一切與她毫無關係。」橙水一推肩膀：「你是在教我做事？」唐蒙看向他：「我不是以漢使的身分，而是以一個朋友的身分請託。」

「朋友？」橙水的語氣滿是諷刺。

「至少我們也曾合作過。」唐蒙看向甘蔗，「即使你討厭北人，但至少對自己的同胞好一點吧？」

這句話令橙水的動作停滯了了。他沉思良久，終於伸直右胳膊，對守衛做了個手勢。守衛再次打開牢門，把甘蔗拽了出來。甘蔗一恢復自由，就要撲向唐蒙，卻被更多的士兵攔住。

唐蒙隔著人牆，衝她比了個去找黃同的口形，然後轉過身去，對橙水道：「我們走吧。」

他的頭被套上一個布袋，人被推上牛車，晃晃蕩蕩走了半天，然後布袋忽然被摘下來。出乎唐蒙的意料，這裡不是什麼更陰森的地牢，而是城牆的牆根，距離旁邊的街道不過數十步，但被幾個土堆擋住視線。

那裡有一個極不起眼的小門，僅有六尺寬窄，門板刷著黑色的漆，用白堊土塗著一個仕女半探出頭的樣子。一看這畫，唐蒙感覺一股陰森的死氣纏住心臟。這……這不是陰陽相隔的墓門嗎？

橙水的聲音，從身後冷冷傳來：「唐副使，你眼前的這道門，乃是番禺城的幽門所在，通往城外的亂葬崗。所有官府處刑的囚犯、病死的百姓，不得走正門，皆是從這道幽門抬出去。」唐蒙沒作聲，他知道還有後文。橙水道：「現在你有兩條路可以選，一是橫著從這裡出去，二是立著從這裡出去。」

唐蒙眉頭一皺，橙水這話聽起來……難不成還要放自己一條生路？他環顧四周，發現沒有其他人在場，只有橙水一人。

「只要你說出，那一日你在莫毒商鋪看到了什麼，我就放你一條生路。一橫一豎，應該不難選吧？」

唐蒙這才明白為何橙水不在私宅裡審問，而是要把自己帶來幽門之前。當生機就擺在眼前，人是最容易動搖心志的。就好比一個絕食之人，在滿盤珍饈面前最難把持。

「我那日在莫毒看到的，你也看到了。我找到的契簡，也被你收走了——你還想知道什麼？」唐蒙感覺身子還是有點虛，索性盤腿坐下。

「不要掩飾了，我知道你一定還有別的發現。」橙水沉聲道。他見唐蒙一臉懵懂，語氣難得地軟了一些：「唐副使，我打聽過你的事。你明明不情願來南越，只想回番陽過安生日子，又何必替那個愛出風頭的莊助賣命？你出了事，他直接把你當棄子；你立了功，也是他在皇帝面前顯擺，值得嗎？

「南越國與大漢這些事，與你無關，卻對我影響甚深。你講出來，我保你一條命離開南越，從此去過安逸日子，這難道不好嗎？天底還有那麼多美食沒吃過，你如果橫著過了那道幽門，從此可就只有冷餅可以吃了。」

說到後來，橙水的語氣難得地滿懷誠摯。唐蒙似乎被這番話觸動了，微微抬起下巴，似在沉思。過不多時，他忽然笑起來，笑得雙頰上下顫動。橙水眉頭輕皺，莫非這人瘧疾入腦，失心瘋了？

「你笑什麼？」

「我只是忽然回憶起來，此情此景，和咱倆在獨舍時一樣。」

「什麼一樣？」

唐蒙歪了歪腦袋：「當時你也是嚇唬我，要抓我去見官。結果呢，你自己明明也是偷偷跑去調查的。」

橙水嘴角一抽，神情現出幾絲驚訝。唐蒙用力揮手，厭惡地驅開慕味而來的蚊蟲：「如今也一樣。你身為中車尉，一個人悄悄把我帶到這幽門之前，恐怕是自作主張吧——你，到底是在躲著誰？到底在懷疑誰？」

「我只想知道真相！」橙水低吼，如同一頭彷徨的困獸。

「你已經知道了，否則不會這麼糾結。」唐蒙撓著肚腩上的幾個蚊子包，漫不經心道，「我再問你，武王忠誠、兄弟情誼和家族利益，你到底先吃哪一道菜？有答案了嗎？」

這一句反問，有如飛石直接砸開了緊閉的城門，砸出了守軍的真面目。暮色之下，橙水的五官被凸起的一條條青筋牽繫著，似乎已繃到了極限。橙水「唰」地抽出腰間的佩刀，架在唐蒙肥厚的脖頸處：「別廢話，快說！」

唐蒙後頸的皮褶，短暫地夾住了刀刃。就在橙水欲要加力時，幽門旁邊忽然傳來一個興奮的叫聲：「快來！」

橙水和唐蒙同時轉回頭去，看到一個赤裸著上身的黝黑土人，從土堆另外一側探出頭來，神情因過度興奮而扭曲。這人唐蒙看著眼熟，細細一想，正是進城時砸了自己一記五斂子的傢伙。

他視線掃到唐蒙，伸出細瘦的胳膊尖叫：「那個狗漢使在這裡呢！我記得他的面孔！」呼啦一下，從四周擁來二十幾號人，看裝束都是番禺城的無賴城民。他們大概是在城裡遊蕩，恰好遊蕩到附近，其中有不少面孔唐蒙看著都熟悉，不是進城在街道兩旁鬧事的，就是堵在驛館門前的。

他們舉著棍棒，氣勢洶洶地衝過來，個個雙眼泛著綠光。番禺城裡沒幾個北人，他們一腔怒氣無處發洩，好不容易撞到這一個大傢伙，自然不能放過。

橙水見有人打攪，轉身攔住道：「我是中車……」話音未落，為首的城民已舉起棍棒，狠狠當頭砸去。橙水沒料到他們居然敢動手，一時間被砸得頭暈目眩，一頭栽倒在地。

一個同伴注意到橙水的裝束，提醒說這似乎是官家的人呢。那城民亢奮地一揮棒子，根本不信：「哪個官家會一個人跑到這裡來？」同伴還有些遲疑：「可他留的是垂髮呀，好像是咱們土人。」第三個人瞥了眼半開的幽門，突然恍然大悟：「我知道了，他是想把狗漢使從幽門放出去吧？」

這一個猜測，讓其他人頓時義憤填膺。身為土人，居然幫一個詛咒南越王的北人，簡直太可恨了。眼見橙水從地上要爬起來，一個性急的城民撲過去，狠狠罵了一句「南奸」，棒子又狠狠砸在他額頭上，砸出一道洶湧的血流。

這血腥味一下子刺激到了周圍所有的人，他們都變得雙目赤紅，呼吸急促，棍棒和拳腳雨點一樣砸下來。橙水開始還要掙扎，可隨後慢慢沒了動靜。

唐蒙身子虛得很，既無法逃離，也沒辦法上前阻攔，只能眼睜睜看著血肉橫飛。他固然痛恨橙水，可見到這個一心維護土人利益的人，被一群土人城民當作南奸往死了毆打，卻也絲毫高興不起來。

眼看那邊沒了聲息，有幾個城民終於想起這邊還有正主。他們拎著沾滿血痕的棍棒，轉過身來，獰笑著走到唐蒙身前。唐蒙反應很快，一個轉身，雙手抱頭趴在地上。

他很有經驗，這種姿勢最適合防禦，任憑棍棒劈裡啪啦地砸下來，多數都被背部的肥肉承接住，只是皮肉受罪，卻無筋骨斷折之苦。

城民們打得疲累不已，這胖子卻好似一隻烏龜，無處下嘴。為首的那個瘦小漢子轉回身去，從一動不動的橙水身上撿起佩刀，舔了舔嘴唇，準備拿他當魚一樣片上一片。這下唐蒙緊張起來，可他毫無辦法，只能渾身瑟瑟發抖。

那瘦小城民瞪圓了雙眼，先用右手揪起他腰間的肥肉，然後左手持刀，用刀刃緩緩貼著肉皮拉去。唐蒙疼得眼前發黑，忍不住發出慘叫，周圍的人哄笑起來，覺得實在過癮。就在唐蒙覺得自己必無僥倖之時，一個他熟悉的聲音猛然震動了耳膜：「住手！」

眾人一起抬頭，只見黃同鐵青著臉，從土堆頂衝下來。土堆後面還露出一個小腦袋，正是跑去報信的甘蔗。

城民們都參與過圍攻驛館，認得他是維持治安的軍人。那瘦小城民得意揚揚，揮著刀喊道：「今日我等奉行王令，好好教訓了幾個賊……」話未說完，便被黃同狠狠用刀鞘抽了一記耳光，連牙帶血飛濺而起，整個人旋了一圈，當即昏倒在地。

與此同時，又有數十名軍人衝過來。他們武器精良，久經訓練，只是一個回合，城民們便被全數按倒在地。只要有人敢抬頭出聲，便會被劈頭蓋臉痛打一頓，幽門前很快便安靜下來。

唐蒙緩緩抬起頭，以為黃同會跑過來攙扶自己。沒想到他看也沒看，徑直衝到了橙水跟前，費力地攙起他的上半身。只見一把小刀插在橙水的胸口。

「是誰?!」黃同怒極，轉頭大吼起來，眾人不敢答話。這是用來削五斂子的小刀，番禺城內人人皆有，一時也無法分辨。他顧不得查問，重新垂下頭去，見到橙水雙目還睜著，似乎不敢相信，自己會死於土人之手。

黃同的右手伸向死者，顫抖著要把他的雙眼合上。可不知是手抖得太厲害，還是橙水死前的委屈太強烈，反覆拂了數次，眼皮仍未完全垂下，就這麼空洞地睨著曾經的兄弟。黃同的情緒再也繃不住了。

唐蒙見過黃同發怒，見過他大醉，見過他窩囊隱忍到表情扭曲，但他還是第一次見到這個五十多歲的老兵號啕大哭……

幽門前的騷亂，很快就平息了。

事實很簡單，事實也很複雜。堂堂中車尉居然被幾個城民活活打死，這實在太過蹊蹺。但聞訊趕來的橙氏官員也無法解釋，為何橙水會私藏欽犯，還隻身把他帶來幽門。所以這件事在各方心照不宣之下，被迅速壓下去。

至於位於漩渦中心的唐蒙，則作為欽犯被重新送回了宮牢。黃同負責押解，卻全程一言不發，整個人彷彿被抽走了靈魂似的，收押辦妥之後，他拖著沉重的步子轉身離開，就連唐蒙隔著柵欄提醒他去照顧甘蔗，他都像沒聽到。

到了第二天，一個意外的訪客出現了。

「莊大夫，你來啦。」

莊助今天依舊穿得一絲不苟，衣袍上散發著淡淡的熏香，唯獨腰間不見了佩劍。他臉上閃過一絲歉疚，隨即又隱沒在矜持裡。唐蒙猜測，大概是橙水之死讓橙氏變得被動，呂嘉趁機出手，才給莊助獲得一次探監的機會。

莊助盡力讓語調平靜：「我先通報你一件事。南越王三日後就要群臣聚議，極大可能當場宣布稱帝。我已做好準備，一旦勸說不成，會當眾自刎，以表明朝廷的堅決立場。」

這是漢使們心照不宣的行事準則：事諧，見漢使之功；事不諧，見漢使之志。功業與風險永遠如影隨形。

莊助的言外之意是：「連我都要準備自刎了，就別指望我能把你救出去。」唐蒙嚇了一跳：「大夫你別那麼衝動。我們尚存反敗為勝的希望。」莊助眉頭一皺，這胖子是不是燒壞了頭，現在還想著翻盤？

可他看到唐蒙的表情，雖說虛弱不堪，可那兩隻細眼卻綻出強光，全不似一隻窮途末路的老鼠，倒似是躍躍進擊的肥螳螂。這種莫名的信心，也感染到了莊助，讓他不由自主靠近柵欄。

「你要我做什麼？」

唐蒙道：「我現在只希望大夫你做一件事：三日之後的議事，一定要給我爭取一個當眾發言的機會，一定要當眾！」莊助遲疑片刻，但還是狠狠地點了一下頭——當眾發言這種事再難，也難不過當眾自刎。

「但為什麼？你要先告訴我。」

唐蒙奮力站起身來，把嘴湊近柵欄。莊助深吸一口氣，強迫自己彎下一點腰，把耳朵貼近柵欄。唐蒙的嘴唇嚅動了幾下，莊助開始還努力維持著平靜，可越聽雙眼睜得越大，五官緩緩錯位，彷彿被最為離奇的詛咒擊中。

待唐蒙說完，莊助整個人幾乎陷入呆滯，半晌方喃喃道：「你確定嗎？」

「你可以責難我的人生態度，但別質疑我對食物的眼光。」唐蒙咧開嘴，笑得無比自信。

# 第十三章

唐蒙在這個監牢裡待了足足三天，大概是有人打過招呼，待遇比先前好得多，至少晚上可以放心入眠。到了第三天，唐蒙一直睡到眼皮被陽光曬得發燙，才不情願地睜開雙眼。他慵懶地打了個呵欠，感覺身體比之前鬆快多了，整個人似乎瘦了一圈，頭腦也變得清明了一些。

柵欄外擱著一個陶碗，裡面堆著三個薯蕷。這種東西談不上什麼烹飪，就是把薯蕷蒸熟，最多撒上一撮鹽，乃是大部分南越百姓日常的主食，比甘蔗精心烹製的差遠了。但如此粗糙的食物，居然也能令唐蒙腹中湧起一種熱切的欲望。

他抓起薯蕷，開開心心地吃著。還別說，雖說處置粗糙，可鹽味很巧妙地中和了薯蕷的澀味，反而引出些許清香，不失為一種新奇體驗。

他正吃著，柵欄外忽然傳來腳步聲。典獄長走到柵欄前，面無表情地打量了一下唐蒙，打開牢房門，兩名衛兵一左一右抓起囚犯的胳膊，給他戴上腳鐐就往外拖。

唐蒙倒不驚慌，只有上刑場的死囚犯，才不用戴腳鐐。他甚至不忘揣上一個薯蕷，擱在嘴裡咀嚼，因為接下來可能需要消耗大量體力。

果然不出所料，他先被帶到一處小殿之內，在那裡脫下滿是汗臭的衣袍，換上一身乾淨的涼服，稍加梳洗，甚至還用柚子葉簡單熏了一下，然後繼續上路。在穿過一系列小殿與回廊之後，唐蒙看到眼前出現了一座方正的高台大殿，抬頭一看匾額，心中徹底鬆了一口氣。

這是南越王宮最大的一座宮殿，匾額上題著「阿房宮」三字。秦人對咸陽的記憶，至今仍殘留在南越之地，所以這座建築一定用於最重大的議事和典禮。如果趙眜要宣布稱帝之事，只可能在這裡。

在阿房宮的台階之下，甘蔗早已站在那裡。她整個人魂不守舍，眼神恍惚。直到衛兵把唐蒙帶到她身旁，咳了一聲，甘蔗才猛然驚覺。她一見唐蒙，雙目先是閃過一絲驚喜，可旋即被黯淡所取代。

甘蔗正要開口，唐蒙卻示意她先別講話。待衛兵走上台階去通報的空檔，他壓低聲音問道：「我託莊公子讓你做的事，可準備好了？」甘蔗點了點頭，眼神裡卻疑惑不減，不明白那件事有何意義。

可唐蒙沒時間解釋了，因為四個王宮衛士走上前來，把他和甘蔗帶上殿去。

一到大殿門口，首先撲入唐蒙鼻孔的，是香味，各種香味。南越人愛熏香，有點身分的大族都會調配自家的獨門香料。這麼多種不同的香味齊聚殿內，彙聚成一股複雜、黏膩、濃烈的氛圍，彰顯著這次大議的級別。

此時大殿裡站著一百多人，除了少數侍者，其餘都是南越的高級官員。從髮型可以分辨出來，秦人土人大約各占一半，他們分別站在呂嘉和橙宇身後，顯得涇渭分明。有資格跪坐在毯子上的，只有位於圈子最中央的南越王趙眛、世子趙嬰齊。

趙眛身側其實還有一處席位，但此時空著，席位的主人正站在大殿正中央，手持斷劍，一襲挺拔的白袍，在眾多玄袍之間格外醒目，有如一隻落在鴉群中的玉鶴——正是莊助。

他此時手持斷劍，面色因激動而微微漲紅，可見之前已經有過一番激烈的舌戰。整個殿裡彌漫的殺伐之氣，甚至蓋過了熏香的味道。

莊助見唐蒙和甘蔗被帶上殿來，當即轉向趙眛，手執斷劍一拱手：「殿下，唐蒙已到。」趙眛還是那一副慵慵的神情，他往下一看，先注意到甘蔗，不由得一喜：「哎呀，你幾日不進壺棗睡菜粥，本王又睡不好了。」

甘蔗沒見過這種大場合，本來頗有些瑟縮，此時聽到趙眛什麼都不關心，居然先說起睡菜粥，脖子一扭：「我被抓起來了，做不了！」趙眛碰了個硬釘子，也不氣惱，揮手吩咐給唐蒙鬆綁。

唐蒙恢復自由之後，揉了揉酸疼的腳腕。莊助走到他身旁，低聲道：「適才橙宇已正式提出，要為南越王上帝號，呂丞相明確反對，如今雙方擺明了車馬，白刃見紅，就看趙眜的最終決定了。我堅持說要先澄清巫蠱之事，否則大漢將不惜一戰，這才給你爭取到一次發言機會。」

唐蒙本想表示「您放心」，沒想到一張開嘴，先冒出一個嗝，顯然是薯蕷吃多了。

莊助額頭冒起一根青筋，一瞬間有些後悔，連忙鄭重叮囑道：「今日成敗只在你手，希望不要辜負陛下。」他微微頓了一下，又用更小的聲音道：「我已修書一卷，提前送回中原。倘若今日你我不幸身死，朝廷會明白前因後果。」

唐蒙笑了笑：「莊大夫你道歉的方式，還真是別致。」他拍拍莊助的肩膀，坦然走上前去。莊助目送他走到朝堂正中，忽然感覺到一陣來自天道的譏諷，大漢和南越無數人的命運，居然掌握在了一個無時無刻不想著逃避的懶蟲手裡，何其諷刺。

那邊唐蒙正要開口，橙宇拍了拍桌案，瞪起那一對黃玉似的雙眼：「一介囚徒，見了大酋為何不跪？」呂嘉在對面陰陽怪氣道：「監督朝儀，可不是你左相的職責，中車尉呢？」

橙水前幾日意外身亡，而且死得不清不楚。呂嘉如此說，其實是暗含譏諷。

橙宇被噎了一下，莊助已經闊步而出，大聲道：「本使在此恢復唐蒙的副使身分，漢使見王，不必跪拜。」

「漢使的意思，是打算承認對詛咒大酋之事負責？」橙宇立刻把矛頭轉向莊助。莊助話語強硬：「唐副使此來，正是要向殿下說明此事原委，殿下也已同意，莫非左相沒仔細聽？」

橙宇只好惡狠狠衝唐蒙道：「有話快說，有屁快放。你到底是怎麼在南越王宮行巫蠱之事，玷汙我國氣運的？」唐蒙裝作沒聽見，施施然走到大殿中央，先環顧四周，然後拜見趙眜：「小臣眜死拜見殿下，是為澄清辯明，所謂巫蠱木偶，絕無此事，純屬汙蔑。」

殿內群臣小小地哄了一聲，都有些失望。他們還以為莊助拚死爭取來這個機會，唐蒙會有什麼驚人之語，誰知上來就是一頓蒼白無力的辯白。趙眜態度不置可否，橙宇哼了一聲，甚至懶得跳出來駁斥。此前人贓俱獲，你說不是就不是了？

唐蒙繼續道：「當日小臣確實離開宮中庖廚，擅闖獨舍，但不是為埋設人偶詛咒，而是為了另一樁更為要緊的大事！」

「哦，是什麼？」趙眜用右手支著下巴，懶洋洋的。可下一瞬間，他整個人就像被雷劈中似的，猛然直起身子。因為唐蒙陡然提高了嗓門，讓大殿內每個人都聽得清清楚楚：

「小臣前去獨舍，是為了徹查三年前南越武王之死。查得並非意外，而是謀殺！」

無聲的海嘯，拍過整座大殿，官員們個個驚得面無人色，身子幾乎站立不住。這傢伙知道自己在說什麼嗎？

橙宇喝道：「你不是說要交代巫蠱詛咒的事嗎？扯到武王他老人家做什麼？」呂嘉不疾不徐道：「橙左相，你這麼緊張幹嗎？莫非心裡有鬼？」橙宇的雙眼越發凶黃：「我心裡沒鬼，只怕有些人借鬼生事，把今天要議的正事給忘了。」呂嘉故作驚訝：「哦？您是說，武王之死不是正事？」

橙宇一噎，這招誅心是自己慣用的，今天卻被呂嘉用在自己身上。

趙眛原本萎靡的神情，被刺激得支棱起來，忍不住身體前傾：「唐副使，你說武王之死……是謀殺？」唐蒙道：「不錯！」趙眛等了半天，見他沒往下說，忍不住催促道：「然後呢？」

唐蒙看了橙宇一眼：「武王之死，畢竟是三年前的事。就算小臣和盤托出，也會有人提出質疑。所以不妨用另一種方式，向殿下展示。」

「什麼方式？」趙眛好奇。

「爰書上說，武王之死，乃是誤噎壺棗睡菜粥中的棗核所致。今日甘葉的女兒就在這裡，請她熬上一釜壺棗稻米粥，真相立現。」

荒唐！橙宇忍不住又要開口叱責，可唐蒙已搶先大聲道：「久聞殿下以純孝治天下，想必為了武王瞑目於九泉，不會吝惜這一炊之時。」

是言一出，橙氏一系的官員面面相覷，登時都沉默下來。誰不知道武王對趙眛的影響，這一頂孝順的帽子扣下來，南越王不答應也得答應了。誰敢反對，那就太有嫌疑了。

莊助站在一旁手扶斷劍，表情略微放鬆。唐蒙這傢伙開局不錯，先抑後揚，不知不覺把眾人從「稱帝」帶到「武王之死」的話題中來。

果然，趙眛點頭允諾。唐蒙走到甘蔗面前，拍拍她的肩膀：「還記得我的叮囑嗎？請你按照你阿姆的烹製方法，仔細給大王煮上一釜壺棗粥。」他把「叮囑」二字咬得很重，甘蔗會意，點了點頭。

橙宇這時又試圖阻止：「她是罪臣甘蕖的女兒，讓她熬粥，豈能放心！」唐蒙道：「一應炊具原料，皆用宮中所存；具體下廚的活計，也由宮廚代勞，她只動嘴不動手，這總可以了吧？」

橙宇仍舊不放心，堅持把宮廚叫上殿來，反覆交代，不允許甘蔗在庖廚裡觸碰任何東西，這才放他們前往庖廚。

大殿裡變得安靜下來。這場面頗有些荒唐，南越國文武百官濟濟一堂，卻都在等著一個小醬仔在熬粥。有些人試圖開口說點什麼，可再一想，那釜粥事關武王之死，現在說什麼，都會被另外一方攻訐為轉移話題。秦人和土人之間的嘴仗打了三年，雙方都摸出點門道，寧可沉默，別留話柄。

所以在無數眼神交錯和牽制中，大殿愈加安靜。趙眜以手托臉，又昏昏欲睡，虧得趙嬰齊在旁邊屢屢去拽父親衣袖，把他一次又一次喚醒。

莊助手執斷劍，矯矯而立，像是一個最嚴厲的監督者。這時唐蒙一臉輕鬆地走到橙宇面前，伸出胳膊。橙宇以為他想動手打人，焦黃的面皮上顯出一絲驚慌，旁邊眾人急忙阻擋。誰知唐蒙從他面前桌案上的小碟裡，抓了一把橄欖，然後回到原位嚼了起來。

趙嬰齊忍不住「噗哧」笑了一聲，唐蒙伸手要分給他一點。趙嬰齊卻不敢去接，似乎對他有些畏懼，也不知這畏懼從何而來。

過了好一陣，殿角傳來腳步聲。百無聊賴的眾人精神都是一振，同時去看，只見兩個侍者抬著一釜熱氣騰騰的壺棗粥進入殿內，甘蔗和宮廚緊隨其後。

橙宇先問宮廚，甘蔗可曾沾手？宮廚老老實實道：「甘蔗姑娘只是指揮了一下，我親自下廚，所用食材俱是宮庫存貨，也已請奴僕品嘗過，並無問題。」

唐蒙笑道：「橙丞相是否放心了？」見對方沒反應，他便自作主張，取來四個大碗，分別給趙眜、趙嬰齊、橙宇和呂嘉盛了滿滿一碗，正好分光釜裡的粥。

「請殿下與諸位品嘗。」唐蒙道。

四人滿臉狐疑，端起陶碗吹了幾口熱氣，試探著喝起來。這壺棗粥熬得火候有點急，不那麼黏稠，好在因為摻入了棗泥，白裡透紅，口感頗好，而且裡面還多了一絲若有若無的鮮味，與棗泥的甜味相得益彰。四人吸溜吸溜，一會兒便下去半碗。

「哎呀。」趙眜喝到一半，忽然覺得嘴裡多了一個硬物，吐出來一看，卻是一枚棗核。殿上立時大亂，兩代南越王喝粥都遇到棗核，這可太不吉利了。

橙宇率先站起身來，鐵青著臉喝道：「怎麼回事？」甘蔗倔強地仰著頭，原地不動，反而是宮廚嚇得「撲通」一聲，跪倒在地，連聲辯解：「丞相明鑒，這壺棗粥裡的棗泥，都是事先把去核的棗子磨碎，再加入粥裡。小人全程都看著，不可能混入棗核的。」

「哦，那就是有人故意放進去，為難大酋嘍？」橙宇逼問。宮廚汗出如雨，不知該如何回答。橙宇霎時轉向甘蔗：「是不是你？嗯？為了替你阿姆報仇？」

甘蔗每次與他的黃眼對視，都會下意識地一哆嗦，感覺被什麼猛獸盯上。這時唐蒙站了出來，笑咪咪道：「不要為難一個小姑娘，那棗核是我剛才盛粥的時候，順手放進去的。」

此話一出，別說橙宇，就連趙眛父子和呂嘉都是臉色一變。如果他存有歹心，剛才已然下毒成功了。唐蒙卻雙手一攤：「多謝橙丞相的講解，就不必我多說什麼了吧？」

趙眛反應比較慢，眼神還很茫然，呂嘉、橙宇這兩個成精的老怪物，卻已立刻意識到問題所在。

正常壺棗粥裡，不可能摻入棗核。如果吃到棗核，肯定是有人故意放進去的。當年武王在獨舍，自然也是同樣的情況。

橙宇一貫喜歡利用對方一個小錯大加渲染，沒想到這次卻被唐蒙利用，反替他做了解釋。橙宇雙腮氣得鼓了鼓，面皮似乎變得更黃：「且不說武王如何，你今日眾目睽睽之下，企圖謀害大酋，這總沒錯！」

唐蒙順勢走到趙眛面前，請他把棗核放到自己掌心，高高托著給周圍的人展示：「棗樹乃是中原特產，於南越水土不合。諸位可見，這裡的棗子偏小，只有豆子大小——若我存心要害死南越王，用這玩意兒能噎死嗎？」

橙宇道：「南越也有北方的乾棗進口，誰知道你會不會挑個大的放進去。」唐蒙笑起來：「這麼小的棗核，王上尚且能吃出來，那麼大一個東西混進粥裡，難道他會硬吞下去不成？」

橙宇正要說什麼，突然發現，自己還是在幫他的論點辯護。

這兩個人一問一答，無形之中證明了兩件事：棗核不是無意中混入的，而是有意為之；武王不可能被棗核噎死。

倘若是唐蒙自己陳說，那麼必然會有一番細節爭論。可橙宇這麼一駁斥，反而與唐蒙成了同路人，事到如今，再想改口也難了。這時呂嘉在一旁提出疑問：「既然獨舍的棗核噎不死人，那放進去有何意義？」

這個問題問得恰到好處，唐蒙環顧大殿一圈：「我今日不說，諸位便會一直以為，武王是被棗核噎死的——這就是意義！」

是言一出，大殿之內頓時響起一陣驚嘆之聲。無論是兩位丞相，還是站立在外側的官員們，無論是頭束竹冠的秦人還是垂下兩縷散髮的土人，都因這一句話定在原地，動彈不得。

大家都不是傻子，聽出這句話的意思是說，這棗子只是掩蓋武王之死的手段。

武王統御南越七十多年，殿中幾乎所有人都在他的羽翼之下長大，如同神祇一樣的王上與大酋，竟是被人害死的？

趙眛的神情變得前所未有地嚴峻，他緩緩站起身來，盯住唐蒙：「你還查出些什麼？」話裡隱隱帶著怒氣，但不是對唐蒙，而是對周圍其他所有人。如此之大的失誤，簡直是對武王的褻瀆，他的肩膀此時因為憤怒而微微發抖。

不論是呂嘉還是橙宇，都默契地閉上嘴。他們兩個當夜也見過武王，如今任何言辭都可能被解讀為做賊心虛，還是靜觀其變為好。

於是唐蒙輕輕俯首，不受干擾地把自己的推測一五一十講出來。讓莊助和橙宇都很奇怪的是，他的講述裡完全沒提及橙水的阻撓，亦沒有為自己辯白。事實上，唐蒙沒有按照自己的調查經歷來講，而是從甘葉的視角複述了整個故事：

她當夜正要熬製壺棗睡菜粥，發現枸醬用光，急忙外出去莫毒商鋪取新貨，卻不知枸醬罐子裡已被下了毒。她按正常廚序熬完粥，送到趙佗面前。趙佗吃到一半忽然毒發身死，剛剛離開的呂嘉與橙宇二人聞訊急忙折返，趙佗已然去世。

待得唐蒙講完，眾人半晌都沒吭聲，都需要花點時間才能消化這驚人的信息量。即便是莊助，也是第一次聽到如此完整的版本。

還是呂嘉最先捋髯疑惑道：「如此說來，那個凶手若要動手，得甘葉恰好用光枸醬，這未免太巧了吧？」

唐蒙胸有成竹道：「您說反了。不是『恰好』凶手動手；而是凶手為了動手，製造了這一個『恰好』。」呂嘉沒聽懂：「願聞其詳。」

唐蒙豎起指頭，侃侃而談：「蜀枸醬在南越國並無出產，甘葉需要每兩個月通過莫毒商鋪，從夜郎捎來兩罐。所以她量入為出，按兩個月來分配枸醬用度，每次舊貨將盡，新貨即來。但在三年前的七月，莫毒商鋪延遲了兩日交貨，導致甘葉的枸醬庫存，出現了一個小小的空檔。」

「你這麼說，可有證據？」趙嬰齊道。

「甘蔗的家裡，掛著很多榕樹葉，就是計時之用。而我查過莫毒的帳簿，略加對比，就會發現他們七月捎帶的蜀枸醬，準時運抵番禺港，不存在延誤，時間恰好是武王去世前兩天。但那一份契簡的日期離奇地被人削改過，改成了武王去世當日到貨。換言之，甘葉連夜去取新枸醬之事，是被刻意製造出來的。」

橙宇覺得臉頰有些瘙癢，一邊撓一邊道：「照你這麼說，莫毒商鋪才是主謀？」

「不，莫毒商鋪已經持續送貨送了十幾年，信譽極好。恐怕是被真凶要脅，迫不得已才如此做的。」

「真凶如何要脅他們？」

唐蒙看了一眼甘蔗：「諸位有所不知。其實莫毒商鋪每次捎來南越的蜀枸醬，不是兩罐，而是三罐。他們給甘葉兩罐，自己會留下一罐，抵作行腳費用。這一罐，莫毒商鋪向來是進貢給東家。也就是說，誰是莫毒的東家，誰就是真凶。」

「你這個假設，未免太累贅了，老夫倒有另外一個更簡單的揣測。」橙宇看了眼趙眜，見主上並沒什麼反應，便開口道：「那個凶手，應該就是甘葉。」

兩道熾烈如夏日陽光般的視線，從甘蔗的雙眼射出，牢牢地釘在橙宇身上。可惜這對橙宇毫無影響，他從容道：「甘葉直接在壺棗睡菜粥裡下毒，待武王毒發之後，偷偷地把加工剩下的棗核，放入粥中誤導別人——我這個解釋，是不是更簡潔合理？」

「不錯，我最初也懷疑過。她做這些事最為便當不過。」唐蒙先表示了認可，然後陡然提高了聲調，「可動機呢？她好好做著宮廚，為什麼要殺武王？」

「哼，這誰說得清楚。受著武王恩惠去反武王的人，可多了。」橙宇瞥了呂嘉一眼，後者搖頭苦笑。

「甘葉上直前夜還答應女兒，說等閒下來給她做裹蒸糕，結果轉天她便莫名投江，剩下一個孤女受盡欺凌。試問她如果是真凶，能從中得到什麼好處？」

橙宇雙頰鼓鼓，一時間答不上來。

「甘葉很明顯就是替罪羊，被人所害，偽作畏罪投江。她沒有害死武王，她是清白的！」唐蒙大喝道。

甘蔗身子晃了晃，終於繃不住放聲大哭起來。悲戚的哭聲，迴盪在空曠的大殿之中，迴盪在司掌南越命運的諸多官員之間。一直沉默的趙眛，似乎有所觸動，終於開口道：「唐副使，你所說的這些，雖說合乎情理，可並沒什麼證據。武王之死，茲事體大，只憑臆測可不妥。」

這一句話說出，殿中大部分人都面露意外。這位南越王一直神情懨懨，這句話倒問得頗見睿智。

唐蒙正色道：「我無法證明，三年時間，現場就算有證據也早湮滅無存了……」就在趙眛臉色變沉之前，他又補充道：「但凶手已經幫我證明了。」

「哦？」趙眛不由得身體趨前。

「武王去世不久，甘葉投江自盡，任延壽吃了莽草果中毒身亡，莫毒商鋪的老管鋪溺水而死，就連任延壽家的一個齊姓廚子，也很快失足淹死了。所有與武王之死相關的人，都在短短一段時間內，全部死亡。你們覺得這是一系列意外巧合，還是處心積慮地滅口？」

「任延壽也是被殺的？」趙昧和趙嬰齊不約而同地叫出來。

唐蒙趁機把沙洲的事詳細講述了一遍。在這炎炎夏日裡，大殿內的所有人都不寒而慄，似感到一絲陰冷寒風掠過。

「所以……這個凶手是誰？你可知道？」趙昧的聲音微微發顫，裡面既有恐懼，也有憤怒。

「請南越王少安毋躁。」唐蒙一拱手，「我難以指認，但食物可以。食物至真，只要稍做等候，這一釜壺棗粥，便會讓真相立現。」

趙昧本來以為，這一釜粥只是為了證明武王不是誤吞棗核而死，如今一看，竟還藏著別的用意？他側過頭對趙嬰齊道：「我兒可看出什麼來嗎？」趙嬰齊搖搖頭：「唐副使眼光卓異，心思縝密，兒臣遠不能及，不過……」

他欲言又止，趙昧問：「不過什麼？」趙嬰齊遲疑道：「聽唐副使描述，他擅闖獨舍，真的是為了調查而已。那橙氏說他行巫蠱之事……」趙昧「嗯」了一聲，似乎對此並不意外，拍拍趙嬰齊的肩膀：「且看，且看。」

唐蒙拿起一杯清水來咕咚咕咚一飲而盡，大殿裡的眾人盯著他的動作。大家都很好奇，他葫蘆裡賣的什麼藥，一釜棗粥，怎麼就能讓凶手現形？

有人猜測，也許根本和粥無關，他是在等一個關鍵證人；也有人揣摩，他在故弄玄虛，給自己爭取時間圓謊；甚至有人以為，唐蒙掌握了中原什麼神奇的巫蠱之術，可以通過粥面占卜……一時間什麼怪心思都有。

唐蒙放下水杯之後，徑直走到甘蔗身旁。甘蔗雙眼紅腫，流淚不止，他憐惜地摸摸小姑娘的腦袋，寬慰道：「快了，快了。」甘蔗點頭，垂下頭去。旁人聽在耳朵裡，也不知道這「快了」是什麼意思。

莊助執劍站在一旁，暗暗欽佩。這傢伙真是巧舌如簧，如今已沒人關心什麼巫蠱詛咒，甚至稱帝之事也被忽略了，議題的走向，被他完全控制。自己當初堅持帶他來，果然是對的，莊助先有些得意，可一想到自己褫奪了其副使身分，不免又陷入愧疚。

約莫過了兩個水刻，就在趙昧和其他人的耐心耗盡之前，變故果然出現了。

不過這變故不是來自粥，而是來自人，而且是個大人物。

只見橙宇的頭面以及頸項處，不知何時浮起密密麻麻的疹子，一塊塊紅斑格外鮮豔，上面綴有大量凸起的小顆粒，看上去膿水充盈。橙宇不由自主拿起手去撓，一撓就抓破一片，有膿水滲出來，看起來觸目驚心。

趙昧關切地投過目光來，說：「左相要不要歇歇？」橙宇嘆息道：「多謝大酋掛念，這是老毛病了，沒想到今天心情一時激盪，在殿上發作，真是罪該萬死。」旁邊的隨從急忙從布袋裡取出一個竹筒，去掉一端的布頭，倒出一些黃色的藥粉，橙宇和水吞下，跪坐著養神。

這藥粉頗見功效，趙昧見橙宇臉上疹子稍褪，轉頭道：「唐副使，這粥何時能顯出真相啊？」唐蒙道：「回稟殿下，已經顯現了。」

「啊？」趙昧和其他人看向碗裡的粥，並沒任何變化。唐蒙微微一笑，伸手指向橙宇：「您看，這不就是嗎？」

橙宇陡受指控，只是冷哼一聲，不屑接話。對面呂嘉好心開口解圍，訓斥唐蒙道：「橙丞相公忠體國，久病纏身仍不忘國事。這一身疹子，可都是累出來的，你最好把話說清楚。」

這話陰陽怪氣，橙宇卻無暇顧及，瞪向唐蒙道：「你說！老夫這一身毛病，怎麼就成真相了？」

唐蒙先施一禮：「武王祠中我初見到左相時，便很好奇，為何您雙眸狀如黃玉。所幸我略通醫道，知道此乃濕熱入體，黃疸久鬱，以致身目俱黃——請問我斷得可對？」

橙宇不耐煩道：「嶺南氣候潮濕，濕熱之症十分尋常，我這病已有一二十年了。」唐蒙道：「那麼此症的飲食宜忌，左相也是十分清楚嘍？」橙宇道：「忌食蔥薑、桂圓、茱萸、海味等等，怎麼了？」

唐蒙拍手笑起來：「果然是這樣。我適才讓甘蔗去熬粥，其實不完全是依照甘葉的方子，裡面還多加了一樣東西。」

橙宇臉色驟變，右手不由自主地捏住喉嚨，想要嘔吐。趙昧見狀，把那個倒楣的宮廚叫過來，厲聲問怎麼回事，那宮廚嚇得面無人色，反覆說他全程親自操作，絕無下毒可能。趙昧追問，粥內除了稻米與壺棗，還有什麼特別之處？宮廚顫聲道：「唯一和尋常不同的工序，是甘蔗姑娘讓我們取來三十枚新鮮的牡蠣，上甑蒸透，然後把每一枚裡的汁液倒出來，放入粥中。」

趙昧眉頭一皺：「你沒覺得奇怪？」

「回稟大王，這種取汁之法，在閩越國也是有的，喚作『蠣燉』。牡蠣受熱，會自行分泌汁液。汁液蓄積殼內，反過來又把牡蠣肉燉煮一番，盡取其中風味，是佐餐的上品。」

「哦，怪不得剛才喝的時候，多了一絲鮮味。」趙昧臉上浮現一絲回味。可他隨即板起面孔，向唐蒙怒道：「唐副使，你明知橙丞相有黃疸之症，卻給他的粥裡加入海味，是打算害死他嗎？」

「不敢，不敢。」唐蒙擺手，「橙丞相身邊常備解藥，怎麼會出問題呢？」他一臉輕鬆地走到橙宇面前，向那侍從討要竹筒。

侍從怯怯看向橙宇，橙宇冷哼一聲：「給他，看他有什麼花招！」唐蒙接過竹筒之後，從裡面倒出一撮黃色粉末，嗅了嗅：「若我猜得不錯，這應該是龍膽草粉，治療濕熱黃疸有奇效，對不對？」

「不錯。老夫有病，所以身旁常備此藥。大酋知道，右相也知道，整個朝野誰都知道，這算什麼真相？你今日若不說出個道理，罪名裡就要加一條謀害重臣！」橙宇蓄積著怒火，一旦唐蒙露出破綻，就會傾瀉而出。

唐蒙不慌不忙：「據我所知，嶺南只有西邊的桂林郡才產龍膽草，而且品質不佳。橙左相身分貴重，肯定看不上這等貨色。這龍膽草粉氣味濃烈，藥性十足，恐怕用的是夜郎國的六枝龍膽草吧？」

橙宇沒承認，但也沒否認。唐蒙突然變換了語氣：「而番禺港市舶曹的文牘記得分明，整個西南亭，能進口夜郎六枝龍膽草的，唯有莫毒商鋪一家而已！」

唐蒙沒有給眾人留出更多思考空間，繼續道：「我前幾日為了尋找蜀枸醬的來源，找到了莫毒商鋪。一進門，管鋪正在研藥，那味道十分熟悉，與我在橙左相身上聞到的味道完全一樣。」

橙宇忍不住大聲道：「我有病，他有藥，正常買賣而已，難道還犯法不成？」

「買藥是不犯法，可包供就不尋常了。」唐蒙抬眼，「我在莫毒的帳簿裡，可不是只找到那枚塗改了到貨日期的蜀枸醬契簡，還看到了一枚龍膽草的契簡，上面寫得清清楚楚——包供橙府。」

橙宇的怒氣，一下子凝滯在了臉上，他感覺到有許多視線投到自己身上，冰冷且狐疑。

包供的意思，是只供一處，餘者不賣。除非商鋪與買家有極深的關係，否則極少會這麼做。此前唐蒙已經有言在先，莫毒商鋪的東家，殺死武王的嫌疑最大。如今他揭破了兩者的包供關係，其意不言自明。

「倘若單純只是毒死武王，任何時間都可以。凶手煞費苦心，逼迫莫毒商鋪修改到貨日期，非要在那一天將下好毒的枸醬送入獨舍，原因只有一個：他知道那一天，他也會去見武王，可以順手在粥碗裡投入一枚棗核，把整個局面營造成一個意外。」

唐蒙至此亮出了最致命的一擊，直接把洶湧的潮水引向了最初的質疑者。

趙眛父子怔怔看向橙宇，眼神變得複雜。呂嘉並沒有第一時間跳起來發難，而是在原地沉吟不語。這時候不需要再說什麼，沉默會讓事態發酵得更快。隨著大殿內安靜的時間越來越長，橙宇發現，身後的官員們紛紛不動聲色地向後挪，反而將他孤立出來。

橙宇面頰上的疹子愈加紅豔，最好的六枝龍膽草也壓制不住濕氣發作。他起身上前，對趙眛道：「大酋，我家與莫毒商鋪，只有這一味藥材的包供，純為治病而已，不涉其他。不信您可以調莫毒的契簡來看，也可以來我橙氏府上徹查，可不能聽信漢使的挑撥離間！」

見老頭一臉可憐巴巴的表情，趙眛微微有些心軟。這時趙嬰齊拽了拽他袍角，輕聲道：「父王，此事還有不明之處，不可早早下定論。」橙宇像看到救命稻草一樣，連連點頭。趙眛看向自己的兒子：「你有什麼主張？」趙嬰齊道：「您莫忘了，武王去世之後，仵作是檢查過的，並無中毒跡象，似與唐副使所說的被枸醬毒殺相矛盾。」

趙眛恍然，看向唐蒙。唐蒙嘿嘿一笑：「殿下與世子英明，枸醬裡面確實沒有毒。」是言一出，殿內又是一片譁然，很多人的心臟，無法承受這種百轉千折。

不料唐蒙道：「但這不代表枸醬裡沒有害死武王的東西。要知道，食物有宜有忌，養人亦能害人。比如說……左相日常服用的龍膽草，乃是大寒之物，倘若心弱之人誤食，可致心力衰竭。」

他沒有往下說，殿上之人都反應過來了。怪不得仵作查不出毒發痕跡，武王一個百歲老人，又罹患心疾，吃了龍膽草粉，自然抵受不住，心衰而死。難怪他臨死前的動作，是緊抓住胸口。

這也解釋了為何任延壽試膳時沒反應。這根本不是毒，而是藥，一個壯年人和一個老人吃下去，自然效用不同。

「不對，任延壽嘗不出來，難道甘葉也嘗不出來嗎？」橙宇大叫。

唐蒙舔了舔舌頭：「這就是凶手為何一定要把龍膽草粉摻在枸醬裡。因為枸醬味濃，可以遮掩龍膽草的苦味，這在庖廚裡被稱為『壓味』，以酒壓腥，以酸壓鹹，以香去澀，蓋是同理。」

這時趙嬰齊雙眼發亮，失聲道：「我知道了！這就是任延壽和甘葉被殺的緣由。倘若有人對粥起了疑心，問起這兩人，也許會發現真相。」

唐蒙讚許地點了點頭：「世子睿見。中車尉橙水曾經跟我提過一個細節，說任延壽回去任家塢之後，一直抱怨嘴裡發苦，不停喝酒。如今想來，這大概是吃過龍膽草粥的反應。」

橙宇倏然瞪圓兩隻黃眼，指著唐蒙唾沫橫飛：「放你的狗屁！橙水乃我橙氏子弟，怎麼會跟你說這些！」唐蒙道：「真的，我倆在勘察獨舍時，他親口講給我聽的。」

橙宇冷笑：「橙水都跟我講過了。你們勘察獨舍時，只談到了枸醬，根本就沒提龍膽草的事！」他話剛說完，忽然發現唐蒙胖乎乎的臉蛋抖了一抖，似乎笑得很開心，一種不祥的預感湧上心頭。

「哦，橙左相也知道，我在獨舍不是去埋巫蠱人偶啊。」

橙宇眼前一黑，感覺到一陣強烈的暈眩。這個混蛋幾乎每一句話，都是圈套，一個套一個，比山間藤蔓纏繞更複雜。他被前面一大通辯駁繞暈了頭，完全忘記了唐蒙來到阿房宮的初衷，正是要辯白巫蠱之事。

可憐橙丞相一不留神，就親口否定了自己指控唐蒙的罪名。

唐蒙不動聲色地補充道：「我在獨舍調查時，卻突遭橙水襲擊，栽贓我埋設人偶，行巫蠱之事；後來我僥倖逃走之後，又去了莫毒商鋪調查，結果再一次被橙水襲擊。這次他不光抓了我，而且封存了莫毒商鋪的帳簿和人員──不知這些事，殿下是否都知道了？」

這時黃同從佇列最末端站出來，忐忑不安道：「此事我可以做證。他從監牢逃出來之後，是我陪他去的莫毒商鋪。」

南越王趙眛的臉色越發難看起來。這些事情，聞所未聞，橙氏這是背著他做了多少事？他投向橙宇的眼神，變得銳利起來。如果說之前唐蒙指控橙宇是凶手時，他還只是將信將疑，這一樁巫蠱栽贓之事的揭穿，讓橙氏的信用徹底崩塌。

前面橙宇花了多少力氣渲染這樁巫蠱案，現在就有多少力氣反噬回來。

「橙水何在？他一個中車尉，為何今日議事不來？」趙昧大吼道。

橙宇臉色頓時有些尷尬：「呃，這個，橙中車尉在執行公務時出了意外，數日前身故了。」

趙昧和呂嘉看向橙宇的眼神，更不對勁了。如此重要的一個人，偏偏在大議之前意外身故，實在太可疑了，這可不是簡單用「巧合」就能搪塞過去的。

這時唐蒙大袖一擺，輕聲道：「小臣向殿下申明，橙水之死，絕非橙丞相所為。」

眾人一陣驚訝，怎麼他又開始替橙氏說話了？只有橙宇不敢接話，生怕又是一個坑。唐蒙道：「他的死亡，純屬意外，因為我當時就在旁邊。橙中車尉把我押去幽門，其實是想談一筆交易。」

趙昧眉頭一皺：「為何他不在宮中審你，反而跟你私下談交易？交易什麼？」

唐蒙知道火候到了，微微一笑：「此事說來話長，容臣從橙水、黃同與任延壽三人結義說起。」他看了眼站在隊伍末尾的黃同，娓娓道來。大殿之內鴉雀無聲，無論君臣都聽得格外仔細。

「……拋開黃同與橙水之間的關係不說，他們兩人與任延壽的情誼，都極為深厚。所以在我發現任家塢的真相後，耿耿於懷的橙水也著手展開調查，決心找到殺害他兄弟的真凶。橙中車尉比我更熟悉南越情形，今日我在這裡展現給諸位的結論，相信橙中車尉不難得出同樣的結果。」

「你又怎麼知道?!」橙宇試圖反駁。

「因為他做的這些調查，都是私下進行的，此即明證。」唐蒙輕聲回了一句，「我曾問過橙中車尉兩次，武王忠誠、兄弟情誼、家族利益這三道菜，他最想先吃哪一道？您猜他怎麼回答的？」

他講得繪聲繪色，眾人紛紛豎起耳朵，等著下文。唐蒙停頓片刻，把胃口吊足，這才回答：「第一次是在進莫壽商鋪之前，我提出這個問題，橙中車尉回答得毫不猶豫，說武王、延壽與橙氏皆是南越人，國利即為家利，三者本為一體，談何先後。」

趙眛和橙宇俱是微微頷首，橙水這個回答，可謂得體。趙嬰齊忍不住問道：「那第二次呢？」

唐蒙道：「第二次是他把我帶去幽門之前，逼問真相。我反問他這一句，這一次他卻惱羞成怒，拔刀要殺我。諸位可知緣由？」他有意拖長了聲音，直到眾人眼神裡有了反應，才繼續道：

「因為他彼時做過調查，隱約觸摸到了真相，發現這三者彼此之間是衝突的，忠義、情誼和利益之間，他只能選一個。橙中車尉那麼熱愛南越，根本沒法抉擇，只好偷偷逼迫我說出更多線索，試圖找出一個能三全其美的理由，好解除他內心的糾結——很可惜，並沒有。」

在場的人都聽出來了，只有橙家利益與南越利益發生了衝突，橙水才會如此糾結。他每一句都在說橙水，但每一句都直指橙宇。

橙宇僵立在原地，除了滿腔惱怒，更多的是不解。明明這個可惡的胖子全無真憑實據，滿嘴破綻，可這一路辯下來，怎麼反而是自己的陣勢一步步崩壞？

眼看趙眛的臉色越來越難看，橙宇突然一個激靈。對了，對了，這不是公堂審問，而是御前大議。要爭的不是道理，而是氣勢，是君心，這明明是自己最擅長的招數。

念及此，橙宇決定不在這些細節上糾纏。他挺直身軀，試圖握緊拐杖，一下子沒站穩，差點倒在地上。隨從連忙伸手要去攙扶，卻被他揮動拐杖趕開，他倔強地一步步走到趙眛面前，整個人彷彿蒼老了十幾歲：

「大酋明鑒，小子得蒙武王青眼，從一介鄉蠻土著提拔入朝，授官予爵，一直銘感於心。武王對小子，對橙氏，對土人，有開化再造之恩。沒他的刻意栽培，便沒有我橙氏今日之局面。沒他的呵護，便沒有我土人今日之興旺。若說對漢使栽贓陷害，我認！那是為了維護我南越國格；但若說我害武王他老人家，絕無可能。就算我不是君子，不喻於義，只喻於利。那麼試問武王去世，於我土人又有什麼利？」

他的聲音嘶啞，雙目噙淚，不知是真情有所流露，還是演技拔群。趙眛聽到這裡，似乎又有動搖。而趙嬰齊和其他大臣也陷入沉思。橙宇說得沒錯，土人是在武王治下崛起的，何必冒偌大的風險去殺害武王？根本沒有理由啊。

莊助和呂嘉對視一眼，同時微微頷首。現在的大議已從討論細枝末節，上升到了族群國策的高度。唐蒙已經完成了任務，接下來該是更高層面的對決了。

呂嘉輕咳一聲，正要講話，不料唐蒙居然又回到大殿正中，大大咧咧地站在那裡，對趙眛道：「橙丞相的疑問，在下知道答案。」

呂嘉頓時尷尬起來。

「你說什麼？」趙眛表情凝重。

「請大王調武王死亡的爰書一閱，答案就在其中。」

呂嘉眼皮急跳，恨不得親手把唐蒙揪下來。你已經成功擊垮了橙宇的信譽，不要節外生枝了！

可惜為時已晚，趙眛已開口吩咐，命令殿中侍者迅速去取爰書來。不料這時唐蒙又提出一個匪夷所思的要求：

「這份爰書，不可在阿房宮內宣讀。還請殿下與諸位移步獨舍之內，方才武王一靈不昧，感應相召。」

這個要求，引起一片譁然。好好的大殿議事，怎麼又要改到那個荒廢的獨舍裡？所有人都不知這唐蒙到底要幹麼。就連莊助也滿心疑惑，這傢伙之前可沒提過這個，他難道真要搞楚巫那一套，現場來個招魂祭儀不成？可千萬不要弄巧成拙啊。

但疑惑歸疑惑，殿上每一個人都不敢提出反對意見，甚至橙宇也硬氣道：「好，就去獨舍！武王在天有靈，斷不會讓奸人陷害南越忠良！」

於是這一大群人離開阿房宮大殿，前往獨舍，只苦了那些侍者，又得臨時打起傘蓋為南越王遮陽，又得為那一干重臣提前開道清掃，忙得不可開交。

唐蒙一個人坦然走在路上，沒人敢在這個時候靠近，生怕被猜疑。只有甘蔗亦步亦趨地跟著，她的手裡抱著一罐壺棗睡菜粥，那是唐蒙讓她帶上的。小姑娘咬著嘴唇，雙眼發亮，她雖聽不懂之前那些艱深論辯，但勢頭還是能察覺到一些的。

這一百多人浩浩蕩蕩地進入獨舍園囿。這裡荒涼依舊，與之前沒有半點區別。他們把那間老房子前的空地擠了個水泄不通，級別比較低的官員，只能退到更周邊的枯棗林中。

待得所有官員都站定之後，爰書也已送到了。趙昧和橙宇、呂嘉三人先依次檢驗一番，這爰書裡包括了武王的屍檢細節及相關人士的證詞，封泥處蓋有橙宇和呂嘉的大印，代表官方認可。

三人確認無誤之後，唐蒙接過去，敲開封泥，挑出其中一簡，交給趙嬰齊：「請世子大聲讀出。」

趙嬰齊先是莫名其妙，低頭一掃簡上文字，登時有些面紅耳赤。但他還是大聲念起來：「吾兒孫不濟，乃祖之憂，今知之矣。」

在獨舍前的群臣，紛紛露出尷尬的神情。這是趙佗去世當晚會見橙宇、呂嘉兩人之前，對任延壽說過的話，後者如實彙報，也被如實記錄在爰書裡。唐蒙之所以請趙嬰齊讀出，正是因為他是唯一適合讀出來的人。

但大家更好奇的是，唐蒙單提起這一段話，是什麼用意？

這傢伙從開始議事時，便句句為營，所有廢話和漫不經心的舉動，無不暗藏心思。也沒人敢跳出來質問，都安靜地等著他往下說。

唐蒙環顧四周，沉聲道：「武王年歲已高，仍舊心憂國事。從兒孫不濟四個字中可見，他最擔心的，就是繼任者不能把自己的基業經營下去。」

唐蒙說到這裡，停下來向趙眛行禮致歉。趙眛並不氣惱，反而抬了抬袖子：「我比祖父差遠了，又有什麼好掩飾的？唐副使儘管暢所欲言。」唐蒙這才繼續道：「武王有這種擔憂，實屬正常。但諸位仔細想想，為何他要對任延壽講？又為何特意提到其祖先任囂？」

任囂讓位給趙佗這段掌故，南越人人皆知。趙佗如今這麼說，莫非也是有讓賢之意？

唐蒙毫不避諱地把這層意思點了出來：「武王如此說法，未必沒有效法任囂當年的心思，關鍵是——他若是當年的任囂，誰是當年的武王？」

群臣面面相覷。當著趙眛的面，這問題不能回答，也不好回答。但大家心裡都在琢磨，無論是呂嘉還是橙宇，比起當年趙佗在南越的威望，都差得太遠，而其他人更沒資格。

「諸位想想就行了，不必說出來。我替你們講出答案。」唐蒙一揮手，「論睿智，論謀略，論胸襟，整個南越，根本沒人有資格接替武王，鎮守嶺南一方。」就在眾人微微鬆了一口氣時，唐蒙話鋒一轉，「……但倘若放寬視野，不限在南越一地呢？」

橙宇像被人用燒紅的鐵鉤捅了一下屁股，跳起來大吼道：「放屁！又是內附漢朝那一套陳詞濫調！大酋，臣生死無所謂，切不可中了這傢伙的圈套！」唐蒙似乎退縮了，抬起雙手：「好，好，我們且不說這個，只說說這罐壺棗粥好了。」

他伸手一指，讓甘蔗把那個陶罐高高舉起。

眾人面面相覷，開始他們以為，這粥是為了證明武王不是被棗核噎死的；然後又發現，這粥是為了誘發橙宇的濕症，證明他和莫毒商鋪的關係；現在唐蒙第三次提起這粥，難道裡面還藏著什麼名堂不成？

「南越並不產壺棗，為何武王如此嗜好壺棗粥？以至於每晚都要喝上一碗？」唐蒙發問。這次主動回答的是趙昧，他與武王關係親厚，最有資格：

「他老人家跟我說過，說真定那地方苦寒窮僻，不像嶺南物產豐富，想吃甜的，唯有壺棗。他小時候只有趕上生病，母親才會專門熬一釜壺棗睡菜粥。他老人家說，只要一喝到這口粥，整個人就暖洋洋的，彷彿又見到了母親一樣。」

唐蒙道：「倘若只是喝壺棗粥，直接從大漢進口乾棗就可以了。為何武王還要大費周章，派人去真定運回棗樹，在獨舍附近種植？」他說完看了一眼站在隊伍末端的黃同，後者的命運，正是因為那一次運樹行動而徹底改變。

趙昧愣了愣：「自己採摘，總比進口方便一點吧？」

「可南越明明風土不同，棗樹難活，如今還有幾棵健在？」不必唐蒙多說，他們身邊的那些枯樹就是明證。

「那我再問殿下，武王臨終那幾年，為何放著華麗的宮殿不住，偏要來這破舊的獨舍待著？」

這一次，趙昧沒有回答。唐蒙把視線轉向橙宇、呂嘉和其他人，每個人都保持著沉默，最後只有趙嬰齊怯怯地答道：「因為武王思念故土，所以模仿家鄉風物，以資懷念？」

「不錯！」唐蒙道：「那請問世子，武王為何思念故土？」

這下子趙嬰齊就答不上來了。唐蒙輕輕嘆了口氣：「我告訴你們吧。武王這麼做，只因為兩個字：孤獨。」

眾人聽到這兩個字，無不一陣錯愕，很多人以為聽錯了字眼。呂嘉忍不住道：「唐副使，你這話未免荒謬。整個南越王宮有幾千人，王室宗族同住者百餘人，世子世孫晨昏定省，我等宮外群臣也時常覲見，未敢有片刻懈怠，談何孤獨？」

唐蒙道：「呂丞相你與橙丞相覲見武王，是因為你們是臣子；殿下和世子拜謁武王，是因為他們是兒孫；南越王宮幾千人，都是他的臣民與奴僕。你們人人皆有求於他，聽命於他，唯獨不是他的……朋友。」

他見眾人眼神中猶有不解，揮動一下手臂：「武王壽數綿長，非常人可比，可身邊的人沒這個福分。他老人家活得越久，身邊的熟人就越少。當年的戰友、曾經的同伴、一起從真定出來的老鄉，一個個地凋零、老死。他想說說話，懷懷舊，已經找不到人來分享。身邊的人越來越多，但你們無論秦、土，皆生於嶺南，長於嶺南，遙遠的北土是何模樣，你們見都沒見過，怎麼跟他老人家聊？」

說到這裡，唐蒙環顧四周，隨便選中一個秦人官員道：「你可見過，漫天飛雪是什麼樣子？」秦人官員有些驚慌地點了一下頭，又搖了搖頭，解釋說聽過聽過。唐蒙又點中另外一個土人官員：「你呢？可曾見過春暖花開、河流解凍？」土人官員「呃」了一聲，不敢多言。

唐蒙轉回趙昧面前：「請殿下想想看，一個耄耋老人，面對著洶洶人群卻無話可講，滿腔思念無人能懂。偌大的宮殿裡，連個聊舊事的人都沒有，這豈不是最可怕的孤獨嗎？」

趙昧的胸口明顯起伏，情緒也隨之激動起來：「確實，武王有時候會跟我講從前的事，我不太懂，只能禮貌地聽著。他應該看得出來，經常發脾氣說不講了不講了，原來……原來竟是這樣……」

唐蒙忽然又看向莊助：「莊大夫，請問大漢遣使來南越，一共幾次？」

莊助一愣，脫口而出：「近三十年來，一共十四次。」

「每次使者前來，會在南越逗留多久？」

「少則三月，多則半年。」

唐蒙這次把視線放在呂嘉身上：「每次漢使來，是否武王都要挽留在宮中，時常召見？」

呂嘉點頭道：「不錯，武王重視邦交，向慕大國，如此是以示敦睦之意。」

唐蒙嘲諷地搖了搖頭：「哪有那麼多國家大事，要相談那麼久？因為對武王來說，使者是家鄉來人，可以陪他聊聊中原風土啊。」

呂嘉和橙宇俱是一哆嗦，而趙昧已忍不住道：「我有幾次陪侍在側，確實他與漢使只是拉拉家常，幾乎不涉及軍政大事。」

「其實……豈止漢使這一件事。為何他要大費周章，從真定運回壺棗樹苗，又在棗林裡建起獨舍？只因為在這裡，他才能假裝回到了家鄉，稍解孤獨；為什麼他對死在涿郡的黃同祖父如此憤怒，為什麼對狐死首丘四個字反應那麼大？因為他的內心，分明是有些欣慕；為什麼不許那幾個老秦兵返回中原省親？因為他害怕，害怕他們這麼一走，自己將陷入徹底的孤獨——你們做臣子做晚輩的，難道從來沒有覺察嗎？」

這一連串的感慨澎湃吐出，如珠水潮湧，將全場都浸沒在沉思的水下。

「他風燭殘年之際，你們每次去獨舍，總是談著自己的事，根本沒人能體察到，他一個老者的孤獨與悲涼。你們把他當神一樣敬奉，卻從來不把他當一個老人去理解。」

唐蒙伸出手去，猛地拍了一下身旁枯樹的樹幹，殘存的幾片枯葉飄然落下：「想想看，武王百歲之後，舉目整個南越，皆是臣民，再無一人可以開懷暢談，他能怎麼辦？只能開設獨舍，移植棗林，聊以自慰，這何等寂寞，何等孤苦！你們還記得白雲山下專為武王製醬的老張頭嗎？已經沒人買他的醬了，他還是堅持做那麼鹹的東西，因為那是他生命中唯一熟悉的東西了，武王也一樣。」

一邊說著，唐蒙一邊走到甘蔗跟前，把那罐壺棗粥高高舉起：「食物至真，映照出的是人的本心。這粥對南越國其他所有人，只是一罐粥，對武王來說，卻是僅存的慰藉。他夜夜食粥，是因為日日內心都孤獨至極，希冀能從這粥裡，找回一點點家鄉的記憶啊。」

他激動的聲音，迴盪在整個園囿之中。趙眜聽得淚流滿面，用衣袖不住地擦著眼角，連聲呢喃著：「孫兒不孝，孫兒不孝……」

這時橙宇一聲斷喝：「你說得好聽，武王既然這麼懷戀故土，為何還要頒布轉運策，禁絕北人入境？」

「人的意志，會隨著身體的變化而變化。當年任囂健康之時，也沒考慮過交權給武王，直到病入膏肓，才被迫託孤，對不對？十六年前，武王尚算康健，自然有他的考量，可隨著年老體衰，意氣衰減，所以才會對任延壽發出那麼一句感慨——乃祖之憂，今知之矣。任囂臨終前的考慮，我也能體會到了。」

「所以武王到底什麼意思？」趙眛急切道。

「普天之下，能讓武王放心把南越交託出去的，還能有誰呢？」唐蒙道。趙眛周身一震，他再愚鈍，也聽出了答案的意思，雙眼下垂，慌亂地喃喃道：「難道……難道這才是武王的意思？」

唐蒙說到這裡，緩緩把視線對準了橙宇：「我不知道武王的這個想法，是何時萌生的。我只可以確定一點，武王的心思轉變，對某些人來說，是一個極大的打擊。尤其是到了那一夜，某些人大概覺得再不動手，只怕無法挽回……」

趙眛強抑住驚惶，身子前探：「兩位丞相，那一夜，武王到底跟你們議的是什麼事？」

橙宇還沒回答，呂嘉搶先伏地道：「武王所議，乃是轉運之事。」

呂嘉說得含糊，但結合之前唐蒙那一番感慨，任何人都能聽出暗示。

轉運策已持續了十六年，武王突然召集兩位重臣連夜商議，莫非是心境有了大變化，要改弦更張？橙宇怒不可遏：「呂嘉你這個混蛋，簡直胡說！」呂嘉一捋鬍鬚：「難道不是？」橙宇吼道：「是這些事，卻不是你說的這個意思！」呂嘉同情地看了橙宇一眼，根本不屑辯駁，默默退開。

橙宇的臉色從紅至白，又從白至青，密密麻麻的疹子鼓到幾乎要爆開。他發現自己仍未從唐蒙的陷阱中掙脫。那傢伙根本不是在辯駁，而是在一步步營造著情緒，在心理上持續做著暗示。一旦形成了氛圍，任何事情都會黏在上面，有如一團漁網，看似全是漏洞，實則難以掙脫。

橙宇終於想明白了，不能被唐蒙牽著鼻子走，那只會越來越被動，只能從最根本的動機上去否定對方，於是他揚聲質問道：「你一個漢使，瞞過南越所有人，偷偷跑去獨舍調查武王，目的何在？」

唐蒙咧開嘴，露出一個單純的笑容：「我說我是為了蜀枸醬，你信嗎？」說完之後，他衝趙眛深施一禮：「臣一面之詞，揣測而已。至於是非曲直，還請殿下親自審驗。」說完一甩袍袖，站回甘蔗身旁。

「你……」橙宇大怒，正要訓斥，趙眛已冷下臉，徑直拔出佩劍，看也不看橙宇，直接對呂嘉道：「呂丞相，請你派人去莫毒商鋪查封帳簿、收押相關人等，一定要給本王徹查到底！敢有阻撓者，有如此案！」

一道銳光閃過，趙昧面前的桌案登時缺了一角。這位南越王，還從未如此果決過。

呂嘉面無表情，拱手稱是，轉身對呂山吩咐了幾句，後者立刻離開大殿。直到這時，趙昧這才轉過臉來，對橙宇淡淡道：「左相，茲事體大，本王不會輕信任何一方的言語，需要徹查才好。您身體有恙，暫且先回府休息吧。」

話雖這麼說，可趙昧居然讓呂氏去查案，傾向已極為明顯。橙宇知道此刻說什麼都沒用，一挺胸膛，席地而坐，雙手掌心朝上攤開：「老夫不走！老夫從沒有加害武王，問心無愧！我今天就在這裡等著，看他們能從莫毒商鋪查出什麼來！」

這是嶺南部落的辯罪習俗。誰若被指控有罪，就會擺出這樣的姿勢，當著整個部落辯白，即使是酋長也不得干預。趙昧既然被土人尊為大酋，也只能按這個規矩辦事。

被橙宇這麼一硬頂，誰也不敢離開。眾人被炎熱的日頭曬得有些發昏，又不敢進那老屋，只好分散到一棵棵棗樹下。可惜棗樹早已枯萎，再沒辦法為他們遮蔽豔陽了。

莊助走到唐蒙面前，興奮幾乎遮掩不住。這次不光絕地翻盤，把橙氏幾乎扳倒，還在眾目睽睽之下確認了趙佗臨終前的政治傾向。以趙昧對祖父的亦步亦趨，再加上呂嘉作為盟友的配合，接下來國策必會變化，這可比在五嶺之間尋一條通路更有價值。

「唐副使，沒想到……你還是個縱橫家啊。」莊助真心實意地稱讚道。唐蒙大病初癒，一口氣講了這麼多話，有點虛弱，只得無力地對莊助點了點頭。莊助也知道他的狀態，一拍胸膛：「你好好休息，接下來的談判，就交給我好了。」

他一整衣襟，闊步走向呂嘉。這時候一定要趁熱打鐵，敲釘鑽腳，把大事定下來。

呂嘉今天格外安靜，即使眼見宿敵吃癟，也不見他有任何激動，他就那麼平靜地站著。直到莊助走到跟前，呂嘉才睜開眼笑道：「沒想到漢使之中，竟還藏著這等犀利人物。老夫真是看走眼了。」

莊助此時正在興頭上，不計較他話裡的隱隱挑撥，對呂嘉道：「接下來可要倚仗呂丞相了。」呂嘉頗有深意地看了他一眼：「現在？不再等等？」莊助道：「我等在南越的時日有點長了，怕陛下等著著急。」

他與呂嘉早有約定，如今橙氏將倒，那麼受益最多的呂氏，也該有所回報才是。呂嘉捋鬍一笑，從容說道：「也好，總不能功勞都讓外人占去，倒顯得我等無能了。」

趙昧正半靠在老屋牆壁上，伸手用力揉著太陽穴，剛才那一番刺激，恐怕他的失眠更嚴重了。趙嬰齊小心地端著一碗庖廚剛送來的蜜水，站在旁邊伺候。

呂嘉走上前去，跪倒在地，剛才還從容不迫的神情，突然間變成淚如雨下：「我等無能，竟不知武王臨終之前是這般心緒。我們做臣子的，疏忽如此，實在是有愧於武王，也有愧於王上。」

趙昧用袖子擦了擦眼睛，也是淚流不止：「別說你們，連我這做孫子的，都體察不到他老人家的苦衷，實在不孝，不孝啊。」他哭了一陣，對呂嘉道：「別的先不說，武王之靈，你看該如何告慰才好？要不要再去白雲山祭祀？」

呂嘉思忖片刻：「武王之憾，乃在懷戀故土，只在白雲山致祭，恐怕無濟於事。」他把視線轉向旁邊的趙嬰齊，頓了頓道：「世子年紀也不小了，不妨請他代表殿下，身攜武王靈位北去，到祖籍致祭，如此，方可以告慰祖靈。」

聽到這個提議，在一旁伺候的趙嬰齊手腕一哆嗦，差點把蜜水碗打翻。

呂嘉所言，可不光是致祭的問題。南越王的世子若去真定拜祭，必得大漢朝廷批准才行，而且去了真定，肯定還得去長安向皇帝致謝。這個提議，本質上就是送世子去長安做人質，只不過換了一個更加「孝順」的說法罷了。

莊助站在唐蒙身旁，一直望著那邊。只見呂嘉不時頓首，似乎不停地在講話，趙氏父子偶爾插上一兩句話，態度不甚激烈，可見談得頗為妥順。趙眜性格柔弱，並沒有什麼明顯傾向，趙嬰齊更是心慕中原，只要扳倒攬風攬雨的橙氏，便沒什麼障礙了。

想到這裡，他整個人終於放鬆下來，這時才注意到，自己的內袍已然溻透，極少出汗的身體，在剛才居然遍體沁汗。

呂嘉很快就談完了，回到莊助身前。莊助問如何，呂嘉穩穩一笑，只說了四個字：「幸不辱命。」莊助雙眼發亮，一份偌大的功勳，浮現在眼前。他轉過頭去，看向那位真正的功臣，發現他正背靠著棗樹，啜著蜜水。

這蜜水是宮廚送來的，卻被甘蔗搶著端過去，還小聲對唐蒙說：「他們這裡的蜜水調得不好，等下出去，我給你弄點好喝的。」唐蒙知道這是小姑娘表達欣喜的方式，摸了摸她腦袋道：「你阿姆這次總算清白啦，等此間事了，去莫毒商鋪問明白你父親的下落。到時候轉運策一廢，他就能來南越跟你團聚啦。」

甘蔗對轉運策是什麼懵懂無知，這一句「團聚」卻聽得明白。她雙手捧著的水杯裡出現了漣漪，一圈一圈，在小小的杯裡歡欣地震盪開來。

就在這時，殿外忽然傳來噔噔噔的腳步聲，聽起來急促無比。就在眾人紛紛把頭轉過去時，那腳步聲已經到了殿口。

呂山神色惶然，匆匆直入獨舍，顧不得行禮，徑直跪下來，大聲對趙昧及呂嘉道：「啟稟王上，那莫毒商鋪……剛剛燃起一場大火。卑職趕到之時，已燒成一片白地。」

「啊？」

驚駭的聲音，從三個人口中同時發出。一個是趙昧，一個是橙宇，一個是甘蔗。

趙昧的驚訝是因為這太巧了。這邊剛要啟動調查，那間鋪子便離奇焚毀，裡面的人證與物證盡皆付之一炬。他看向橙宇的眼神，霎時冰冷起來，帶著凜凜如刀的寒意。

「怪不得橙左相如此篤定，原來如此，原來如此。」趙昧恨恨道。

之前他謀害了武王，又殺了甘葉、任延壽、齊廚子、莫毒的老管鋪滅口，如今竟然連整個莫毒商鋪都徹底焚毀，倒也是一而貫之的毒辣手段。

橙宇一時間瞪凸著雙眼，紅豔的疹子已鼓到極致，整個臉如同一條吸飽了血的水蛭一樣，腫脹猙獰。他突然站起身來，發了瘋一般衝向趙昧，嚇得趙昧向後仰倒，差點摔在地上。幸虧趙嬰齊及時覺察，擋在兩人之間。

與此同時，唐蒙感覺到，自己的胳膊被一股極大的、絕望的力氣抓住，一低頭，發現是甘蔗。小姑娘瑟縮著身子，驚慌地呢喃著什麼。唐蒙需要凝神，才能勉強聽到她的哭腔：「我怎麼去找阿公，怎麼去找阿公啊……」

是啊，只有莫毒商鋪的人，才跟夜郎那邊有聯繫。如今人統統死光，卓長生這條線豈不是斷了？唐蒙先前一門心思要扳倒橙氏，忽略了他們狗急跳牆毀滅證據的可能。他暗暗罵自己太粗心，趕緊整理思路，忽然耳畔響起橙宇一聲大吼：

「既然沒了證據！憑什麼說我橙家是莫毒的主家？也可能是他呂家的產業啊！」

橙宇開始胡攪蠻纏，到處亂咬。可他這個論點，一時倒也難以反駁。橙氏是南越大族，如果拿不出一個確鑿罪證，南越王也不好處置。

唐蒙正冥思苦想，看有什麼反擊之策，這時一個意想不到的人越群而出，揮舞著雙手大喊道：

「有證據！我有證據！」

眾人定睛一看，居然是甘蔗。這小姑娘臉上的淚水還沒擦淨，就這麼涕淚交加地衝出來。唐蒙一驚，正要伸手去拉，卻見甘蔗從懷裡掏出一個小白罐，高舉著晃動：「我阿公用來盛蜀枸醬的陶罐，顏色偏白，和南越本地產的質地不同。我家裡攢了很多，一個都捨不得丟棄。」

她說得有點亂，聲音也帶著哭腔。趙昧還沒反應過來，趙嬰齊、呂嘉與唐蒙卻同時一驚。

對啊，莫毒商鋪每次捎來三罐，其中一罐會送去東家那裡。這白陶罐頗為精緻，不至於用完就砸碎，極大可能被留作他用。只消去庖廚附近搜一搜，看有沒有這小白罐，一切便會真相大白。

凶手行事再周密，也斷然想不到遮掩自家庖廚，更來不及去銷毀白罐。

「好！搜我橙府也可！只是他們呂府也不能例外，要查大家一起查！」

橙宇看向趙昧，虎視眈眈。趙昧被黃玉虎目一瞪，頓時有些不知所措，這時呂嘉大袖一擺，趨前淡淡笑道：「呂山，你現在就帶人，去左相府上好好搜一搜！這次可不要疏忽了。」

橙宇先是冷哼一聲，隨即意識到什麼，瞳孔一縮，從中流淌出憤怒與驚懼，他一隻手指著呂嘉發抖。呂嘉冷笑：「左相放心，這次無論如何，都會給國主一個交代！」

是言一出，只見橙宇胸口劇烈起伏，體內情緒緊繃到了極點，突然一口殷紅血水從嘴裡噴出來，劃過一條弧線，直直潑灑到呂嘉的面孔上。呂嘉坦然受著，就這麼帶著一臉血汙，冷冷地看著橙宇整個人栽倒在地，沒了聲息。

他這一倒，獨舍之中瞬間變成一口沸騰的鼎鑊。所有的人都意識到，朝堂即將發生劇變，他們在喧嚷，在議論，在尋找著新的立足之地。在這一片喧囂之中，只有甘蔗懷抱著小白罐，孤獨地站在枯壺棗樹下，沒人在意這個瘦弱女孩。

就在這時，一隻大手抓住了甘蔗。

「走！」唐蒙啞著嗓子道。甘蔗茫然看向他，不知要去哪裡。唐蒙再一次狠狠一拽，語氣凶巴巴：「去碼頭！」甘蔗的雙眸倏然亮了起來。也許那邊還沒燒光，也許還有機會找到線索。

漢使拽著小醬仔，撥開紛亂的人群，朝著獨舍外面走去。不遠處的莊助注意到了這一幕，他皺了皺眉頭，卻沒有出言阻攔，因為呂嘉已經走了過來。

「算了，大事既定，由他去吧。」莊助拂了拂袖子，迎了上去。

唐蒙帶著甘蔗一路離開南越王宮，徑直衝到西南亭。他們根本不用分辨，只用循著沖天的黑煙去找，很快便看到一片漆黑的斷垣殘壁，靠近時仍能感覺到一股灼熱。這火燒得徹底，無論裡面藏著什麼，如今都不可能留下來了。

甘蔗絕望地看著這一切，肩膀輕抖。唐蒙卻一指碼頭邊停泊的貨船：「甘蔗你別急著哭，我們搞錯重點啦。要扳倒橙宇，需要莫毒商鋪裡的證據；但想要知道你阿公的下落，不用這麼麻煩，只要問問船上的水手不就行了？」

經他這麼一提醒，甘蔗才反應過來。莫毒商鋪常年跑夜郎那條線，同船水手一定也知道交接貨物的細節。他們日常都是待在貨船上，不會被商鋪起火所影響。

唐蒙走到碼頭前，看到莫毒商鋪的那條貨船已被衛兵們團團圍住。他上前亮出身分，向衛兵詢問船上的情況。衛兵已聽說了這位漢使的威名，不敢不答，恭敬回答說：「莫毒商鋪剛才把所有水手叫去商鋪商議工錢，結果一併燒死了。」

「啊？」唐蒙頓時覺得手腳冰涼，「怎麼這麼巧，偏偏這時候去商議，難道一個也沒剩？」

「是的，我們點驗過人數，所有人都去了。所以上頭讓我們把守空船，免得被別人偷了東西。」

唐蒙眼前一黑，這橙氏做事真是絕，一個活口都不放過。他忽然感覺到右手被鬆開了，一轉頭，卻看到甘蔗踉蹌地走到碼頭邊緣，面向著西南方向的浩淼水面，身軀晃了晃，整個人再也支撐不住，撲通一下跪倒在地。

沒有哭聲，或者說唐蒙聽不到。一個人哀痛到極點，失望到極點時，是哭不出來的。

唐蒙不敢上前相勸，這時任何寬慰都是虛偽的。他只敢隔開幾步站定，任憑自己淹沒在愧疚與失落之中……

# 第十四章

大議五日後。

一艘煊赫大船停泊在番禺港碼頭邊，大帆拉滿，即將朝著大庾嶺方向出發。

在碼頭之上，華麗的儀仗隊分列左右，鼓吹樂班的演奏仍在繼續。南越王趙眜站在最前方，不時在江風中咳嗽兩聲，萎靡的神色裡帶著濃濃的悵然，那是屬於一位父親的無奈。在他面前的青年，同樣露出依依不捨的表情。

南越王世子趙嬰齊，即將在兩位漢使的陪同之下，奔赴中原。他將代表南越王，把武王趙佗的牌位供奉在祖籍真定，以示純孝，然後還要前往長安，覲見大漢皇帝。隨同趙嬰齊前往的，還有黃同，他將作為侍衛陪同左右。

趙眜身後的百官隊伍，與以往不同。為首的只有右相呂嘉，左相橙宇因為濕病發作，積勞成疾去世。橙氏官員都去守靈了，不在佇列之中。連頭髮下垂的土人官員，都比之前要少很多。

在港口圍觀的南越城民們，對這個轉變還不太適應，但他們或多或少嗅到了不一樣的味道。官府對北人的敵意突然之間消退了，據說還抓了十幾個此前借機鬧事、搞出人命的無賴，於是他們也消停下來，一哄而散。

莊助一人站在儀仗隊之前。他身著長袍，風度翩翩，腰間更換了一把全新的漢劍，看起來整個人英姿勃發。不過面對南越君臣的，只有他一個人，另外一個使者此刻在碼頭另一側，正忙不迭地收著東西。

「喏，這是五個裹蒸糕，都已經蒸熟了，我用冬葉包好了。」

「這一兜子五斂子用蜜漬過，三天之內都不會壞，不過還是要儘早吃掉。」

「這幾個小罐子裡，是蟻醬和卵醬，你不是一直想吃沒吃到嘛。老張頭家的醬就算了，不給你拿。」

甘蔗絮絮叨叨，把一樣又一樣東西塞進唐蒙的藤箱裡，搞得後者哭笑不得：「好了好了，我已經吃了五個裹蒸糕了，真的吃不下了。」

甘蔗緊抿住嘴唇，手裡卻不停地往裡放。唐蒙見她那副樣子，忍不住嘆了口氣：「如果你有機會跟我去北邊就好了，我帶你去吃遍中原的美食。」

「可惜我要進宮做廚官呢。王上喜歡吃我阿姆做的菜，希望我女承母業。」甘蔗一撩額髮，語氣卻不甚興奮。

一聽這句話，唐蒙頓時不吭聲了。大事過後，呂嘉提議，任命甘蔗為南越王宮的廚官，算是王室對甘葉含冤而死的一點補償。本來唐蒙還打算申請帶她北歸，這麼一來，只好放棄。

「對不起……到最後我也沒能幫到你。」唐蒙囁嚅道。甘蔗卻伸出手去，拍了拍他肥嘟嘟的臉頰：「如果沒有你，我阿姆還是冤死的，我也還是個碼頭的小醬仔呢。」

「可我明明答應過，幫你找到你阿公……」

甘蔗看向珠水，眼神清澈：「我聽莫毒商鋪的人說過，珠水的上游，聯通著另外一條大江，枸醬就是從那邊捎來的。如果我阿公在江邊住的話，說不定阿姆能見到他。說不定她還會游回來，在夢裡說給我聽。所以啊，我不能離開番禺，中原離珠水太遠了，我怕阿姆找不到我。」

唐蒙望著甘蔗清秀的面孔，一時間心下淒然。甘蔗越是不提，他就越是鬱悶。這是食言之苦，也是無力之痛，更是來自過去的某種心結作祟。

甘蔗雙眼閃動，正要開口講話，這時黃同走過來，催促唐蒙送別儀式要開始了。甘蔗不甘心地轉動身子，終於還是失望地閉起嘴巴。

唐蒙拎起那一箱吃食，深吸一口氣：「我走了啊。」他伸手用力揉了揉甘蔗的腦袋，這才跟著黃同去儀式現場。

碼頭上的繁文縟節持續了足足兩個時辰，才算結束。莊助和趙嬰齊疲憊地回到船上，水手們駕輕就熟地掛起大帆，沿著來時的水路緩緩西去。

不過按照禮儀，兩位漢使和世子還得留在甲板上，直到大船離境為止。唐蒙注意到，趙嬰齊手扶船舷，面露哀傷，悵望著越來越遠的番禺大城，年輕人口中忍不住出聲吟道：

黃鳥黃鳥，無集於穀，無啄我粟。此邦之人，不我肯穀。言旋言歸，復我邦族。

黃鳥黃鳥，無集於桑，無啄我粱。此邦之人，不可與明。言旋言歸，復我諸兄。

黃鳥黃鳥，無集於栩，無啄我黍。此邦之人，不可與處。言旋言歸，復我諸父。

這是《小雅》中的〈黃鳥〉篇，乃是流亡異國不得歸鄉者的愁苦之歌。看來莊助在南越的文學教誨相當成功。世子已可以精準地選擇《詩經》詞句，來表達自己的心意。

趙嬰齊反覆吟誦，吟到後來，竟莫名開始流淚，不得不向兩位使者致歉，返回艙室之內。

莊助見學生如此，心中也有些鬱鬱。這時唐蒙走過來，手裡捧著兩個胥餘果，開口插著兩根蘆葦管，把其中一個遞過去。

莊助這次沒有嫌棄。兩人趴在船舷旁，默默無聲地吸吮了一陣，莊助忽然對唐蒙鄭重道：「這一次出使南越，我寸功未立，反倒是唐副使你居功至偉。這一次回長安，我會向陛下表奏你的功勞。」

「還是莊大夫你自己去吧，我得回番陽。離開太久，都不知那邊搞成了什麼樣子。」唐蒙淡淡道。

莊助並不吃驚，這傢伙素來胸無大志，是被自己拖來南越的，恐怕已煩到極限。他雙手舉起胥餘果，施以敬酒之禮：「多謝，抱歉。」

這四個字裡，包含了各種複雜情緒。唐蒙喝光手裡的胥餘果汁，擦了擦嘴：「我向來對仕途沒什麼興趣，反倒是莊大夫，立此大功，為何還是愁眉不展？」莊助哼了一聲，搖搖頭：「立什麼大功，咱們到底還是被呂嘉那老狐狸給耍了。」

唐蒙一陣愕然，南越王世子都老老實實交出來了，這不是談得挺好的嗎？

莊助嘆了口氣：「起初呂嘉承諾得好好的，橙氏一倒，他會撥亂反正，廢除轉運策，恢復對大漢的藩屬關係。可等到橙氏真倒了，他態度卻一下子變了，只談質子稱藩，廢策卻不置一詞。」

唐蒙勸慰道：「莊大夫不是說，本朝政策是守虛讓實嗎？南越王願意送來質子，也算一大勝利了。」

莊助恨恨拍了一下船舷：「我這一次出使南越，本意是鑿空五嶺，給大漢爭取到對南越的主動權。結果五嶺巍巍仍在，只帶了一個質子回去，心有未甘啊……你知道嗎？我向呂嘉要求他遵守承諾，廢除轉運策，開放國境給漢商。你猜他怎麼說？他說五嶺險峻，商隊轉運不易，此事容後再議。你看，又是拿五嶺來要脅我。可見五嶺天險不解決，無論送多少質子過來，也改變不了大漢與南越的態勢！」

莊助倒不是失敗的沮喪，而是未竟全功的遺憾。

「再者說，趙嬰齊是趙眜的兒子，又不是呂嘉的兒子，他送得當然慷慨！我到今天才算明白。他們呂氏付出什麼了？什麼都沒有！只藏在幕後說了幾句便宜話，扳倒了自家的對手，送走了別家的孩子，唯獨他們獲得轉運的大利。嘿嘿，橙氏倒台，趙氏割肉，呂氏得利，真是好算計。」

兩個人忽然之間，都理解趙佗生前把土人扶植起來，就是為了牽制秦人，避免威脅到王權。事實擺在眼前，橙氏一滅，呂氏立刻一家獨大，連趙氏都算計上了。以趙眜的暗弱性格，恐怕這南越日後，將是呂氏的天下，趙佗的擔心還是實現了。

莊助氣道：「唉，我原以為，秦人與我們漢人同源，應該心嚮往之。如今才想明白，什麼秦人土人，根本沒有分別，土人把咱們視為妖魔，惡言排斥；秦人呢，跟咱們虛與委蛇，賺著中原的錢，骨子裡與土人也沒什麼分別，連南越王都敢拿來算計。歸根到底，什麼族群之別，都是為了自家利益罷了！」

聽到莊助這句氣話，唐蒙的雙手突然一震，胥餘果沒拿穩，竟「撲通」一聲掉進水裡。

「怎麼了？」

唐蒙臉色有點發白：「我忽然想到，我在獨舍那一番推測，似乎有一個大疏漏。」莊助有些納悶，怎麼又提到這件事了？

「其實我當時就覺得古怪，橙宇最後那種憤怒態度，不似偽裝，而是發自真心。」唐蒙嚥了嚥唾沫。

「怎麼？你想說他是冤枉的？」

「莊大夫你剛才也說了。秦人土人本無分別，歸根到底，都是為了自己的利益。你想想，如果趙佗的立場轉向內附中原，對橙氏固然是災難，對呂氏難道不是嗎？橙宇有殺人的動機，難道呂嘉就沒有嗎？橙宇有謀害的條件，難道呂嘉就沒有嗎？」

莊助彷彿被蛇咬了一口，臉色急劇變化。

原本他有一個判斷，土人抗拒與中原交通，秦人支持與大漢修好。一切判斷，皆以這個前提展開。

可在呂嘉拒絕廢除轉運策之後，他深深體會到，這個前提是錯的。土人固然反漢，秦人也未必見得親漢，他們只想維持現狀，居中漁利而已。所以趙佗流露出了內附之心，起殺心的可不光是橙氏一家。

「你的意思是……」莊助順著這個思路推演下去，覺得嗓子有點發緊。

他發現，把整個趙佗死亡事件裡的「橙氏」都換成「呂氏」，所有的指控也完全成立。橙宇所有的嫌疑，同樣可以套入呂嘉；橙氏能做的一連串滅口，呂氏也有能力做到。兩者間唯一決定性的不同，就是莫毒商鋪的歸屬。而那間莫毒商鋪的離奇大火燒得恰到好處，既坐實了橙宇的嫌疑，又毀滅了所有的證據，到底對誰有利，也很難講……

唐蒙猛然瞥見甲板上走過一個人影，突然一怔，這一處點破，萬竅皆通，他當即氣勢洶洶地衝過去，一把揪住對方的衣襟：

「黃同！是不是你幹的？」

黃同本來是要找趙嬰齊的，忽然被唐蒙拽住，一臉莫名其妙。唐蒙雙目圓睜，狠狠瞪著這個老兵，死活不肯鬆手。

越來越多的不自然，紛紛浮出水面。唐蒙發現，每次他調查的關鍵節點，都有黃同的影子，而且每次都引導得不露痕跡，以至於讓唐蒙產生了都是自己發現的錯覺……他不由得咬牙切齒，大喝道：「橙水帶我去幽門的時候，你怎麼會突然那麼巧現身的？是不是一開始就跟在後面？」

黃同試圖辯解，唐蒙卻又想起一個細節：「那幾個無賴城民是不是你引去的？我記得那裡面有一個傢伙，正是入城時扔我五斂子的城民，也是圍攻驛館的城民！怎麼總是他？」

面對質問，黃同臉上的疑惑霎時消失，取而代之的是一種混雜著自嘲的苦澀神情。那一大塊燒傷的疤痕，開始在臉上扭曲、蠕動，讓他變得曖昧而虛弱。

唐蒙沒有繼續問，他從對方的反應已經知道了答案。

「武王忠誠、兄弟情誼、家族利益這三道菜，橙水一直猶豫不決，看來只有你，早早就決定了享用的次序啊。」唐蒙冷笑。

一聽到橙水的名字，黃同四肢一瞬間失去了掙扎的欲望，整個人軟軟的，就像一尊任人擺布的木偶：「不是我，我沒動過手，我真的沒有……」

唐蒙相信黃同說的是真的，這人應該同這一系列陰謀與滅口無關。他只是一枚遠貶邊關的棄子，只因為漢使俘虜了他，呂嘉才物盡其用，讓他把形勢朝另一個方向引導。

他不想問黃同，為殺死任延壽的凶手效命是什麼感覺；也不想問橙水的死，是意外還是有人刻意安排。唐蒙想知道的，是另外一個問題：

「你捨棄了那麼多，最終得到了什麼？」

這一次呂嘉指派黃同隨侍世子，而趙嬰齊在長安至少要待上十年，屆時黃同如果還活著，也已六十多了，他就像一塊丟在路上的芭蕉皮，就算僥倖回國，也不會有任何前途。

黃同面對質問，傷疤抽搐，卻緘口不言。唐蒙還要逼問，旁邊莊助過來按住他的肩膀，臉色冷峻：「好了，不要再說了，這件事已經過去了。真相如何，並不重要。」

「可這對甘蔗很重要！」唐蒙的情緒激動起來，「如果是真的，豈不是說殺她阿姆的人、毀掉她父親唯一線索的人，此時還堂而皇之地待在南越城裡，和她待在一起，沒受到任何懲罰？這你讓我怎麼走得安心？」

「唐蒙！」莊助喝道，「我們只是被誤導了，錯不在你！」

「可我辜負了她！」唐蒙胸口劇烈起伏，「我騙了她！」

「我們是大漢使臣。你先把他放開，大局為重！」

這一聲「大局為重」，令唐蒙心中那一股激盪了幾十年的不平之氣，再一次充盈於胸。

唐蒙當年費盡心思找出家族覆滅的真凶，只是換來郡守一句「大局為重」，個人冤屈從此被徹底埋沒，無處伸張。聽著莊助嚴厲的呵斥，看著黃同驚恐的神情，回想著甘蔗的淒苦模樣與那一對姐弟，唐蒙再次感受到那種強烈的無力感。

呂嘉如今權傾南越，即使是大漢朝廷，也不可能為了一個小醬仔對南越加以追究。政治的殘酷，從不因個人境遇而動搖；正如天地之不仁，以萬物為芻狗。身處其中的每一個人，都只能隨波逐流，只要稍微流露一點人性，便會被漩渦所吞噬。從趙佗到橙水，從唐蒙到甘蔗，概莫能外。

越是如此覺悟，唐蒙內心的愧疚感越是強烈。他的胃袋像是被一隻大手狠狠攥住，劇烈地痙攣起來。他實在不能忍受，終於鬆開黃同，趴在地上大口大口地嘔吐起來，之前吃下去的裹蒸糕碎渣，混著黃褐色胃液與黃綠色膽汁，流淌了甲板一地。

莊助不顧汙穢，趕緊俯身猛捶唐蒙後背，免得他噎死。

恢復呼吸的黃同驚魂未定，揉著脖子上的勒痕，一臉苦笑。那些堅守的人都死了，只有他這樣不知堅守什麼的無根之人還活著，這到底是詛咒還是幸運，只有黃同自己知道答案。

莊助一邊捶，一邊衝黃同使了個眼色：「還不快滾？」

黃同什麼也不敢辯解，默默地轉身離開。這個老兵整個人像是中了什麼詛咒，就在這短短一瞬，蒼老了幾十歲，腳步茫然，彷彿不知自己是誰，也不知該去哪裡。

唐蒙好不容易吐無可吐，這才緩緩恢復精神。莊助把他攙扶到船舷旁邊，吹吹江風，還把自己的胥餘果讓過去，讓他潤潤被胃液灼傷的喉嚨。

「我要回去，快讓船掉頭！我去告訴她！」唐蒙掙扎著。

「事到如今，你回去又能如何？」莊助無奈地勸道，「難道你要告訴她，她的殺母仇人如今貴為丞相，你卻無能為力嗎？」

唐蒙的動作僵住了。莊助說的是沉甸甸的現實，與其讓甘蔗面對殘酷的現實，還不如糊塗一些為好。這些唐蒙明白，可胃袋越來越緊。他實在不知該如何做，只得啜著甘甜的胥餘果汁，迷茫而疲憊地望向船舷之外。

不知不覺，大船已經行駛到了那一塊海珠石的附近水域。唐蒙忽然雙瞳緊縮，赫然看到，在那塊圓潤如珠的礁石之上，竟站著一個嬌小的熟悉身影。他揉揉眼睛，確定自己沒看錯，那身影瘦弱嬌小，一陣江風吹起，枯黃的頭髮在空中飛舞。

唐蒙的心臟猛然加速，是甘蔗！

海珠石距離碼頭有十幾里地，難道說她剛一離開碼頭，就朝著這邊趕了？不知她一個小姑娘，如何渡過洶湧的江水跑到江心，又是如何克服恐高，攀上礁石的。

大船不可靠礁石太近，只能遠遠地平行而走。唐蒙跑到船頭，衝那邊揮動手臂，甘蔗也衝這邊用力揮手，口形變化。只可惜江風太大，隔得太遠，她說什麼唐蒙聽不清，但她的臉上，始終掛著笑容。

剛才碼頭人實在太多，甘蔗沒來得及說出最後一句告別的話。所以她特地跑這麼遠，來與唐蒙單獨再見一面。唐蒙心中暗嘆，這樣也好，此時的他可沒勇氣近距離與甘蔗對視，就這麼遠遠地告別一次好了。

莊助刻意讓船工放緩了速度，讓兩個人能對望得久一些。唐蒙望著甘蔗模糊的面孔，看著她口形變化，耳畔驀地想起了她銀鈴般的聲音：「珠水的上游，聯通著另外一條大江，枸醬就是從那邊捎來的。如果我阿公在江邊住的話，說不定阿姆能見到他……」

也許在珠水邊上，她才最開心吧，唐蒙像是在開解自己。

奇怪的是，這一句話反覆在他的耳邊迴盪，揮之不去，往復重遝。突然之間，一股長風平地而起，一下子吹開靈台之上的重重迷霧，令唐蒙精神一振，眼前一片澄澈。

他撲到船舷邊緣，極力探出身子去，聲嘶力竭地大喊道：「甘蔗，我一定會找到你父親！絕不食言！絕不食言！」

唐蒙從船頭一路跑到船尾，不停地大喊著，也不管甘蔗能否聽到。直到大船開遠了，他才撲通一聲蹲坐在甲板上，氣喘吁吁。

莊助伸手欲要攙扶，卻看到一張極為嚴肅、剛剛下了重大決心的肥胖面孔：

「莊公子，我不去番陽了，我要跟你回長安！去覲見陛下！」

轉眼一個月過去。

唐蒙忐忑不安地站在宣室殿前，小腹一陣翻騰，之前喝的肉羹幾乎要反上來，這是過度緊張的表現。當年孝文帝就是在這小殿內接見的賈誼，現在即將輪到他了。

一個小黃門走出來，說天子召見。唐蒙嚥了嚥唾沫，習慣性地看向身旁，可莊助並不在。

他們兩個人與趙嬰齊回到長安之後，引起了極大的轟動。這麼多年來，還沒有哪位漢使能帶回南越王的世子，一時間朝野交相稱讚。莊助並未食言，他為唐蒙爭取到了一次覲見天子、單獨奏對的機會。

唐蒙跟隨小黃門走進宣室，殿內驚人地樸素簡單，只有一扇屏風、一個桌案和一尊香爐。屋子裡採光尚可，但微微帶著一股寒意，讓人不由自主地精神起來。

年輕的大漢天子正在桌案之後，捧著唐蒙繪製的南越地理輿圖在看，看得很仔細，幾乎貼到眼前。一番叩拜的禮節過後，小黃門悄然離開，只留下他們兩個人。唐蒙伏地道：「臣所繪輿圖，在南越國已被收走。這是回長安之後，臣憑記憶重繪的，中間多有不確切之處，請陛下恕罪。」

天子「嗯」了一聲，將絹帛徐徐放下：「你這圖畫得倒精細，只是有些地方看不太懂。」唐蒙急忙趨前，向天子一一解釋每條線的意義。經他這麼一分說，天子豁然開朗，原來這紛亂的線圖自有章法，只要遵循某種規則，眼前便可浮現山川真貌。

天子好奇地重新審視良久，不由得感嘆道：「嘖，五嶺逶迤，阻塞嶺南，外有崇山峻嶺，內有水路縱橫，這些事原來朕也知道，可一看這圖，更是豁然開朗。」

他沒有繼續往下說，顯然在等著唐蒙開口。唐蒙忙道：「臣這次在南越國有一個發現，或可解陛下之憂。」天子微微抬了一下眉毛，淡然道：「講來。」

唐蒙換了個稍微舒服點的跪姿：「不知陛下可聽過蜀枸醬之名？」天子明顯有些不悅，明明在說地理大勢，怎麼又扯到食物上去了？唐蒙道：「此物雖是小食，卻關係到南越國的生死命脈，且容臣與陛下詳述。」

然後他便從甘葉與卓長生相戀之事講起，一口氣講到甘蔗獨留番禺。天子之前讀過莊助的奏報，但那個比較官方，這一次唐蒙講得更為細緻生動，不由得聽得津津有味。聽完之後，他笑起來：「倒也是一樁奇事，說得朕都想嘗嘗那蜀枸醬的滋味了，長安城裡可有？」

唐蒙道：「臣一到長安便找來蜀籍的商人詢問，當地確有此物，偶爾也會北運至長安。」

「你說了半天，這與南越國的生死命脈有何關係？」天子很快回到正題。

唐蒙從容道：「臣初遇此物，一直不解。明明大漢與南越國並無枸醬貿易，為何蜀中產物卻能出現在番禺城裡？經歷了諸多事情之後，臣方知道，原來那蜀枸醬，是從夜郎國向南越國運去的。」

天子隱約明白到了唐蒙的意思了，示意他繼續。

「此事看似尋常，其中卻藏有關鍵。據說那夜郎國有一條大江，可聯通珠水，水量充沛，足可行大船，南越特意設置了西南亭來管理商賈，規模可見一斑。而我國與夜郎國之間，恰好也是有道路可通的……」

唐蒙攤開那片絹帛，上面除了五嶺，還有大片空白。他先在蜀中方位點了一個墨點，向南連到夜郎國，隨即再從夜郎國橫著向東邊畫去，一直畫到番禺城的位置。最後，他再將蜀中與長安相連，一條墨線，在整個地圖的西南方向拐了一個大大的彎，繞過巍巍五嶺，把長安與番禺城連接在了一起。

天子注視著那條墨線，呼吸不覺粗重起來。夜郎國、南越國，一個在西南，一個在東南，先前從來沒人把這兩個國家聯繫到一塊。誰能想到，一罐小小的蜀枸醬，竟吹開了地圖上的迷霧，讓視野比從前更加開闊。

天子伸出手指，順著唐蒙的墨線走了一遍，不由得霍然起身，連桌案都差點被踢翻：「你是說……朕只要借道夜郎國，便可以繞過五嶺險阻，從水路順流直下，直抵南越腹心？」

唐蒙伏地恭敬道：「陛下睿見。」

天子的雙眼閃亮起來。大漢多年來拿南越國無可奈何，就是因為把眼光侷限在五嶺南北，如今在這輿圖上視野放寬，才發現這五座討厭的山嶺，並非兩國之間唯一的通路。

「好，好，你這枸醬沒白吃！輿圖畫得好！」天子連聲贊道，興奮之情溢於言表。

唐蒙趁機挺直胸膛，鄭重開口：「不過臣適才所奏，只是圖上推演。至於從蜀中至夜郎、夜郎至南越的道路，是否適合大軍與輜重通行，還須實地勘察一番，方才踏實。臣自請親赴西南，勘察沿途形勢，將這一條路線踏訪得明明白白，為陛下分憂。」

天子「哦」了一聲，對這個請求有點意外。

唐蒙這個說法，很是持重。軍國廟算，不能只靠一張未經證實的輿圖，確實需要有人實地去走一趟。只是……之前莊助特意提醒過，說唐蒙此人能力很強，性子卻很疏懶，不願任事，請陛下不必強逼做事。可朕還沒開口呢，他倒主動先把最苦的活給攬下來了，這和莊助描述的不太一樣嘛。

要知道，西南夷那邊全是各種蠻荒部落，遍地瘴氣毒蟲，山林艱險奇苦，勘察路途是個極苦的差事，搞不好會喪命。看唐蒙雙目灼灼，不似作偽。天子好奇問道：「你為何要主動去夜郎？」

唐蒙腮幫子抖了抖：「臣……想見識一下枸醬的製法。」

天子忍不住笑出聲來，差點沒維持住威嚴。這傢伙臉胖嘟嘟的，說起笑話來也是個好手，不遜於東方朔。

「你若想知道枸醬的製法，去蜀中打聽不就得了，何必去夜郎呢？」

唐蒙道：「臣試吃過長安的蜀枸醬，味道不對，懷疑和南越所吃的不是一種東西。得去夜郎看看，才能釋然。此臣之執念，請陛下成全。」

天子本想叱其荒唐，但突然轉念一想，不對，這應該是個藉口！夜郎國不是傻子，如果大張旗鼓派人去勘察路線，他們必然心生警惕；倘若派人去「尋訪美食」，對方也就不會在意了。這唐蒙果然心細如髮，連這個因素都提前考慮好了，真是良臣！

他聽從意見，大手一揮：「好，朕准了，就委你做枸醬郎中將，前去西南夷諸國尋訪美食。」

說完之後，皇帝自己忍不住大笑起來，彷彿這個頭銜滑稽至極。

日復起落，月相盈虧，人間又是五個月過去。

一隻大手深入陶罐的大口，從裡面撈出一把濕漉漉的細莖，放在一片潔淨的荷葉上面。這些細莖俱是一寸見長，已被醃漬成了暗褐顏色，與翠綠的荷葉形成鮮明對比。隨後那大手又抓來一把切碎的野蔥白，澆上一勺藤椒籽榨的濁油，抓在一起隨意攪拌幾下，端到客人面前。

唐蒙聳動鼻子，先聞到一股奇妙的氣味。那氣味強烈到無以復加，宛如一根蘸了屎的樹枝直接往鼻孔裡捅。好在他身經百戰，並不因此驚慌，用竹筷夾起數根，直接放進嘴裡咀嚼。

在那一瞬間，唐蒙感覺自己變成中了十面埋伏之計的項羽。一時間酸、臭、辛、苦、腥諸路大軍齊出，四面八方圍著唐蒙窮追猛打。這細細的芽莖裡，竟蘊藏著如此豐沛的兵力。唐蒙瞇著眼睛，嘬著牙花子，用盡心神抵擋著衝擊。

周圍的夜郎人見他臉色一陣青、一陣白，忍不住哄笑起來。一個皮膚古銅色的夜郎青年笑嘻嘻道：「蒙啊，這是你要找的枸醬嗎？」

唐蒙被嗆得說不出話來，只是頻頻搖頭。夜郎青年道：「這叫魚腥草，也叫臭豬巢。俺們都是拿鹽和醋醃過，拌上野蔥吃。入口有點臭，但嚼一會兒就香了，清爽得很呢。」唐蒙強忍著不適，依言而行，嚼著嚼著，確實開始湧現出奇異的快感。一旦坦然接受了這味道，他甚至不想停下來。

他很快把荷葉上的魚腥草都嚼完，脊背上出了一層汗。那股腥嗆味如同一隊嚴厲的宿衛，把濕氣從體內盡數逐出，感覺很是暢快。

唐蒙擦了擦汗。夜郎這裡的飲食與中原迥異，與南越國也大相徑庭，碗釜裡不乏驚悚之物，但若不帶著偏見去細細品味，每一樣都頗有妙用。食物果然不會騙人，既然有人在吃，自然有其道理。

「可惜啊……還是不對，不對。」他微微感嘆，轉身離開這一處洞窖。洞窖之外，林壑幽深，藤蘿滿目，儼然是在莽莽深山之中。

五個月之前，唐蒙從長安出發，先去了蜀中，然後南出筰關，沿著一條五尺小道深入西南夷。此路叫作「僰道」，相傳當年蜀王杜宇從朱提出發，即是順著此路前往成都。不過如今這條路叫作夜郎道，是蜀中通往西南夷的唯一通道。卓長生從蜀中去夜郎，走的應該就是這條路。

夜郎道極為險峻，天無三日晴，地無三里平，行人需要不停地穿壑過嶺，越澗涉河，還被瘴氣毒物侵擾。唐蒙一邊趕路一邊勘察，很快悲觀地發現，這條路連驢車都無法全程通行，想要修出一條可供數萬大軍通行的大路，那將是一項曠日持久的大工程，想都不要想。

看來繞路西南這個計畫，終於是鏡花水月——好在唐蒙本意也不在此，他真的是來尋訪美食的。

他歷經艱險，好不容易才抵達夜郎國。國主起初對這位大漢使者頗有戒心，派了自己的兒子由同陪同監視。由同陪著唐蒙在夜郎國轉悠了幾個月，發現這位漢使沒有說謊，他大部分時間不是鑽醃菜的洞窖，就是趕集會的庖廚，聽到什麼新鮮做法和食材都要嘗嘗，樂在其中。夜郎王聽說之後，便由著他去了。

如今幾個月過去，唐蒙已完全是一副夜郎人的裝扮，頭纏布條，身著開襟短衫，皮膚曬得黝黑油亮，唯獨那肥嘟嘟的身材絲毫沒變。

由同陪著他離開洞窖，忍不住道：「蒙啊，咱們這一路找了這麼久，您說的那個枸醬，到底是什麼滋味呀？」唐蒙扶著手杖，瞇起眼睛：「很難描述，但你吃過就一定不會忘——我們下一站去哪裡？」

由同道：「哦，咱們之前是從夜郎國北邊一路吃過來的，翻過眼前這座山，就是夜郎國的南境了。那邊有一條牂牁江，非常寬闊，江對面就是滇國。」

唐蒙聞言，精神一振，連聲說：「我們走，我們走。」他尋訪了這麼久，一直就是在尋找一條大江。只要找到大江，就能找到商路，找到商路，便有機會找到枸醬。

蜀中販賣給夜郎國的枸醬，唐蒙已經吃過了，但味道不對，和在南越國吃到的完全不是同一種。種種跡象表明，卓長生送給甘蔗的「蜀枸醬」，大概只是借用一個家鄉熟悉的名字罷了，其釀造方式是他獨有的，只有找到這個人才行。

由同帶著唐蒙，一路翻山越嶺。待得兩人離開山區之後，眼前赫然出現一道壯闊奔騰的江流，目測江面得有百餘步寬，水面波濤起伏，足可以行大船，一路奔流向東而去——這便是當地人所言之牂牁江了。唐蒙望著江水，腦海裡一幅地圖漸漸勾勒成形。

一般在江、山會接之處，都會有港口或聚落，以便匯集百貨。導遊說牂牁江沿途有數個規模差不多的小港口，唐蒙提出，要去賣六枝龍膽草的那個梭戛港看看。

當初莫毒商鋪就是從這個港口採購六枝龍膽草的，順便捎帶枸醬，也就是說兩者產地距離不遠。只要找到這個港口，枸醬想必就不遠了。

兩人很快便來到了梭戛港內。這裡所謂的「港」，跟番禺港的規模沒法比，甚至比番禺港西南亭的貨棧碼頭都不如。只是在牂牁江岸邊搭了兩道竹棧橋，周圍起了幾個簡陋竹棚而已。

這裡既非夜郎國所轄，亦非滇國所有，這兩個國家學不來中原的管法，連稅吏也沒有。無論是部落民還是外商，都是自由來去，也沒固定攤位，就在竹棚下交易，亂糟糟的，倒別有一番生氣。

唐蒙不出意料地見到了幾條掛著南越國旗幟的商船。他拐彎抹角地打探了一圈，莫毒商鋪的六枝龍膽草的生意已被其他商家——都是呂氏掌控的——迅速接手，但沒人知道枸醬從何而來。

唐蒙早有心理準備，可終究有些悵然。如果在這裡都查不到，便真的山窮水盡了。兩個人在港區轉悠了一個上午，唐蒙有些乏了，便習慣性地問由同，這裡有什麼當地特色美食。

由同說牂牁江裡有一種白條魚，肥嫩無比，用酸湯烹煮之後，味道很好。唐蒙一聽，食指大動，連聲說找來嘗嘗。由同打聽了一下，得知這半年來，梭戛港吃酸湯白條魚最有名的地方，不在岸上，而是在一條漁船上。

開始唐蒙以為所謂「漁船」，不過是個酒肆的噱頭，沒想到還真是一條貨真價實的漁船。他和由同登上船之後，船老大扯開船帆，晃晃悠悠來到牂牁江的江心。只見他把一種特製的扁竹簍扔下水，逆流置口，不一時便撈上好幾條活蹦亂跳的白條魚。

船老大把魚就地殺好，分斫成塊，丟進船尾的小釜裡，然後從船艙裡抱出一小罐酸湯，咕咚咕咚倒進去，再放入香茅、香蓼、大芫荽等一堆碎料，升灶煮了起來。待得火力上來，一股濃郁的酸味從釜裡散發出來，彌漫整個船艙。

唐蒙在夜郎已經待了幾個月，知道這種酸味不可猛吸，而是要細細地吸，在鼻子內轉一圈，再從嘴裡徐徐吐出。待酸氣盡數吐淨之後，再靜下心來，去回味殘留在鼻腔、口腔裡的那一點點香氣。

他迴圈吐納了幾輪，忽然鼻翼一顫，捕捉到一縷熟悉的醇厚味道。這味道似酒非酒，雖說很淡，卻頗為頑強，不會被濃重的酸味所掩蓋。唐蒙眉頭忽皺，快步走到釜前掀開蓋子，只見一塊塊鮮嫩白肉在暗褐色的濃湯裡翻滾，釜口洋溢著一種複雜的香氣，難以一言蔽之。

他拿起一個木碗，舀出半碗不帶魚肉的酸汁，由同笑著說：「蒙你挺會吃啊，這種酸湯白條魚，都是先喝湯水。」唐蒙低頭先啜了一小口，不急著嚥下，含著湯汁細細品味。

那一條舌頭堪比抄家老吏，在口腔裡來回搜檢。味無巨細，皆被逐一盤詰，任何一點蛛絲馬跡都不放過。「砰」的一聲，唐蒙把木碗擱下，起身抓住船老大的胳膊：「你這酸湯……

哪裡來的？」船老大自誇道：「都是我自家做的，別處您可尋不到。」

有夜郎國的王子在場，船老大倒也不藏私，把適才盛放酸湯的小罐子拿來，給唐蒙看裡面的殘渣。原來這種酸叫作蝦酸，乃是用牂牁江中打撈出的鮮蝦，晾乾以後抹上鹽水，放進罐裡漚至發臭，然後再加入碎薑、蒜末、鹽巴、酒汁，再漚數月，搗碎成醬。

唐蒙注意到那小罐子是淺白色質地，當即雙眼一瞇：「你這蝦酸裡面，是不是摻了別的東西？」

船老大一怔，眼前這位貴人是怎麼回事，魚都要煮老了，還在追問這樣的細節？唐蒙目光灼灼，整個人快頂到對方鼻尖：「你摻的不是酒，而是一種醬的汁水，對不對？」

船老大驚慌地點了一下頭。唐蒙又問：「那種醬汁很黏稠，微甜而有醇酒味，對不對？」船老大勉強「嗯」了一聲。唐蒙忽地一指那蝦醬罐，大聲道：「那醬汁每兩個月才得三罐，是不是？就是這樣的陶罐盛放的。」

船老大一屁股坐在船艙裡，臉色煞白。這貴人莫非是神仙，怎麼喝了一口湯，就什麼事都知道了。於是他不敢隱瞞，老老實實交代了。

原來這位船老大長年在牂牁江上行船，除了打漁，還經常幫人捎帶些小宗貨物到梭戛港。江畔附近有一戶人家，每兩個月便會請他帶三罐蜀枸醬，轉交梭戛港的莫毒商鋪，已經持續了十多年。船老大有一次無意中偷嘗了一點，發現這種醬汁加入蝦酸中極為適宜，所以偶爾會偷一點留下，給自家打打牙祭。

「半年前不知為何莫壽商鋪的人不來了，醬罐無人接收。我想留著也是浪費，就自作主張帶回家，但我沒多用啊，就是做蝦醬的時候稍微摻點，對外做點小營生……」船老大結結巴巴辯解，還沒說完，唐蒙猛地抓住他雙肩，雙目放光：「說，是誰把這醬交給你的？」

船老大一哆嗦：「呃，梭戛港上游幾十里，江邊有一個叫多龍的寨子，是一個叫阿魚的人給我的。」

「快帶我去。」唐蒙急不可耐地扔出幾枚銅錢，連聲催促。

船老大不敢怠慢，趕緊上帆搖櫓，朝著牂牁江上游開去。此刻唐蒙已無心再細品酸湯白條魚，留下由同一個人津津有味地吃，自己焦躁地站在船頭，目光銁住不斷後退的江岸風光，用力拖拽，彷彿這樣可以讓船走得更快一些。

那罐蝦酸裡的味道，他印象太深刻了。當初剛剛抵達番禺港，那道嘉魚裡，就帶有這種奇妙的滋味；後來在壺棗睡菜粥裡，也有這般味道。它太有特點了，如同黑暗中的一束燭光，幾乎不可能被忽略。

漁船在江水裡行進了約莫兩個時辰，終於緩緩靠近一側江岸。這一帶怪石嶙峋、山崖錯立，幾乎所有的石隙之間都填塞著粗大而盤曲的藤蔓。放眼望去，江邊好似豎起一道連綿起伏的青綠長城。甚至有幾處石峰傾向江面，以至於天空都顯得有些逼仄。

漁船停泊的地方，正是這道「長城」之間的一處低矮豁口，這裡有一條長石伸入江中，形成一條天然棧橋。船老大說，下了長石，沿著一條痕跡明顯的小路前行，盡頭即是多龍寨。

唐蒙和由同下了船，很快便來到一處寨子裡。這是個典型的夜郎寨子，十幾間高腳竹棚錯落分布在山坳裡的一處空地四周。棚子與棚子之間被一塊塊翠綠草甸填滿，如同在粟米飯上撒了一把綠油油的蔥花。

一見有外人來了，村民們頗有些緊張。好在由同出面，跟他們嘰哩咕嚕說了半天。由同轉頭告訴唐蒙，確實有個漢人住在這裡，但不在村內，而在更深處的山腳附近。

於是他們再往裡走了一陣，穿過一片幾乎密不透風的鳳尾竹林之後，前方豁然開朗，眼前是一座典型的中原小院，正坐落在一片青崖之下。一股濃郁的煙氣從後院蒸騰而起，飄至半空。

院落上方的崖面上有一條條的黑黃色痕跡，顯然是常年被煙熏火燎。看這煙漬的濃度，絕非尋常人家的炊煙，至少有一個作坊級別的大爐子。

唐蒙走到院門口，發現自己居然有些緊張，先伸手整了整頭巾，才邁進院子。一個膚色黝黑的夜郎少年正蹲在一盤粗藤跟前，一片片擇著上面的葉子。他看到有生人靠近，嚇得逃回屋子裡，口裡喊著：「魚，魚。」

很快一個中年人聞聲走了出來，眼窩深陷，顴骨高聳，也是夜郎人的典型面相。

「請問閣下是阿魚嗎？」唐蒙躬身問道。

中年人點頭：「你們是誰？」他中原話不算流利，應該很久沒說了，發音裡帶著蜀中味道。

唐蒙挺直胸膛，聲音有些發顫：「在下是漢天子敕封使節唐蒙，前來尋訪蜀枸醬的來源。」阿魚微微有些驚訝：「哦？你們怎麼知道這裡有蜀枸醬？」唐蒙心中一定，看來沒找錯，笑著拱拱手：「因為我是來探訪一位故人的——卓長生可是隱居於此？」

一聽這個，阿魚的態度立刻大不一樣：「哦，是卓老師的朋友啊，快請進，請進。」他熱情地把兩人迎進屋子裡。屋子裡雜物很多，灰白色的小罐堆得到處都是，原來這裡還有一處小陶坊，容器都是自己燒製的。唐蒙一看，心裡更加篤定。

夜郎人沒什麼講究，大家席地而坐。阿魚端來兩個小泥盅，裡面盛放著一小口黏稠的透明醇液。唐蒙倒入口中，眼睛一亮，這味道確實就是蜀枸醬的醬汁，但應該經過再次提純，酒味更加醇厚，辛辣感如一條火線從喉入腹，散至四肢百骸。

他旁邊的由同，捏著空空的小盅，眼睛瞪得渾圓，完全被這種味道攝去了魂魄。

「我話說在前頭，這裡的蜀枸醬產量極為有限，而且從不發賣。嘗嘗沒問題，想買是沒辦法的。」阿魚熟練地先提了個醒，想必之前也曾有人過來詢問。唐蒙道：「實不相瞞，我這一次來，不光是想買，更是想知道這蜀枸醬的做法。」

這個問題，其實有點冒犯。各家做法皆是不傳之祕，若被外人偷學了去，豈不是斷人財路？但古怪的是，阿魚非但不怒，反而鬆了口氣：「若只問做法還好。我帶你們去後院一看便知，幾句話便能講明白。」

「真的嗎？」唐蒙沒想到會這麼順利。

阿魚聳聳肩：「卓老師沒說不許外傳，而且外傳了也沒什麼用，說了無妨。」唐蒙從這一句話裡，敏銳地捕捉到了兩個關鍵資訊：這個蜀枸醬的釀造法，果然是卓長生搞出來的；而且這種釀造法大概有什麼限制，就算被外人知道關竅，也無所謂。

阿魚站起身來，坦坦蕩蕩引著唐蒙與由同兩人來到後院。一進院子，唐蒙就注意到，後院是一個很大的露天土灶台，台上有四個灶眼，每一個灶眼上都擱著一個古怪的器具。再仔細一看，這器物由一釜一甑構成，甑上有個圓蓋，甑左右兩邊各自有一個伸出來的流口。在流口下方，放著一個承接用的小陶碗。

那個少年學徒正站在灶邊，把滿滿一竹筐的葉子往甑裡倒。唐蒙走過去，抓起一把葉子，葉形如闊卵，嗅之有微微的清香。阿魚在旁邊道：「這是山藤上摘下來的葉子，我們當地人叫荖藤葉，卓先生叫它蔞葉，這是蜀枸醬最重要的原料。」

唐蒙「嘿」了一聲，怪不得南越的那些醬工想破頭，也想不出這枸醬的原料是什麼，原來竟是蔞葉。這種植物只有西南與蜀南才有產出。但光有蔞葉，似乎也做不出那樣的味道，應該還有妙法未揭。

阿魚又把一個灶上的甑蓋掀開，唐蒙探頭去看，只見裡面分了兩層，上層鋪著三四層葉子，內壁上有一條條凹槽，順著引到下層。

「這法子也沒什麼出奇的。就是灶裡用小火燜蒸，日夜不停，直到把蔞葉裡的精氣蒸出來。精氣在甑蓋上會凝結成油，順著凹槽流下來，從流口滴入陶碗。」

阿魚一邊解說，一邊給客人指向一個流口。唐蒙看到，流口那裡確實掛著一滴晶瑩的小油珠，下方陶碗裡已積聚了一小汪。

「這個……是不是有點慢？」唐蒙默數了一下，好久也才看見這一滴。阿魚笑道：「我之前不就說了？這裡的產量十分有限。我和我弟子兩個人，熬一個月下來也只得一罐半而已。」

唐蒙吐了吐舌頭，這可真是集腋成裘。原來他還笑卓長生小氣，每兩個月只送來三罐，現在看看這做法，三罐已是竭盡全力了，多一點都沒有。

阿魚又帶著他們走到後院的另外一端。在這裡擺放著十來個笸籮，笸籮裡晾曬著許多紅色小果，果實有拇指大小，還帶著幾片穗子。

「這是蔞葉的果實。我們摘完葉子，便會把這些果實帶穗一起曬乾，碾成碎末，摻入精油之後，拌成醬料。」阿魚拿起一個小果，遞給唐蒙。唐蒙嘗了嘗，有一種熟悉的辛辣味。

「最後一道工序，把醬料放入罐子，再添加一點點米曲，以酒熟之法燜釀，就成了。」

唐蒙認真地聽著阿魚的解說，心中驚嘆不已。

這套廚序，實在是天才一般的設想。蜀中處理蔞葉，往往只用其葉，而捨其果，因為果實太過難吃。而卓長生別出心裁，將蔞葉的果、葉分開處理，葉蒸出油，果搗成醬，再相合一處，各取其精粹，又確保味道出自同源，可謂純而不雜。

更絕妙的是，蜀枸醬明明是一種調味的醬料，他卻別出心裁，引入了釀酒的燜熟之法。

怪不得蜀枸醬的汁水，比醬本身還受歡迎，醇厚辛辣，這分明就是果酒啊！而且是經過了蒸催之法與燜釀之法的果酒，比如今流行的米酒、麥酒更加精純上口。

這法子說出來似乎平平無奇，但唐蒙知道，能把每一個環節都做到極致有多難。

有那麼一瞬間，唐蒙甚至在腦海裡對這套工藝做了買櫝還珠式的改造：不要醬，只要那汁水，當成酒來賣。不過這念頭稍現即逝，因為阿魚接下來的話打破了他的幻想：

「若要做出這樣的味道，蔞葉須用多龍寨所產，水也要取用這一段牂牁江的江水，米曲亦是附近的野稻，尤其最後在罐子裡悶釀的時候，非得在多龍寨不可。卓老師與我試過，葉、水、曲、釀，這四個環節只要有一處離開多龍寨，味道就完全不一樣了。陽地的芭蕉陰地的瓜，林子裡的生靈，都只在命定的地方生長啊。」

唐蒙一聽，登時熄了心思。怪不得阿魚坦蕩無比，人家心定得很，知道離開這地方，味道就不對了，你記住工藝也沒什麼用。

阿魚見唐蒙沉默不語，知道他被打擊到了，微微一笑。唐蒙收了心思，問阿魚道：「卓老師在哪裡？我想去拜見一下，呃，替他的家人捎來一句話……」

阿魚一怔：「家人？」唐蒙道：「他的女兒在南越的番禺城裡，叫作甘蔗。她特意託我到夜郎來，想見見她的父親卓長生。」

一聽到「甘蔗」這個名字，阿魚的表情立刻變了。唐蒙索性把自己在番禺遇到甘蔗的事，簡明扼要地說了一遍，誠懇道：「甘蔗日思夜想，就是希望能見到父親一面，可惜她無法離開南越。我既然答應了她，就一定要做到。」

阿魚沉默片刻，一揮手，說：「好吧，我帶你們去見他。」

於是唐蒙跟著阿魚離開院子，沿著小院後面的山路一直朝上走。七彎八繞之後，居然走到了那道青崖的頂上。一踏上崖面，整個視野豁然開朗。這時唐蒙才注意到，這道山崖微微傾斜，前端幾乎要伸向江面。站在崖尖上，整條牂牁江一覽無餘。

在崖尖最突出的地方，居然立著一處小小的墳堆，墳前立著一塊青石。這青石未經打磨，形狀凹凸不平，頗似人形，遠遠看去如同一位青衫客在憑崖遠眺，上面用丹砂歪歪扭扭塗著「長生」二字。

阿魚走到青石墳前，拍了拍：「卓老師啊，有人來看你了。」唐蒙其實之前已有所預感，可一看到這石碑上的字樣，還是忍不住顫聲道：「他，已經死了？……」

「死了，三年前就死了。」阿魚嘆了口氣，開始講起卓長生的事情來。

原來十六年前，卓長生被迫離開南越，返回蜀中。家裡本來要給他張羅姻親，安排職事，但他全部拒絕了，一門心思想要再去南越。可惜當時五嶺斷絕，兩國交惡，卓長生掙扎了很久都沒有辦法，遂生出一個瘋狂的想法：在五嶺之外，另外尋一條入南越之路。

於是他告別家族，南下夜郎，一頭鑽進西南群山之中，最終在牂牁江邊找到了梭戛港。但當時南越的轉運策十分嚴厲，只允許南越商船往返梭戛港，不得搭載外人。卓長生沒辦法，索性就在當地定居，一旦南越開放，便可立刻動身。

不過卓長生沒有選擇在梭戞港附近住，反而跑來多龍這個小寨子裡。他略通醫道，數次幫寨子熬過瘴疫，在當地頗有聲望。村民為了感激他，就主動建了一處中原院落。這個阿魚，就是卓長生收下的學徒。

多龍寨這裡，有整個夜郎最好的蔞葉，所以卓長生決定隱居於此，潛心釀造。可惜人手有限，只有卓長生和阿魚兩個人忙活，每兩個月也只得三罐。

阿魚本以為卓老師是打算做買賣。但每次枸醬成熟之後，他就會請一條漁船，把所有罐子捎去梭戞港，交給之前與卓氏有業務來往的莫毒商鋪，請他們運回番禺，自己一點不留。阿魚問起，卓長生就說自己還有妻女在番禺，這些醬料，是能夠讓她們娘兒倆生存下去的保障，也是他與她們保持聯繫的唯一辦法。

一晃十幾年過去。卓長生隱居在多龍寨裡，一直不知疲倦地做著枸醬，幾乎沒有一日中斷。可惜他重返南越的願望，遲遲不得實現。直到三年前，卓長生從梭戞港的南越商人那裡得知一個晴天霹靂：甘葉犯了大錯，投河自盡。他大受刺激，回來之後一病不起，很快就不行了。

「老師在臨終前，囑託我要繼續把醬做下去，繼續捎給他在番禺城的女兒甘蔗，然後嚥下了最後一口氣。」阿魚面露哀傷，「老師的囑託，我不敢不遵從，所以也收了一個弟子，保證向番禺港的供貨不斷。」

唐蒙聽到這裡，才明白為何甘蔗能收到枸醬，卻接不到來自父親的隻言片語。原來……

竟是這樣一個緣由。

阿魚長長嘆息了一聲：「老師自從到了多龍寨之後，我經常見到他站在這個崖邊，望著牂牁江發呆。我知道，他心裡一直渴望有機會順流而下，去番禺城探望自己的妻女。老師去世以後，我把他葬在這裡。我們夜郎人認為，人死會後魂魄會化在水裡，也許這樣一來，老師就能跟隨著江水，去到番禺城了。」

唐蒙走到青石墳前，站在崖邊極目遠眺。只見眼前一條壯闊大江洶湧喧騰，濁浪起伏，以無可阻擋的氣勢蜿蜒東去，不由得感慨萬分。卓長生和甘葉這一對異國夫妻，分別死在了江頭與江尾，冥冥之中似有某種註定。希望這奔騰的江水，真的能讓他們的魂魄重聚吧，讓他們的魂魄一起順著江水去番禺看看甘蔗吧。

他想到這裡，俯身從墳上取下一把土，鄭重放入身邊的一個淺白陶罐中，看著青石上「長生」二字，開口道：「卓兄，你我雖未謀面，淵源實多。這一條你為了與妻女重聚而走的路，因為枸醬被我發現。你寄託在這罐中的思念，我一定會轉達給甘蔗，讓她知道，她的父親從未停止過思念，也從未停止過與她團聚的努力。」

唐蒙深深拜了一拜，轉身對由同道：「我們走吧。」

「啊？去哪兒？」由同對這個醬汁頗有些留戀，聽說要走，頗有些捨不得。

唐蒙道：「你把我送到椶夏港就可以了。接下來我會找一條船，完成最後一段旅程，我還有最後一個承諾沒完成。」由同沒明白：「你要回大漢了嗎？」

「對，但不是原路返回，而是從南越歸國。」唐蒙仰起頭來，眼神追尋著牂牁江的滾滾流向。

如今唐蒙在西南夷轉了一圈，對地理大勢了然於胸。只消順牂牁江直到珠水，再從番禺北去五嶺，即可回歸中原，比重走夜郎道方便多了。

正所謂「輿圖即人心」，隨著輿圖不斷拓展，人的認知也會發生變化。在唐蒙眼中，夜郎、嶺南等地，已不再是一個個分散的點，而是一塊塊可以嵌入大漢版圖邊緣的拼圖，與中原構成一幅完整的燕幾圖。

由同琢磨了一陣，一拍大腿：「哎，南越不是有個什麼轉運策，不許外人入境嗎？」

「他們不敢拒絕一位大漢使者，尤其是一位枸醬郎中將。」唐蒙把罐子抱得更緊了些，眼神變得堅毅。

五天後，一條掛著西南亭旗幟的商船駛入番禺港。從商船的船艙窗子看出去，巍峨的番禺城一如既往，並不因城中之人有所改變而變化。

水手拋下石錨，商船晃了幾晃，穩穩停靠在碼頭上。可艙內之人沒急著起身，一管毛筆，正在絹帛上穩穩地勾畫出最後一筆墨線。

待得筆尖稍抬，可以看到，這條長長的墨線，將西北的長安，西南的益州、夜郎，以及東南的番禺，連接成了一個完美的閉環。旁邊還有密密麻麻的注釋，將沿途的路程遠近與險峻之處一一注明。

唐蒙拿起絹帛，吹了吹墨汁，輕嘆一聲。

這是一封調查文書，也是一封宣布失敗的奏報。

蜀中—夜郎—南越這一條路線，唐蒙業已勘察明白。這條夜郎道山高水深、險峻非常，小隊商旅可以走，但大軍輜重完全無法通行。如果想要把整條路重修拓寬，除非請來夸娥氏的兩個兒子，重演愚公移山才行。

也就是說，繞路西南的計畫終究是鏡花水月，陛下的一番希冀雄心，怕是要落空了。他這個枸醬郎中將辛苦一場，唯一的收穫就是枸醬而已——唐蒙對此倒是毫無愧疚之心，他早說過是為了尋訪美食，可沒騙陛下。

他把絹帛鄭重疊好，和一個淺白小陶罐塞在一處，準備下船。就在這時，一個清脆的女聲，在船下的碼頭響起：「賣醬咧，上好的肉醬魚醬米醬芥末醬咧，吃完回家找阿姆咧。」

唐蒙聞聲手腕一顫，激動地走上甲板，卻看到外面吆喝的是一張陌生的面孔。他敲了敲腦袋，真是關心則亂，甘蔗已經貴為王宮廚官了，不必再在碼頭賣醬為生。

「貴人買點醬吧。」小姑娘嫺熟地仰頭喊道。

唐蒙掏出幾枚銅錢，換了一罐豆豉醬，開蓋嗅了嗅，抬頭問道：「你是從白雲山下的張記醬園進的貨嗎？」小姑娘笑道：「客官您真熟悉。這可是絕品了，老張頭前些日子壽終，這麼鹹的豆豉醬沒人會做了。」

當年的老人，一個一個接連故去，就連堅守到最後的老張頭，也終於棄世而去。從此之後，恐怕南越全境一個正統北人都沒了。唐蒙一邊感慨，一邊下船走出碼頭。

他有一個大漢使節的身分，碼頭小吏不敢阻攔，殷勤地安排了一輛牛車。唐蒙坐著牛車，再度進入番禺城，一路晃晃悠悠朝驛館駛去。番禺城內，各色花木旺盛依舊，牆壁下，小攤小販的吆喝聲此起彼伏。之前的那場宮廷劇變，對他們並沒有什麼影響，該怎麼生活還怎麼生活。

牛車緩緩走過幾個路口，唐蒙忽然開口道：「停車。」車夫連忙停下，唐蒙從車上跳下來，徑直走到一處懸著「梅香�」酒幌的酒肆門口。

「二兩梅香酎。」唐蒙走進酒肆，對曲尺櫃檯裡的老闆娘喊道。

梅耶正在櫃檯前發呆，聽到吆喝先是習慣性地應了一聲，正要彎腰沽酒才覺得不對勁，趕忙起身一看客人，一瞬間像被蛇咬中腳趾似的，僵在原地。

唐蒙衝她笑笑：「一年不見，你這生意越發興旺了啊。」梅耶的表情有些僵硬：「你……你怎麼又來南越了？」唐蒙道：「我是奉天子之命，尋訪美食，自然先來這裡品一品你的梅香酎。」

按照規矩，漢使回到驛館之後，必須先覲見南越王。可唐蒙著急要見甘蔗，於是中途下車繞到梅耶的酒肆這裡，她應該是番禺城裡跟甘蔗最親近的人了。

「甘蔗現在在哪裡？她應該不住在榕樹下了吧？我給她帶了點東西。」唐蒙拿起一個淺白色的小罐，晃了晃。

可奇怪的是，梅耶沒有立刻回答。唐蒙又問了一遍，才抬頭發現，對方雙手捂住臉頰，淚水撲簌簌從指縫流淌而出，隨之還有蚊蚋般的虛弱聲音：

「甘蔗她……已經死了。」

梅耶說完，對面半晌沒有動靜。過了良久，才有一個乾癟的聲音響起：「怎麼回事？」

梅耶深吸一口氣：「就在你們離開後不久。她去為王上搜集食材，不小心跌落懸崖，摔死了。南越王很是惋惜，特意下令掩埋遺骸，准許她埋在白雲山下。」

「帶我去看。」唐蒙站起身來，面無表情，右手緊緊抓著陶罐。

一股淩厲而熾烈的氣息，自漢使身上升起，彷彿一團被塵灰蓋住的火炭，只要輕輕一顫便會顯露真容。梅耶不敢多說什麼，急忙收了店鋪，帶著他離開番禺城，直奔白雲山。

白雲山中，有一片背陰的僻靜小山坡，遠離大道，不近水邊，又是個斷邊斜翹的形狀，談不上什麼風水寶地。這裡無甚大木，只覆了一片淺淺的青草，夾雜著星星點點的無名小花。甘蔗的墳塚，就設在坡上，不過一個方圓兩丈的小小土包，唯有墳前一束白色的梔子花，開得正好。

唐蒙定定望著小墳，下巴不受抑制地哆嗦起來，眼前不期然浮現出那個站在海珠石上向自己揮手的黃毛丫頭。直到這時，他才分辨出她當時的口形變化：「我相信你，我會一直等你過來。」

念及此，唐蒙顫抖著雙手，從懷裡掏出小白陶罐，輕輕放在梔子花邊上：「甘蔗，這是你父親卓長生墳前的土，我幫你把他帶來啦，這下你們可以團聚了。」梅耶一怔：「他……他也死了？」唐蒙沒理她，盤腿坐下，對著墳塚娓娓說起多龍寨的事情。

梅耶聽唐蒙一口氣講完，喃喃道：「甘葉，長生、甘蔗……這一家人太苦了，怎麼會這麼苦？」

唐蒙伸手撫住墳塚，閉上眼睛，回想著與甘蔗的點點滴滴，他驚訝地發現，每一段回憶裡，都藏著一種食物的味道：在碼頭初見甘蔗時，讓他想起嘉魚的香醇；在白雲山下兩人和解，勾起壺棗睡菜粥的清香；番禺城裡的幾番交心，令他口中多了幾分裹蒸糕的甘甜……腦海中閃回諸多景象，諸般味道也自舌尖滑過。

「不對！」

他心中突然湧起一股古怪的感覺，彷彿有什麼提示從墳中湧起，順著緊貼墳包的手掌，傳至腦海。他一下子站起身來，雙眼嚴厲瞪向梅耶：「你剛才說她是採集食材跌落懸崖？」

梅耶道：「至少對外是這麼說的。」唐蒙面色越發不善：「採集食材，不是有專人負責嗎？她一個宮廷廚官，為何要親自動手？是取什麼食材？」梅耶囁嚅道：「我打聽過，據宮廚的人說，甘蔗是去揭陽海邊採集燕窩時，不小心摔死的。」

唐蒙眉頭一皺：「燕窩？」

之前在南越王宮，他差點就吃到了這種南越特有的食材，也聽南越王講過來歷。梅耶以為他不熟悉，解釋道：「採集燕窩，需要從崖頭縋下繩子去，十分危險，時常會有人墜死。」

唐蒙先是仰天慘笑了數聲，然後厲聲道：「可是，甘蔗她恐高啊！她連一人高的牆頭都不敢爬，怎麼可能去崖間採燕窩！」梅耶「啊」了一聲，臉色漸漸變了：「難道說，甘蔗之死竟不是意外，她是被人……」

唐蒙冷笑道：「甘蔗與漢使、南越王關係都很密切，所以動手之人必須做個遮掩，才不會被事後追究。虧得他們想出採燕窩這個理由，只可惜不知甘蔗的脾性，露出破綻——否則，否則我還怎麼替她報仇?!」

唐蒙幾乎說不下去，重重地捶了一下地面。梅耶發愣：「可……可她一個孤苦伶仃的小廚娘，誰會下這樣的毒手？」

一個名字，突兀地跳入唐蒙的腦海。

呂嘉。

趙佗之死，被棗核所遮掩；任延壽之死，被毒蛇所遮掩；甘葉之死，被自殺假象所遮掩。這個人最擅長用一樁尋常意外，來遮掩真實手段。

不過唐蒙心中疑惑絲毫未減。橙氏已敗，呂嘉獨攬大權，何至於要對一個毫無威脅的小姑娘下手？

唐蒙望向甘蔗的墳頭，希望她在天有靈，能給些提示。一陣山風吹過，吹得墳前那朵梔子花微微向右側傾去，那邊正是唐蒙剛擱下的小白陶罐。

他一瞬間怔住了。

凡是有關美食之事，唐蒙向來記得極牢，事無巨細，皆銘刻於心。他猛然想起，當日在番禺港外烹製嘉魚時，黃同說過的一句無關緊要的話。

當時他們正打算烹製第三條嘉魚，黃同叫來甘蔗，買她的枸醬，然後解釋了一句：「這番禺城裡除了呂府，也只有她家才有這種醬。」

這一句話落入心湖，激起了一圈圈的漣漪。更多的話語，次第從記憶中復響。

「我們莫毐商鋪捎帶兩罐給客人，再留一罐貢給東家。」

「誰是莫毐的東家，誰就是真凶！」

「我阿公用來盛蜀枸醬的陶罐，顏色偏白，和南越本地產的質地不同。我家裡攢了很多，一個都捨不得丟棄。」

萬千線索飛旋，逐漸匯成一年前獨舍內的情景。

當時橙宇大勢已去，卻還在負隅頑抗。這時甘蔗站出來，提出了一個致命證據：誰家庖廚裡有白陶罐，誰就是真凶。然後橙宇順勢嚷嚷了一句：「搜我橙府也可！只是他們呂府也不能例外，要查大家一起查！」

現在回想起來，當時全場最驚恐的人，恐怕正是呂嘉！

他是莫毐商鋪的真正東家，呂府的庖廚裡肯定堆滿了白陶罐。萬一南越王真的為示公平，兩府皆搜，真相便大白於世了。所以呂嘉當時搶先出頭，故意用言語挑釁橙宇，誘其發病，好歹把這件事遮掩過去了。

事後呂嘉肯定第一時間處理掉了庖廚裡的小白罐，但整個計畫裡仍有一處隱患——甘蔗。她暫時還不曾把呂氏與莫毒商鋪聯繫起來，但萬一她覺察到呂府曾用過枸醬烹魚，便可能會推想出真相。甘蔗不是漢使，不用顧全大局，她只會再次把事情掀開來。

這件事可能發生，也可能不發生，但呂嘉不會賭。

他已經殺死了任延壽、甘葉、齊廚子、橙水和莫毒商鋪上下十幾口人，並不介意再滅一次口。一俟漢使離開南越，他就迫不及待開始動手。

「怪不得，怪不得他們不許我帶甘蔗北歸！原來從那時起，呂嘉就已起了殺心，推薦她做廚官，只是為了把她絆在南越而已。」

唐蒙痛苦地一下下捶著墳包，捶到鮮血迸出，不停地痛罵著自己的愚蠢。他明明返程時就知道呂嘉是幕後主使，怎麼就沒想到甘蔗可能會被滅口呢？

海珠石上的少女身影，從眼前的世界逐漸褪色。無窮的悔意，如白雲山一樣傾壓下來，讓唐蒙的胃劇烈痙攣起來。他痛苦地蜷曲著身子，卻無法抵消內心的痛楚。

梅耶俯下身子，把那朵梔子花微微扶正，輕輕問道：「你……要怎麼辦？」

唐蒙的動作驟然停住了。是啊，我該怎麼辦？

身為大漢使者，不可能為了一個小廚官，去斬殺南越丞相。即便是天子，也不會批准這種魯莽行為，一切都要以大局為重。

大局無法保護甘蔗，卻可以輕易殺掉她，何等諷刺。

梅耶冷眼看著眼前這個男子，嘴角帶著一絲嘲諷。男人總說大局為重，當年卓長生百般糾結，到底還是捨棄甘葉離開；如今的唐蒙，比之當年的卓長生也沒什麼不同。她早就預見到了結局。

可在下一個瞬間，梅耶眼前開始飄起雪來。

她並沒見過雪，只聽人說過，那是一片片白色的碎片。此刻在眼前飛舞的，正是純白色的無數細碎。莫非這就是雪？嶺南怎麼會下雪？

梅耶再度凝神觀望，才發現這不是雪，而是碎帛。只見唐蒙站在墳前，從懷裡取出寫給大漢天子的那份宣布失敗的奏表，一塊塊撕了個粉碎，每撕一把就揚到天上，看它飄旋著落在墳頭。

撕完絹帛之後，唐蒙身上發生了微妙的變化。他如今變成一團凝實的桑炭，無煙無焰，卻熾熱無比，一身的疏懶盡數被蒸發。

他摘下墳前那朵梔子花，對著天空，鄭重起誓道：

「甘蔗你在天有靈，且看著我。人人都說，要以大局為重，要以大局為重，那就讓我用大局，來為你報仇吧！」

# 尾聲

二十三年後。

大漢伏波將軍路博多緩緩走到江畔，隔著寬闊珠水，望向遠處那一座巍峨的番禺城。那高大的城牆與從前一樣，幾乎沒有變化，但城中主人，卻已變換了數次。

趙眛已死去很多年，曾在長安寄住十多年的趙嬰齊回到南越即位，沒過幾年也棄世而去。如今在位的，是趙嬰齊年僅七歲的幼子。唯一不變的，唯有丞相呂嘉。這位元老重臣依舊牢牢把持著南越朝政大權，甚至連丞相前的「右」字都去掉了，成為獨一無二的權臣。

但這種權勢，在大局面前已變得毫無意義。

去年天子派遣使者前往南越，商討內附之事。不料在呂嘉刻意煽動之下，整個番禺城陷入癲狂，竟至攻殺了漢使，與大漢徹底決裂。天子聞之大怒，調遣數路大軍，與南越開戰。

呂嘉故技重施，封閉五嶺關隘，以為可以耗到漢軍撤退，一如既往。可這一次他沒料到，一支龐大的漢軍從遙遠的益州出發，借道夜郎國，順牂牁江一路東下，突然出現在珠水上游。

幾十年來，南越人早已習慣，漢軍不可能逾越五嶺。這一支奇兵的出現，給南越軍隊造成了極大的士氣打擊。一夕之間，軍心大亂，從未陷落過的五嶺防線頓時崩潰。然後漢軍主力趁機越過山嶺，第一次殺入南越腹心地帶。

如今伏波將軍路博多的大軍，已進抵珠水北岸，與番禺城隔江而望。到了這地步，即使是路博多自己，都無法阻止南越國的覆亡了。

「唐校尉。」路博多忽然喊起一個人。

一個頭髮斑白的中年胖子應聲走來，手裡還捧著一個胥餘果，果殼已開，一支葦管插在其中：「路將軍，先喝些汁水去去暑氣，等下再吃點裹蒸糕。」

路博多接過胥餘果，卻不急著啜飲：「珠水上游的水軍，何時可到？」唐校尉略加沉思，很快答道：「南越在珠水沒有防備，大軍順水而下，算算該是今日會到。」

路博多點點頭，既然如此，那麼就先不急著攻城。等諸路聚齊，一舉攻拔則可。

他索性尋了塊石頭坐下，捧起胥餘果啜了幾口，確實口感甜美，滋味上佳。他喝得舒服了，斜著眼睛看向番禺：「這南越國上下，也忒托大了。珠水不設防也就罷了，你看那番禺城的城門，居然連個甕城都無，真以為自己永遠不會被兵臨城下嗎？」

唐校尉恭謹道：「南越偏安一隅太久，對於國境之外的事情向來不關心。大漢這些年的種種布局，他們茫然無知，只盯著五嶺天險，渾然不知形勢大變，焉有不敗之理。」

一說起南越國，此人就渾身升騰起一股犀利肅殺之氣。路博多饒有興趣地看了他一眼。這個胖子一頭滄桑白髮，身材雖說臃腫，卻有一種凝實錘煉過的堅韌，唯有腮幫子肥嘟嘟的兩團肉，撐得面頰幾乎沒有皺紋。

路博多很敬重他，因為這個叫唐蒙的人，幹成了一件普天之下沒人能做到的奇蹟。

多年之前，他給天子上書，請求開拓夜郎道，打通西南。當時朝野反對聲極大，認為這種工程根本不可能完成。但唐蒙以驚人的頑固說服了天子，主動請纓，親赴蜀中主持修路。

這一修，就是足足二十二年時間。

當竣工的消息傳到長安，整個朝野都被唐蒙所震驚了。要知道，那不是坦蕩平闊的中原，而是瘴氣彌漫、峰巒層疊的西南山區。換了常人，恐怕待上一個月都要崩潰，而唐蒙逢山鋪路，遇水架橋，硬是在崇山峻嶺之間，開闢出一條直通夜郎的大道，其過程之艱苦卓絕，令長安每一個人包括天子在內，都滿懷驚嘆與疑惑：唐蒙對這條路，為何懷有如此強烈，乃至於超乎理性的執念？

唐蒙從來沒有解釋過理由。他只是對天子謙卑地表示，當漢軍抵達番禺城之時，希望自己能夠在場，親眼見證其陷落。

英雄的心願，沒有人會忍心拒絕。

「番禺城旦夕可破，你可有什麼特別的要求？可以先提出來。」路博多掂了掂胥餘果，神態輕鬆。

唐蒙搖搖頭：「只要將軍能成功入城，擒獲呂嘉，便足夠了。」路博多拍了拍他的肩膀：「呂嘉乃是南越禍亂之根源，陛下指名要抓的人。就算你不說，我也志在必得。別的要求呢？」

「城中有一個賣梅香酌的酒肆，若其尚在，還望不要侵擾。」

路博多聽來聽去，怎麼他都是為別人安排：「你自己呢？就沒什麼想要的東西嗎？」唐蒙沉默片刻，拿起一根樹枝，在腳下的江灘劃拉了一陣。路博多一看，這居然畫的是一張輿圖，上面番禺城、番禺港的位置清晰可見，就連附近白雲山的範圍也都標出來了。

「好精準的手藝。」路博多雙眼一亮。

唐蒙在白雲山中畫了一個小圈，恭敬道：「待番禺城歸降之後。這一片區域，請將軍約束麾下，不要採樵割草，留個清淨便可，蒙別無他求。」路博多問：「這是什麼地方？可有標誌？」唐蒙淡淡一笑：「只有一處故人的墳塚，這麼多年，也不知在不在。」

路博多眉頭一挑，感覺這背後有事。不過唐蒙無意解釋，起身走到江邊，負手輕聲道：「昔日有人要我以大局為重，今日我便以大局還報之，也算是踐諾了。」

他講話時，眼睛看向番禺城頭，不知是對誰在講。路博多吩咐手下記下來，又道：「等到呂嘉受擒，番禺城降，你打算如何？」唐蒙笑道：「等到嶺南平定，在下打算辭官。」

「哦？」路博多頗覺意外。好不容易平定南越，正是論功行賞之時，這傢伙怎麼反而要跑了？

唐蒙緩緩抬起頭，蒼老疲憊的面孔面向天空：「在下本是番陽一個碌碌無為的縣丞，苟且偷生而已，風雲際會之下，被推至這個位子，實在是德不配位。這些年在西南修路，自覺筋骨勞損，心神消磨。如今總算熬到南越歸附中原，我也可以沒有遺憾地離開了。」

路博多頗有同感地點點頭。西南修路可謂艱苦卓絕，換了他，也要好好休息才是。

「你不做官，那去哪裡？」

「我打算去牂牁江邊，椶戛港旁有個小寨子。如果路將軍有機會路過，我招待你吃酸湯白條魚。我有個獨家祕方，滋味妙絕，天下別的地方都吃不到。只消加些枸醬……」

唐蒙一說起這個，神情忽地變得興奮起來。可惜路博多忽然起身，因為西方有哨旗搖動。

他們同時起身，舉目望去，只見珠水上游一片帆檣如雲，如大潮奔湧，朝著番禺城傾壓而來，彷彿連天地都隨之震動起來。

南越的最後時刻，即將到來。

唐蒙意態平靜，從懷裡掏出一朵花來。這是一朵剛剛自路旁採下的梔子花，花瓣上還帶著露水。他胖手一鬆，小花便旋了幾圈，落入珠江，很快便融入碧綠色的江水之中。

# 後記

本文的源起，是《史記》的〈西南夷列傳〉裡的一段記載：

「建元六年，大行王恢擊東越，東越殺王郢以報。恢因兵威使番陽令唐蒙風指曉南越。南越食蒙蜀枸醬，蒙問所從來，曰『道西北牂柯，牂柯江廣數裡，出番禺城下』。蒙歸至長安，問蜀賈人，賈人曰：『獨蜀出枸醬，多持竊出市夜郎。夜郎者，臨牂柯江，江廣百餘步，足以行船。南越以財物役屬夜郎，西至同師，然亦不能臣使也。』……上乃拜蒙為郎中將，將千人，食重萬餘人，從巴蜀筰關入，遂見夜郎侯多同。蒙厚賜，喻以威德，約為置吏……發巴蜀卒治道，自僰道指牂柯江……及至南越反，上使馳義侯因犍為發南夷兵。」

因為一種食物而被滅國，這大概是中國歷史上唯一的一例。

這個故事最有趣的地方，其實不是唐蒙這位美食偵探的經歷，而是它所展現出的地理認知。

大家讀文的時候，也許會替主角們著急——明明那麼明顯的地理關係，你怎麼會想不到？是不是人設太弱智了。請大家一定要記住，我們今人不必俯瞰地圖，腦海中自然會浮現出中國疆域的形狀，其與別國之間的位置關係，清晰可見，這是屬於現代的人的福利。但這種地理觀，並非與生俱來，也不是一瞬間形成的，而是經歷了相當長的歷史時期才能演化而來的。

在唐蒙的時代，張騫尚未鑿通西域，南越尚未歸附，東海之外茫然無知，西南也只能籠統地以諸夷來概括。在那個時代的西漢人眼中，中原之外的廣大地區被重重迷霧所籠罩。若要把這些地圖點亮，需要有勇氣、有謀略以及有著超越時代的地理直覺。張騫有一次去大夏國，發現當地有蜀地產的布匹，問他們說哪裡買的？當地商人說，這是從身毒（古印度）買的。張騫立刻意識到，說不定存在一條大漢通往身毒國的商路啊！他趕緊彙報給天子。天子派遣了使者前往西南尋找身毒國，可惜滇王得知之後，把這些使者強行留在昆明，這次探索無疾而終。但是整個西南地區的地理大勢，在中原王朝眼中，又變得清晰了一些。

正是有唐蒙、張騫這樣的人不斷探索，才把「茫然無知」變成「顯而易見」，開啟了漢文化向南拓展的大潮，乃至形成今日之版圖。地理認知改變的影響力，可見一斑。

最後說說本文的主角枸醬。

在《史記》的各處記載中，此物一直寫作「枸醬」，而到了西晉年間成書的《南方草木狀》，又將之寫成「蒟醬」。至於它的真身到底為何，歷來眾說紛紜，從古至今猜想至少有十幾種：蒟蒻、蔞葉、篳茇、竹茶、扶留藤、枸杞、魔芋、紅籽樹、枳椇、海椒、生薑等等，並無定論。

本文既然是小說，便選取了其中一種可能性，敷衍成文，並非定論，望讀者察知。至於真實歷史如何，只能寄希望於有朝一日發現唐蒙墓葬，而且唐蒙把自己這一件功績留下詳細記錄陪葬，我們後世之人才能有機會一探究竟了。

書中涉及的南越國各種風土、掌故、用具、建築風格等，皆有考古佐證。比如趙佗在獨舍種下的那幾棵棗樹，即來源於南越王宮水井裡出土的兩枚竹簡。上面赫然寫著「壺棗一木」字樣，足見趙佗思念家鄉之心。大家有機會去廣州的話，可以去南越王博物院看看。

INK PUBLISHING
文學叢書 732

# 食南之徒

| | |
|---|---|
| 作　　者 | 馬伯庸 |
| 總 編 輯 | 初安民 |
| 責任編輯 | 宋敏菁 |
| 美術編輯 | 陳淑美 |
| 校　　對 | 孫家琦　宋敏菁 |
| 發 行 人 | 張書銘 |
| 出　　版 | INK 印刻文學生活雜誌出版股份有限公司<br>新北市中和區建一路249號8樓<br>電話：02-22281626<br>傳真：02-22281598<br>e-mail：ink.book@msa.hinet.net |
| 網　　址 | 舒讀網www.inksudu.com.tw |
| 法律顧問 | 巨鼎博達法律事務所<br>施竣中律師 |
| 總 代 理 | 成陽出版股份有限公司<br>電話：03-3589000（代表號）<br>傳真：03-3556521 |
| 郵政劃撥 | 19785090 印刻文學生活雜誌出版股份有限公司 |
| 印　　刷 | 海王印刷事業股份有限公司 |
| 港澳總經銷 | 泛華發行代理有限公司 |
| 地　　址 | 香港新界將軍澳工業邨駿昌街7號2樓 |
| 電　　話 | 852-2798-2220 |
| 傳　　真 | 852-2796-5471 |
| 網　　址 | www.gccd.com.hk |
| 出版日期 | 2024年 5月　初版 |
| ISBN | 978-986-387-726-4 |
| 定價 | 480元 |



國家圖書館出版品預行編目(CIP)資料

食南之徒／馬伯庸 著.
--初版. --新北市中和區：INK印刻文學，2024. 05
面；14.8×21公分. --（文學叢書；732）
ISBN　978-986-387-726-4 (平裝)

857.7　　113004805

舒讀網